Marvirinstrato

Marvirinstrato

Originalaj Noveloj en Esperanto

Tim Westover

ELDONEJO LITERATURO.NET

2009

Tiu ĉi novelaro estas havebla sub la permesilo
Creative Commons
Atribuo - Nekomerca - Neniuj derivaĵoj 3.0 Usono.

Oni rajtas uzi kaj represi la novelojn el tiu ĉi novelaro
en klubo, kurso, podkasto, radioelsendo, bulteno aŭ periodaĵo
laŭ la kondiĉoj de tiu permesilo.

Vizitu

http://www.marvirinstrato.com/

por kontaki la aŭtoron, legi detalojn de la permesilo,
aŭ elŝuti elektronikan version de tiu ĉi novelaro.

ISBN: 1-4392-3634-8

ELDONEJO LITERATURO.NET
242 S Culver St, Ste 214
Lawrenceville, GA 30045
USA

First published in 2009 by Eldonejo Literaturo.net
Unue eldonita en 2009 de Eldonejo Literaturo.net

Printed in the United States of America
Presita en Usono

AL MIA EDZINO, MEG

Orfiŝeto kaj la Glacia Monto

Poste Orfiŝeto sekvis la rivereton ĝis la riverego, kaj la riverego fluis tra dezerta loko. Strange, pensis Orfiŝeto, ke apud la akvofluo ne kreskas arboj aŭ arbustoj. Ĝi levis la kapon en la aeron kaj tuj konstatis la kialon. Varmegaj ventoj el la okcidento pikis la haŭton de la kompatinda Orfiŝeto.

Proksimiĝis al la riverbordo barbulo, kiu trenis kamelon per bridilo. Liaj barbo kaj haroj estis longaj kaj blankaj. Sur la kamelo pendis hakilo, mantelo, kaj pajloŝtopita skatolo. La barbulo genuis por trinki. Orfiŝeto, pro sia kutima scivolemo, ennaĝis en liajn manojn, kiam li trempis ilin en la akvon.

"Sinjoro", petis Orfiŝeto, "kial vi portas hakilon en tiu ĉi senarba loko?"

"Por la glacio, Orfiŝeto", respondis la barbulo.

"Kaj sinjoro, kial vi kunportas mantelon en tiu ĉi varmega dezerto?"

"Pro la malvarmaj orientaj ventoj", respondis la barbulo.

"Kaj, sinjoro, kial vi kunportas pajloŝtopitan skatolon?"

"Por konservi la glacion", respondis la barbulo. "Sed mi jam fordonis ĝin, kaj mi ekiras denove al la nordo. La reĝo ĉiam bezonas glacion."

Orfiŝeto jam vidis sufiĉe de la mondo por kompreni, kia reĝo ĉiam bezonas glacion. Kruela reĝo en ruĝa silko sidas sur ora trono. Ventumas lin sklavoj; alportas vinberojn al li sklavinoj. Lukse li vivas; mizere vivas lia popolo. Orfiŝeto memoris la vortojn de la saĝa baleno antaŭ sia foriro: "Vivi avide kaj avare estas la celo de la homa koro." Jes, Orfiŝeto vidis multajn kruelaĵojn dum siaj aventuroj. Orfiŝeto koleriĝis en sia blua koro, sed ĝi ne povis fari malbonon al homo, nur bonon. Ĉar kolero estas senutila, Orfiŝeto cedis la koron denove al scivolemo.

"Mi volas viziti la nordon kaj vidi, de kie venas tiu glacio. Se vi kunportos min, mi plenumos unu peton vian per mia ĉielarka vosto."

Dirite, konsentite! Kaj la barbulo metis Orfiŝeton en tason plenan je riverakvo. Longe ili iris kune kun la kamelo, sekvante la riveron al fora havenurbo. "Kial vi ne uzas boaton por iri laŭ la rivero?" demandis Orfiŝeton.

"Estas timigaj monstroj en la rivero, se oni kredas je monstroj. Kaj se ne, estas akvofaloj kaj kirlakvoj, kiuj faras la riveron nenavigebla."

"Neniam en la vivo mi vidis monstron en la akvo", diris Orfiŝeto, "sed pri akvofaloj kaj kirlakvoj mi bone konscias." Kaj pri kruelaj reĝoj, aldonis la Orfiŝeto en sia koro.

Fine la barbulo kaj Orfiŝeto atingis la havenurbon. Tie staris granda nigra ŝipo kun kvar mastoj. Maristoj kuris laŭ la ŝipoŝnuroj kiel formikoj sur mielo. "Saluton, kapitano!" diris la maristoj al la barbulo. "Saluton, Orfiŝeto! Ĉu vi velos kun ni al la poluso?"

"Jes", diris Orfiŝeto, kaj la maristoj komencis kanti.

"La nia estas bona ŝipo, kaj la viroj en ĝi bonaj homoj", diris la barbulo. "Dek fojojn jam ni velis al la poluso por la glacio de nia reĝo; dek fojojn ni revenis."

"Dek unu estas malfeliĉa cifero!" kantis la maristoj. "Ĝi signifas avidon kaj troplenon. Sed kun Orfiŝeto, ni certe revenos hejmen!"

Orfiŝeto zorgis pri la maristoj, ĉar ĝi volis nur bonon por homoj. Sed la kruela reĝo sendis ilin al danĝera vojaĝo; la kruela reĝo en sia tuta korpo ne havis tiom da kompato, kiom la malgranda Orfiŝeto.

La maristoj levis la blankajn velojn, kaj la ŝipo ekiris al la blua horizonto. Multajn monatojn ĝi velis. Fojfoje minacis la ŝipon ŝtormaj ventoj; fojfoje minacis pacaj tagoj, kiam ne blovis eĉ la plej eta spiro de mevo. Tiuj tagoj estis teruraj, kaj la amikemaj maristoj fariĝis koleremaj, komencis vetludi, eĉ priparolis ribelon kontraŭ la barbulo. Sed ribelo ne blovigas venton, diris la barbulo. Denove la ventoj ekblovis, kaj ondon post ondo oni alproksimiĝis al la poluso.

"Jen la glacio!" diris maristo de sur la plej alta masto. La maristoj brajlis la velojn. Pordetoj en la flankoj de la ŝipo malfermiĝis, kaj la maristoj trempis grandajn remilojn en la maron.

"Ĉu vi prenos nun la glacion?" demandis Orfiŝeto.

"Ĉi tie ĝi estas duonfandita", diris la barbulo. "Ĝi ne restos solida tra la dezerto. Ni devos iri pli norden." La barbulo surmetis la mantelon.

Ju pli norden velis la ŝipo, des pli dika fariĝis la glacio, ĝis la ŝipo ne povis plu veturi per la fortoj de la remiloj. La maristoj elsaltis el la ŝipo kaj prenis ĉenojn ligitajn al ĝia pruo. "Kaj, ek! Kaj, ek! Kaj, ek!" la barbulo kriis – dum "kaj" la maristoj pretiĝis, kaj dum "ek" ili tiregis la ĉenojn, kaj la ŝipo rampis antaŭen. La maristoj ŝvitegus, sed la malvarmaj orientaj ventoj glaciigis ĉiun ŝvitguton sur la brovoj.

"Strange", diris Orfiŝeto, "ke homoj nun veturigas ŝipon!" La maristoj ridis de malantaŭ la glacikovritaj lipharoj.

Dum tri tagoj la maristoj tiel veturigis la ŝipon. Finfine la barbulo ordonis, ke oni faru bivakadon, ĉar la glacio estis solida plato, kaj oni estis sufiĉe proksime al la glacia monto. La maristoj per siaj talentoj ekflamigis fajron en bareloj sur la glacio. Ili varmigis siajn fingrojn kaj rostis fiŝojn kaptitajn el truoj fositaj en la glacio.

"Ĉu ĝenas vin, Orfiŝeto, ke ni manĝas viajn kuzojn?" demandis la maristoj.

"Ne ĝenas min", diris Orfiŝeto, "ĉar la fiŝoj nur volas fari al vi bonon."

Distance oni vidis ion, kiu similis al granda nubo tuŝanta la teron.

"Jen la glacia monto, Orfiŝeto", diris la barbulo. La monton la vento skulptis dum jaroj da konstanta blovado. Ĝi estis ronda, glata kaj polurita – sendifekta krom la cikatro, de kie la barbulo kun siaj maristoj elprenis glacion por la reĝo. Orfiŝeto bedaŭris, ke oni devas vundi la monton por elpreni la glacion. Per la hakilo la barbulo eltranĉis grandan pecon kaj montris ĝin al Orfiŝeto. Ĝi estis dika kaj

9

forta, jen blublua jen kristalklara, kiel la okuloj de bonkora knabino. Princina glacio, reĝa glacio.

"Ĉu ne bele?" diris la barbulo, kaj Orfiŝeto konsentis.

Ĉiuj maristoj prenis hakilojn, kaj dum semajno ili plenigis la ŝipon per glacio. La granda holdo, iam plenplena je biskvitoj, rumo kaj oranĝoj, estis nun plenplena je glacio. Inter la ŝipŝelo kaj la glacio la maristoj metis tavolon de pajlo, por konservi la malvarmecon. Al Orfiŝeto tiaj laboroj estis preskaŭ nekompreneblaj – ĝi apenaŭ povis memori la varmegon de la dezerto.

Kun la holdo plena je la kara kargo, la ŝipo ekiris suden, unue per homa forto, poste per remiloj, poste per vento. Kiam la veloj pufiĝis pro milda blovo, la maristoj ekkantis. Sunradioj varmigis fingrojn kaj nazojn.

Belaj tagoj tamen cedis al teruraj. Ŝtormoj taŭzis la kompatindan ŝipon. "Orfiŝeto, ni timas!" diris la maristoj, sed ili estis kuraĝaj dum la ondoj bategis. La maro bolis kaj muĝis. En la ondoj Orfiŝeto vidis ion, kiu devas esti monstro, ĉar en la maro ne estas akvofaloj. Ĉiuj timis, sed Orfiŝeto ne povis helpi per sia ĉielarka vosto. Ĝia ĉielarka vosto estis promesita al la barbulo, kiu prenis Orfiŝeton el la rivero. Sed la barbulo restis en la holdo, kie la glacio malrapide ŝrumpis. Tagon kaj nokton ŝtormoj minacis, sed pelis la ŝipon hejmen.

Fine griza strio aperis ĉe la horizonto – la pontoj, flagoj kaj lumoj de la havena urbo. La ŝipo alkajiĝis, sed la barbulo ne atendis revenan feston. Li metis la glacion sur longan platan veturilon. Knabetoj volis tuŝi la glacion, kaj knabinoj provis kapti pecetojn inter siaj maldikaj fingroj, sed la barbulo forbatis la fingrojn per branĉeto. Ne estis eble defendi la glacion kontraŭ ĉiuj forraboj, kaj ĝi ŝrumpis. La barbulo kovris la glacion per ruĝa silko kaj tavoloj de tolo kaj pajlo.

Ĉevaloj tiris la veturilon el la havena urbego laŭ la ĉefa vojo. Homoj kaj bestoj kuradis ambaŭdirekte, tirante sakojn, barelojn, kestojn kaj vagonojn. Tian frenezon Orfiŝeto vidis nur en la plej fortaj oceanaj fluoj, kiam salikokoj, moruoj kaj polpoj migras por manĝado aŭ naskado.

"Kien iras ĉiuj ĉi?" demandis Orfiŝeto el sia taso.

"Ne gravas", diris la barbulo. "Ĉiuj konas sian propran destinon."

Sed ĉiuj konis ankaŭ la valoron de la glacio sub la ruĝa silko. La glitado de la veturilo kaj susuro de ruĝa silko estis kiel tintado de oraj moneroj. La oreloj de saĝvizaĝaj marĉandistoj pintiĝis kiam la veturilo preterpasis. Orfiŝeto memoris la vortojn de la saĝa baleno: "Vivi avide kaj avare estas la celo de la homa koro". Sed la plej avida, jes, estas tiu kruela reĝo, kiu forsendis la barbulon kaj liajn maristojn al la fora nordo, al danĝero kaj aventuroj!

Oni veturis senĉese ĝis la ĉefa vojo fariĝis kota pado, kaj poste ĝis la kota pado fariĝis sabla nenio. La barbulo atingis la randon de la dezerto, kaj ĉe la lasta haltejo antaŭ la sabla maro li interŝanĝis la ĉevalojn kaj la veturilon por kamelo kaj granda sako. En la sakon la barbulo metis la restintan parton de la glacio, kiu estis ne pli granda, ol bulko da pano. Kaj la glacio daŭre ŝrumpis.

Nun la barbulo kaj Orfiŝeto vojaĝis tage kaj nokte. En la tagoj la akra suno estis minaco por ĉiuj – barbulo, Orfiŝeto kaj glacio. Ili benis la noktojn malgraŭ la malvarmego. La luno brilis blue kaj faris el la dezerto frostan pejzaĝon. Orfiŝeto pensis, ke ĝi vidas denove la glacian monton. Tamen, ne: tio estis la kurba tegmento de la reĝa palaco. Jen, ringita de domoj, vendejoj kaj kadukaj grizaj konstruaĵoj, la blankmarmora reĝa palaco.

Ĉe la pordego la barbulo forlasis sian kamelon. Restis nur peceto da glacio, nur tiel granda, kiel pugno. Heroldoj renkontis la barbulon kaj per trumpetoj anoncis la alvenon. Soldatoj kun kurbaj glavoj certigis, ke la stratoj al la palaco estis senobstaklaj. De malantaŭ la brilantaj klingoj, ĉifonuloj rigardis la glacion kaj ties posedanton kun avido kaj envio.

"Orfiŝeto, kia beno! Glacio, kiom pli!" diradis la ĉifonuloj.

La pordegoj de la palaco larĝe malfermiĝis, kaj la barbulo kun Orfiŝeto eniris la grandan halon. Granitaj statuoj de la antikvaj herooj kaŝis siajn vizaĝojn malantaŭ ŝtonaj kaskoj. "Kredeble ili konkeris monstrojn", pensis Orfiŝeto, "sed mi dubas, ĉu ili konkeris akvofalojn aŭ kirlakvojn. Aŭ la glacian monton." Dancistinoj aperis kaj malaperis. Ankaŭ ili kaŝis siajn vizaĝojn, sed per buntaj toloj, ne per malvarma ŝtono.

La lasta pordo estis malfermita por malkovri armeon de korteganoj kaj eĉ du elefantojn, kies dentegoj estis kovritaj per ruĝa silko. Sed oni apenaŭ atentis la bestegojn. Korteganoj, soldatoj, dancistinoj kaj la barbulo kun Orfiŝeto klinis sin antaŭ la ora reĝo sur la ora trono. Lia barbo estis rivero de lumo, kaj lia hararo estis arbaro de cinamo. Li ridegis, kaj ĉiu sentis lian ridadon en siaj piedoj.

"Saluton, Orfiŝeto!" diris la reĝo. "Vian rakonton mi volonte aŭdos poste. Sed mankas al ni tempo."

Al la reĝo la barbulo solene donis la glacion.

La reĝo stariĝis kaj per grandaj paŝoj kuris el la palaco. Kune kun ĉiuj siaj korteganoj kaj ornamitaj elefantoj, dancistinoj kun buntaj vualoj kaj soldatoj kun brilantaj klingoj, la reĝo eniris la labirinton de mallarĝaj kaj malhelaj aleoj de la urbo, zigzagante kvazaŭ hazarde. Orfiŝeto ne sciis, ĉu la reĝo sekvis iun signifoplenan vojon aŭ elektis laŭ la kapricoj de sia koro.

La reĝo haltis antaŭ pordo, kiu estis identa al cent aliaj, kiujn oni jam preterpasis. Ene mezaĝulo prilaboris botojn. Al li la reĝo etendis sian manon. La botisto formetis sian martelon kaj prenis la glacion, kiu finfine ne estis pli granda, ol Orfiŝeto mem. Ĝin li metis en sian buŝon kaj fermis la okulojn, frandante.

"Dum sia tuta vivo la reĝo neniam gustumis glacion", diris la barbulo al Orfiŝeto. "La plej grandan trezoron oni ŝparas por ordinarulo."

"Kaj kion oni faros poste? Ĉu feston?" demandis Orfiŝeto.

"Kia festo povus egali la aferon?" diris la barbulo. Jam la reĝo estis for, kaj nur la dancistinoj pro siaj buntaj vualoj estis videblaj inter la grizaj homamasoj.

"Reportu min al la rivero", diris Orfiŝeto el sia taso al la barbulo, "ĉar jam mi vidis pli, ol mi povas kompreni."

La barbulo reportis Orfiŝeton al la bordo kaj metis la tason en la riveron, por ke Orfiŝeto facile elnaĝu. "Mi dankas pro la afabla akompano", diris la barbulo.

"Mi dankas pro la vojaĝo al la glacia monto", diris Orfiŝeto. "Kaj nun mi memoras mian promeson. Mi plenumos unu peton vian per mia ĉielarka vosto. Diru, kaj mi faros."

La barbulo profunde klinis sin, ĝis la lipoj preskaŭ tuŝis la akvon.

"Mi volas esti tiu, kiu ricevas la glacion."

Nia Bestoĝardeno

Se vi, fremdulo, iam vizitos nian bestoĝardenon, nepre venu al la fenikso. Infanoj kun balonoj kaj glaciaĵoj ĉiam ĉirkaŭas ĝian lokon inter la unukornulo kaj la marvirino. Gepatroj senzorge klaĉas inter si kaj ne atentas la infanojn, ĉar la fenikso estas nedanĝera besto. Ĝi sidas inter la branĉoj de pokopagoarbo kaj serĉas insektojn, kiujn allogis la bonodoraj floroj. La infanoj gaje krias kiam la fenikso trovas blaton aŭ papilion, ĉar insektoj devas esti pli bongustaj, ol la griza supo, kiun proponas la bestoĝardenestro. La belegaj ruĝaj plumoj, kiuj elfalas ĉiusezone, estas aĉeteblaj en la memoraĵvendejo.

Tri fojojn semajne, la bestoĝardeno okazigas spektaklon pri la fenikso. Nia bestoĝardeno estas novmoda, kaj la vizitantaro ne volas vidi beston nur en kaĝo. Dum la spektaklo, tri flamoturoj lumigas la scenejon, kaj la plumoj de la fenikso rebrilas per la tuta ĉielarko. Malantaŭ si la fenikso trenas diafanan voston, kiu tuŝas niajn kapojn kiam ĝi rondflugas super ni. Fonografo aŭdigas heroan muzikon. La fenikso tiam sidiĝas sur arbuston en la mezo de la scenejo. Belulino vestita kiel araba haremanino dancas rakontante la legendon: ĉiun jarmilon la fenikso mortas en flamoj kaj renaskiĝas el la cindro kun korpo bela kaj juna. Virinoj aŭskultas tiujn vortojn kaj raviĝas, kaj viroj rigardas la ŝultrojn de la belulino. Ŝi tenas tukon inter la spektantoj kaj la fenikso, kaj ni ĉiuj atendas kun streĉitaj koroj. Cimbaloj sonoras kaj piroteknikaĵoj saltas de malantaŭ la tuko. La tolo falas, kaj ni buŝaperte vidas nur cindron. La belulino kovras la cindron, kaj dum kelkaj teruraj momentoj ni kuraĝas nek spiri nek esperi. Subite la lumoj ekbrilas kiel sunoj, kaj la tuko leviĝas kaj malaperas en verdaj fajreroj – la fenikso vivas! Ĝi raŭke krias sian venkon super la morto kaj denove rondflugas super niaj kapoj. Se kelkaj cindreroj falas sur nin, ni taksas tion beno pro nia fido.

La marvirino estas ne malpli populara, ol la fenikso. Dum someraj tagoj ŝi naĝas en la lageto, kaj ni sidas en subtera ĉambro kun vitra muro kaj spektas ŝiajn subakvajn piruetojn. En la vespero ŝi sidas sur roko kaj kombas sian oran hararon, aŭ kuŝas en la groto kaj kantadas dolĉajn marvirinajn fabelojn tradukitajn el la mara lingvo. Ŝia nazo estas tiu de nobelulino, kaj ŝi diras, ke sub la ondoj ŝi estis princino kaj venis al la bestoĝardeno por lanĉi karieron kiel filmstelulino. Volonte ŝi forportus gaston al sia palaco en la maro – vi povas longe teni la spiron, ĉu ne? Jes, ni diras, kaj ni ekkonkursas pri spirtenado. Sub la umbiliko la marvirino havas belan verdan fiŝvoston. Super la umbiliko ŝi portas nur mamzonon el algo kaj konkoj, kiu sufiĉas por aspektigi ŝin deca sed bele provizas la imagopovon.

En la bestoĝardeno estas ankaŭ trio de baziliskoj, sed por protekti la vizitantojn ili vivas trans nigra kurteno. De malantaŭ la kurteno aŭdiĝas fojfoje laŭtega sono kiel ronkado, sed ŝildo klarigas, ke temas pri voko al pariĝo. Ni kredas, ke la baziliskoj estas la malplej interesaj el ĉiuj bestoj en nia bestoĝardeno, sed ni legas la ŝildon kaj staras kiel statuoj antaŭ la kurteno por respekti la bestojn, ĉar ili ja estas niaj.

Kampo en angulo de la bestoĝardeno estas fekunda tero por floranta planto, kies frukto similas al ŝafidoj sed havas purpuran haŭton glatan kiel melongeno. Samkiel ŝafidoj, la fruktoj blekas. De tempo al tempo la blekado similas balbutan lingvaĵon kaj ridigas la spektantojn. Se unu el la ŝafido-fruktoj putras, ankoraŭ pendante de la planto, la aliaj fruktoj pli akre kaj laŭte blekas, kaj por ni tio estas komedio unuaranga. Ni permesas, ke oni fortranĉu la putran frukton nur kiam la odoro superas la amuzon. La bestoĝardenestro dum aŭtuno rikoltas la ŝafido-fruktojn kaj faras el ili marmeladon, kiun li vendas sub la propra marko en la memoraĵvendejo. La gejunuloj en la urbo amas ĝin kaj ŝmiras sur panon aŭ kukojn, sed la maljunuloj evitas la marmeladon. Ili memoras la malfacilajn jarojn, kiam mandragoro ekfloris en la urba placo. Por la maljunuloj kriantaj fruktoj diferencas nur en detaloj.

La unukornulo dum sia longa vivo havis multajn aventurojn. Kompreneble ĝi mem ne priparolas ilin. Ĝi nur manĝas herbaĵojn la tutan tagon. La bestoĝardenestro sidas apud la kaĝo de la unukornulo kaj rakontas. Fojfoje ĝiaj aventuroj estas streĉaj: la unukornulo kaptiĝis en milita malliberejo kaj helpis siajn kamaradojn eskapi, aŭ pro malbonega vetero ĝi fuĝis en dometon kaj tie amikiĝis kun diversaj interesaj homoj. Sed pli ofte la rakontoj estas amuzaj: la unukornulo manĝis ĉokoladan biskviton kaj ĉagreniĝis, aŭ nevole aperis en aĉa spektaklo anstataŭ fama kantisto. Kvankam ni aplaŭdas la unukornulon, nian plej amatan ĉevalon, ĝi neniam kliniĝas nek eĉ henas por agnoski nin. La bestoĝardenestro klarigas, ke dresi unukornulon estas tre malfacile kaj tial ĝi havis tiom da aventuroj. Dresitaj bestoj havas nur prozaĉajn vivojn.

Tamen, neniuj el la nunaj enloĝantoj de la bestoĝardeno egalas en niaj memoroj la du feinojn, kiuj nomiĝis Vola kaj Vela. Ili staris ne pli altaj, ol tagmezaj ombroj, kaj havis nur po unu flugilon. Sed kiam la du feinoj brakumis unu la alian, ili povis flugi preter la pinto de la preĝejo. Dum la somero Vola kaj Vela ludis koncertojn. Vola havis violonon el skarabokarapaco kun arĉo el la propraj haroj; Vela ludis bekfluton, kiun ŝi faris el volvita herbo. Ĉar la instrumentoj estis tiel malgrandaj, la aŭskultantaro devis sidi tre proksime, kaj tial biletoj estis malmultaj kaj karaj. Nur malfrue en ilia kariero la bestoĝardenestro faris scenejon el fonografo, kaj per la korno la sono plilaŭtiĝis. De tiu tempo konserviĝis fotoj, ankoraŭ vendataj en la memoraĵvendejo. Sur la fotoj la feinoj havas tre delikatajn trajtojn – maldikajn nazojn, arkitajn brovojn, orelojn kiel konketoj, kaj sulkojn ĉirkaŭ la buŝoj, kvazaŭ pro konstanta ridetado. Vela tenis siajn helajn harojn en nodo, kiel edzino; Vola lasis siajn nigrajn harojn fali de sur la ŝultroj. Ambaŭ portis robojn el ruĝa silko kaj aŭtunaj folioj. La feinoj loĝis en vitra dometo en la bestoĝardeno, kaj ŝajne ne ĝenis ilin respondi petojn eĉ kiam ili banis sin. Ni preskaŭ ĉesis taksi la feinojn bestoj, ĉar ili flugis libere tra la urbo kaj vizitis la dancejojn, kaj la urbestro invitis ilin lanĉi novan ŝipon el la haveno. Ili eĉ versis, kaj kvankam la verkoj ne estis elstaraj, ili estis niaj. La cetera mondo tamen ne aprezis la feinojn. Iliaj sondiskoj, fotoj kaj versaĵoj vendiĝas nur en nia urbo – verdire, nur en la memoraĵvendejo.

Vola mortis unue. Oni diris, ke ŝi estis venenita. Nigran tukon la bestoĝardenestro metis sur la vitran domon. Nur kelkajn tagojn poste mortis Vela. Lernejoj kaj dancejoj estis fermitaj dum semajno, kaj ŝipoj hisis nigrajn flagojn. La bestoĝardenestro aranĝis memorkoncerton, sed li mem estis tro malgaja por ĉeesti. Ĝis hodiaŭ nekonato metas florojn ĉiusemajne ĉe la tomboj de la feinoj – etaj kvadratoj ĉe la enirejo de la bestoĝardeno.

Nelonge post la mortoj de la feinoj estis skandalo en la bestoĝardeno. La dukapaj serpentoj venenis esploreman kaj elastan knabon, kiu rampis super la barilon de la kaĝo. La patrino kriegis, kaj respondis deko da helpemuloj kun hakiloj. Per komuna forto ili sukcesis malfermi la pordon de la kaĝo, sed estis tro malfrue. La knabo estis jam mordita, kaj kelkaj serpentoj fulmrapide elrampis el la kaĝo tra la malfermita pordo. Rapide la serpentoj estis rekaptitaj. Tamen, montriĝis al la spektantaro, ke ne estis veraj dukapaj serpentoj, sed nur unukapaj serpentoj kunligitaj per ŝnuro. La homamaso marŝis protestante al la bestoĝardenestro. Per tremanta voĉo li klarigis, ke ĉiuj dukapaj serpentoj en la bestoĝardeno mortis pro malsano en la sama tempo, kiam mortis la feinoj Vola kaj Vela. La urbo jam estis en tia funebra humoro, kaj la bestoĝardenestro ne volis aldoni al niaj ŝanceliĝantaj animoj plian malfeliĉon. Tial li falsis dukapajn serpentojn el la lokaj unukapaj variantoj. La homamaso eligis larmojn pro la karaj Vola kaj Vela, kaj la bestoĝardenestro publike pardonpetis. Novdungita psilo iom sukcesis repopularigi la serpentojn inter la vizitantoj, kaj la mordita knabo resaniĝis. Broŝuro kun la tuta historio estas aĉetebla en la memoraĵvendejo.

De tempo al tempo fremduloj venas al nia bestoĝardeno kaj ne estas tiel ravitaj, kiel ni. Pri la fenikso, marvirino, baziliskoj kaj serpentoj, la fremduloj havas nur malestimon; tamen la ŝafido-fruktojn ili ne povas tiel facile ignori, kaj ni ne eltenas fiajn onidirojn pri Vola kaj Vela. La fremduloj invitas nin viziti siajn bestoĝardenojn en Berlino, Sandiego, Moskvo aŭ Londono, kie onidire videblas enormaj bestoj kun dumetraj nazoj, oranĝaj ĉevalsimiliaj bestoj kun kolo pli longa, ol la korpo, kaj nigreblankaj birdoj kiuj ne flugas nek manĝas insektojn, sed naĝas en akvo kaj vivas en fora lando, kie estas nur glacio. La fremduloj parolas ensorĉite pri siaj fantastecaj bestoj, kvazaŭ ili estus pli bonaj, ol la niaj. Finfine la fremduloj foriras, murmurante pri nia obstino kaj niaj falsaj kredoj.

Ho, kara! Nia bestoĝardeno ne devas bonvenigi fremdulojn por vivteni sin.

Tri Ruĝaj Knabinoj

"Unu nokton, li sonĝis, ke li estas sur kampo kun kelkaj aliaj personoj, apud arbaro. Unu el liaj kunuloj avertis lin, ke io terura okazos, se tri ruĝaj knabinoj eliros el la arbaro. Dum la homoj rigardis la arbaron, subite tri ruĝaj knabinoj ja aperis el ĝi, kaj la avertinto, timigite, ekkriis, 'Jen *la* tri ruĝaj knabinoj!'. La nekoncia menso de knabo solvis la problemon dum dormo."
Boulton, *Zamenhof, Aŭtoro de Esperanto.*

En la kvieton de nia aleo enŝteliĝis nur malofta klakado de ŝuoj sur ŝtonoj. Aŭtomobiloj evitis la aleon, kaj festivalo neniam penetris ĝin. Eĉ ni, knaboj, sciis, ke ne indas laŭte kriadi. La suno estis ĉiam kaŝita malantaŭ dompintoj, kaj stratlampoj siblis la tutan tagon. Tiu fakto malhelpis niajn ludojn. Estis malfacile sekvi pilkon pro la ombroj. Ni petis niajn patrinojn porti nin en la kamparon. Tie, ni povis pilkludi sur verdaj gazonoj kaj karamboli en falintaj folioj aŭ falĉita pajlo. Sed malofte ni vizitis la kamparon.

En nia aleo, gvatis nin malicaj malamikoj kiel Vidvino Pintanazo. Se niaj piedfrapoj aŭdiĝis tro proksime al ŝiaj fenestroj, ŝi aperis kun pugna mano kaj griza senvida okulo. Ni tuj forkuris kaj ŝprucis nin per la akvo, kiu kolektiĝas en fluejoj ekster la preĝejo. Mateko kaj Jan iomete timis mian domon, ĉar mi loĝis inter Vidvino Pintanazo kaj malplena domo. Mia domo dividis kun tiuj murojn, ĉar la tri domoj estis kunligitaj. La najbaroj de Mateko estis pli amikaj. Ĉe unu flanko de Mateko vivis Fraŭlino Bovido, kiu donis al ni biskvitojn kaj tridek groŝojn kiam ni trovis ŝian katinon. Aliflanke loĝis Keneĉjo kaj lia familio. Keneĉjo estis amiko nia sed li mortis pro tifo kaj oni enterigis lin en kamparan tombejon kaj tial li ne revenis kiel fantomo, ĉar Keneĉjo estis multe pli feliĉa en la kamparo. Jan ne havis najbarojn ĉar lia domo estis ĉe aleofino. Tuj apud lia domo tamen estis eta fluejo, kaj tie ni foje trovis hundidon kun sanganta kruro.

Ni bandaĝis ĝin kaj nutris ĝin per viando, kiun ni kaŝis en la poŝojn dum vespermanĝo. Sed la kompatinda hundido mortis post du tagoj. Ni volis enterigi ĝin apud Keneĉjon, sed niaj patrinoj ne volis porti la kadavron en la kamparon kaj diris, ke ni malsaniĝus se ni daŭre tuŝus mortinton. Efektive Jan malvarmumis.

En la mallongaj tagoj fine de februaro mi kaj Jan sidis sur ŝtuparo ekster mia domo kaj atendis Matekon. Ni ĵetis pilkon inter ni, ĉar estis pli facile, ol fari nenion. Jan tamen mallerte ĵetis, kaj la pilko flugis super mia kapo en ombron de apuda domo. Antaŭ ol mi povis kuri post la pilko, aperis tenanta ĝin ruĝa knabino.

Ruĝa, ĉar de la ŝuoj ĝis la ŝtrumpetoj, ĝis la jupo, ĝis la harbanto ŝi estis vestita per ruĝo, kaj ŝiaj longaj haroj flamis kiel kampara sunsubiro, kiel sango, kiel fajrobrigadisto, kiel kolero, kiel … nu, knabo konas nur certan kvanton da ruĝaĵoj. Ŝiaj manoj estis puraj, kaj ŝi ne kaŝis ilin en siajn poŝojn. Ŝia robo eĉ ne havis poŝojn. Estus terure ne havi poŝojn por kaŝi dolĉaĵojn, raneton aŭ la malpurajn manojn. Kaj ŝiaj ŝtrumpetoj estis tirataj ĝis la genuoj. Eĉ niaj patrinoj ne devigis nin tiel alte porti ŝtrumpetojn. Ĉu aliaj knabinoj tiel portis ŝtrumpetojn? Mi ne povis memori. Verŝajne mi neniam atentis.

Ŝi etendis al mi nian pilkon, sed mi rimarkis nur la haretojn laŭ ŝia brako. El ombro aŭdiĝis kvieta rido de aliaj knabinoj. Ŝi metis nian pilkon sur la stratoŝtonojn kaj malaperis en mallumon. Momenton mi staris frostigita, sed tiam Mateko alvenis kun bonega nova fiŝkaptilo, kaj ni foriris al Ŝtona Ponto.

Oni nur malofte kaptis fiŝojn de sur Ŝtona Ponto. Tamen en la rivero flosis multaj objektoj tre interesaj al knabo. Fojfoje ni kaptis skatolojn kun unu aŭ du cigaredoj, kiujn ni vendis al preterpasantoj kontraŭ groŝonoj. Ni kaptis ĉapelojn kaj paperpecojn kun strangaj simboloj. Ni kaptis ostojn. Sed plej ofte ni kaptis ŝuojn, kiuj malbonodoras kaj estas senutilaj sen siaj paruloj. Ni antaŭe reĵetis tiajn ŝuojn en akvon, sed iam policisto vidis nin. Post tio ni portis kaptitajn ŝuojn al la rubejo, kiu troviĝis apud la bazaro.

En tiu tago, kiam ruĝa knabino trovis nian pilkon, ni kaptis malpuran pupon. Ĝi estis preskaŭ kalva, kaj ŝlimo gluiĝis al ĝia korpo. "Ej bubo, reĵetu en la riveron", diris Jan. "Malpuraĵo, aĉaĵo, senvalora."

"Ne, ni povas purigi, eble vendi al Maljuna Toporo. Nenion li ĝis nun rifuzis", mi diris.

Mi ne kredis, ke ni povus purigi la pupon sen grandega peno, kiun ĝi ne meritis. Sed mi ne povis reĵeti ĝin. Iam tiu pupo havis mastrinon. Eble ĝi estis amata sed perdita, kaj iu atendis ĝin plorante. Pliajn misaventurojn mi ne povis partopreni.

"Ho, tute jes, ni povas renovigi ĝin", diris Mateko. "Ni pentros novan vizaĝon – mia fratino havas penikojn kaj farbojn. Kaj novan hararon ni faru el ŝnuro. Povas esti bela pupo."

"Estas ina afero. Kial vi volas ludi per pupo?" diris Jan.

"Nu, ĉar, ĉar ni povas vendi ĝin", diris Mateko.

Mateko provis preni la pupon de mi, sed mi ne donis ĝin. Rapide li forgesis pri ĝi kaj ekinteresiĝis pri nova kaptaĵo – ladskatolo kun desegnaĵo de fiŝo portanta ĉapelon.

"Kial ĝi portas ĉapelon?" ridis Mateko. "Fiŝo kun ĉapelo! Bonan tagon, sinjorino fiŝo!"

"Tio devas esti la marko", diris Jan.

"Sed kia marko? Kiu volas manĝi elegantan fiŝsinjorinon?" Mateko denove ridis.

"Jen la sola fiŝo, kiun ni kaptis dum la tuta tago", diris Jan.

Fine la vespero fariĝis tiel nigra, ke ni ne povis vidi eĉ niajn manojn. Jan kaj Mateko foriris al siaj vespermanĝoj. Mi sidigis la pupon sur la randon de Ŝtona Ponto. Eble preterpasanto vidus ĝin kaj ekprenus. Sed dum la vespermanĝo mi pensis nur pri tiu pupo. Mi devus reĵeti ĝin en la riveron kun ceremonio, aŭ savi ĝin el pluvo kaj morto, renovigi ĝin, kaj doni al iu malriĉa infano.

La postan tagon malantaŭ mia domo en la betona kvadrato kiun oni nomis ĝardenon, ni klopodis malnodi la ŝnuron de nia fiŝkaptilo. Tian laboron indas plenumi silente, ĉar ĝi estas tre malfacila. Sed de la apuda ĝardeno aŭdiĝis kantado. Ne gaja kantado, sed monotona

– "la la la la la". Tre kurioza estis tiu sonado. Ankaŭ mia patrino kantis, senŝeligante migdalojn kaj frappurigante tapiŝojn, sed ŝi kantis per veraj vortoj. Ni ŝovis niajn nazojn super la barilon.

Tie ni vidis *tri* ruĝajn knabinojn sidantajn en rondo. Ĉiuj estis vestitaj same, per ruĝa tuto. Estis neeble scii, kiun el la tri knabinoj mi vidis la antaŭan tagon. Ili estis tiel similaj, kiel tri novaj kupraj groŝoj. Ili ekvidis nin kaj ĉesis kanti.

"Saluton", mi diris. Ili ekstaris kaj ridetis.

"Kion vi faras?" diris Mateko.

"Ni preparas kukojn", diris unu ruĝa knabino, kaj alia levis kukujon plenan de koto.

"Kaj kial vi kantas?" mi demandis.

"Tio estas bakado."

Jan tiris sin iom pli alte. "Hej, ĉu vi povas fari tion ĉi?" kaj li volvis sian langon en tubeton. La ruĝaj knabinoj kapneis.

Mateko komencis saltadi. "Ĉu vi povas tiel alten salti? Ĉu?" li diris.

"Ĉu vi volas pilkludi kun ni?" mi demandis, sed la kantado rekomenciĝis, kaj ili ne plu atentis nin.

Venontan matenon mia patrino vekis min kaj diris, ke miaj amikoj jam estas en nia ĝardeno. Mi trovis ilin spionantaj tra la barilo al la ruĝaj knabinoj.

"Kaj kion ili faras nun?" mi demandis, serĉante trueton.

La tri ruĝaj knabinoj sidis en sia ĝardeno, ĉetable kun kvar pupoj kaj etaj tetasoj. En la mezo estis kotokuko. Niaj patrinoj aranĝis tefestojn kaj ĉiam malpermesis nin eniri la ĉambron dume. Ĉu ankaŭ ili manĝas kotokukojn kaj gastvenigas pupojn?

La knabinoj verŝis ion ruĝan el tekruĉo en la tetasojn kaj komencis babili, sed tiel kviete, ke ni ne povis aŭdi. La kotokukon la knabinoj tranĉis kaj disdonis, sed neniu manĝis. Longan tempon ni rigardis tra la barilo. La knabinoj klinis la kapojn kaj tuŝis la lipojn tre delikate kaj zorgeme, kvazaŭ ĉiu movo estus planita. Ni havis la senton, ke ili ludas laŭ reguloj al ni nekonataj. La tefesto ja estas komplika kaj sekreta rito – je kiu aĝo patrinoj instruas ĝin al knabinoj?

Fine, la knabinoj elverŝis la lastajn gutojn el la tekruĉo. Ni vidis kiel herbaĵoj gluiĝis al iliaj kruroj kaj faris etajn verdajn makulojn.

Super la barilo flugis flava io, kaj ni luktis unu kontraŭ la aliaj por kapti ĝin. Ĝi estis flava papero, premita en pilkon. Ĉu mesaĝo? Mi unue kaptis la paperon, sed Jan ŝiris ĝin el miaj manoj, kaj Mateko pugnobatis lin. Ses manoj batalis, kaj la papero ŝiriĝis. Tamen ne gravas – ĝi estis malplena.

Mia patrino ne sciis, ke ni havas novajn najbarojn. "Vidvino Pintanazo scias ĉion, kaj ŝi nenion diris pri novaj najbaroj." Ŝi sekvis min en la ĝardenon kaj rigardis super la barilo.

"Bonan tagon, knabinoj!" ŝi diris.

"Bonan tagon, sinjorino", ili respondis.

"Ĉu vi lastatempe enloĝiĝis ĉi tie?"

"Jes, sinjorino."

"Do, bonvenon. Kie estas viaj gepatroj?"

"Patro laboras, kaj Patrino bakas kukojn en la kuirejo."

"Fuŝ, la kukoj!" kriis mia patrino. Sed jam estis senutile, ĉar blanka fumo ŝvebis amase el la kuirejo.

La tri ruĝajn knabinojn ni vidis en la vespero apud la rivero. Ili sidis sur la bordo kaj lavis blankajn vestaĵojn en la malpura akvo. Ni sidis sur la ponto kaj lasis la krurojn pendi super la akvo.

"Estas strange, ke ili lavas en la rivero", mi diris.

"Ĉu ili ne havas lavmaŝinon en la domo?" diris Jan.

"Eble ili estas malriĉaj", diris Mateko.

La knabinoj sternis ĉemizojn sur la bordaj ŝtonoj, kvazaŭ por sekigi ilin, sed la tremantaj stratlampoj donis strangajn ombrojn al la ĉemizoj. Mi ekpensis pri dormantaj fantomoj.

"Hej, vi demandu ilin", diris Jan al mi.

"Kial mi demandu ilin?"

"Ĉar ili loĝas apud vi", diris Jan.

"Mi ne volas", mi respondis. "Kial gravas, ke ili vivas apud mi?"

"Ni decidu per lumbrikoj", diris Mateko.

Li elprenis tri longajn mallarĝajn dolĉaĵojn, kiujn ni nomas "lumbrikoj", el sia poŝo. Ni ĉiuj prenis po unu kaj mordis. Ĉe Mateko la restaĵo estis la plej longa; ĉe Jan la plej mallonga. Tial estis decidite, ke mi alparolu la ruĝajn knabinojn. La ludo estis uzebla nur por triopo. Kiam Keneĉjo estis ankoraŭ viva, ni havis komplikan riton, kiu kaŭzis multe pli da disputo.

Mi lekis la fingrojn kaj puŝis ilin tra la haroj, ĉar tion faras junuloj kiam ili alparolas junulinojn ekster la kinejo. Mateko kaj Jan sekvis min.

"Ĉu vi estas malriĉaj?" mi diris al la knabinoj. Tio estis neĝentila. Mi devus demandi alimaniere.

"Ne, ni ne estas malriĉaj", respondis ili.

"Ĉu vi ne havas lavmaŝinon en la domo?"

"Ni havas."

"Kial vi lavas la vestaĵojn en la rivero?"

"Ni ne lavas la vestaĵojn; ni purigas la riveron."

Mi klopodis foriri, sed Jan ĵetis ŝtonon kiu frapis min en la kruro, kaj mi returniĝis al la knabinoj. Tiel facile ili laboris – sen peno aŭ ĝeniĝo.

"Ĉu vi estas riĉa", diris la knabinoj.

Iliaj vortoj ne sonis kiel demando, tamen mi respondis: "Jes, tre riĉa". Mi laboris por la onklino en ŝia ŝuvendejo post la lernotago, kaj Fraŭlino Bovido donis al mi tridek groŝojn kiam mi trovis ŝian katinon. Tio estis riĉeco. "Entute, tre riĉa", mi diris, "kaj mi povas aĉeti ion bonan por vi, se vi volas."

"Estus bele, se vi volas", diris la knabinoj.

"Nepre mi faros", mi diris.

Ili revenis al la rivero, kie ili trempis blankajn tolaĵojn en akvon kaj eltiris griz-brunajn.

Mi revenis hejmen por trovi mian monujon, sed mia patrino anoncis, ke mi enlitiĝu pro la malfrua horo. Nenia argumento venkis ŝian insiston. Por rezisti ŝin mi petolis en la banĉambro, plaŭdis en la akvo kaj malsekigis la plankon. Sed mi subite bedaŭris miajn knabecajn agojn kaj kuŝiĝis. Petolaĵoj tute ne plaĉus al la tri ruĝaj knabinoj – kiel ĝentile ili respondis al mia patrino, kiel elegante ili gvidis tefeston, samkiel plenkreskuloj.

Mi provis dormi, sed la somera sunsubiro, kies lastaj radioj eltenis eĉ en tiu ĉi malfrua horo, puŝis sin tra la kurtenoj, kaj ĵetis makulojn de oranĝa lumo sur mian vizaĝon. Mi leviĝis por ĝustigi la kurtenojn. Strange, ke la vintro tiom rapide forglitis. Ĉio estis varma kaj luma. De ekstere aŭdiĝis kantado, kaj mi vidis la tri ruĝajn knabinojn. En siajn hararojn ili enplektis rozojn. Iliaj blankaj noktovestaĵoj lante sekvis la rondiran dancadon. Mi ŝteliris preter la dormanta patrino kaj senŝue eniris la betonan ĝardenon. La barilo inter mi kaj la knabinoj fandiĝis. Kreskis herbaĵoj kaj floroj – ni eniris kampon for de l' mondo. Anstataŭ domoj la altaj kaj silentaj arboj ĉirkaŭis nin. La knabinoj kaptis miajn manojn, tirante min en sian rondiron. Ili kantis, sed meze de ilia dolĉa kantado mi aŭdis sonorilon. La herbaĵoj velkis, kaj la ruĝaj floroj, kiujn la knabinoj enplektis en siajn harojn, fariĝis malsekaj folioj. Mi stumblis, kaj la ruĝaj knabinoj lasis min fali. Mia kruro turniĝis sub mia korpo kaj frapis ŝtonon. Aŭdinte mian ekkrion, la patrino eniris mian dormoĉambron, kie neniu lumo enpenetris la vintrofrostitajn fenestrojn.

"Ĉu inkubsonĝo, karuleto?"

Kion diri? Mi ne povis priplori la perditan sonĝon. Sed post ĝia malapero restis doloro, kiu daŭris eĉ post kiam mia patrino portis al mi varman teon kun lakto kaj mielo.

Matene, antaŭ ol mia patrino vekiĝis, mi renkontis Janon kaj Matekon ekster la domo. La matena aero densiĝis antaŭ niaj buŝoj. Mateko forte elspiris por krei nubetojn kaj muĝis kiel drako, sed nek mi nek Jan ridis.

Ni laŭiris Vronski Prospekton, apenaŭ atentante la afiŝojn por novaj filmoj. En la bazaro la budoj ĵus malfermiĝis. La bakisto zumante balais la hieraŭajn bulkojn en la akvofluejon. La ombrelvendisto rigardis la ĉielon kaj decidis meti la plenan stokon sur la bretojn, anticipante aĉetantojn ĉirkaŭ tagmezo. Laŭ la strato estis ĉiu ebla objekto – sed necesis trovi ion taŭgan por la tri ruĝaj knabinoj.

Mi ne sciis, kial Jan kaj Mateko venis kun mi. "La knabinoj ne petis vin aĉeti donacon", mi diris.

"Kion-kion?" respondis Mateko.

"Vi eĉ ne volis alparoli ilin hieraŭ. Vi faris tion nur ĉar vi malgajnis lumbrikojn. Sorto decidis, ne vi", diris Jan.

"Nu, kaj kiajn donacojn vi esperus aĉeti? Vermojn aŭ fiŝkaptiloŝnuron?" mi diris.

"Pacon, bubaĉo", diris Jan. "Estas tri knabinoj, tri knaboj."

"Ĉu vi kredas, ke ili estas dispartigeblaj, kiel tortopecoj?" mi respondis. "Oni ne povas disigi ilin tiele, dividi inter ni kiel biskvitojn aŭ groŝojn. Kia bestaĉa propono."

Jan ruĝiĝis komprenante, ke mi estis prava.

Mi proksimiĝis al la unua budo, kie Marzo vendas bombonojn kaj aliajn frandaĵojn. Li faris ovalojn el blanka sukero kaj enverŝis mielon, kaj la tuto estis ovo de iu mirinda dolĉa birdo. Mia patrino ĉiam aĉetis kelkajn por mi je la tago de Sankta Margareto.

"Mi ŝatus aĉeti du manplenojn", mi petis al la helpantino.

"Ĉu vi volas en saketo aŭ en skatolo?"

"En skatolo. Kun ruĝa rubando."

"Aha, ĉu donaco por via amatino? Kiel bele! Ĉu vi renkontiĝis en la lernejo? Ĉu vi tenas la manojn kaj promenadas laŭ la riverbordo? Kiel bele! Jen por vi, Kasanovo. Sesdek groŝoj kaj duono."

Tiun princan sumon mi ne havis.

"Aha, ĉu ne? Hm, mi donos al vi unu manplenon, en saketo, por dudek naŭ."

Sed en la poŝo mi havis nur du arĝentajn monerojn kaj kvar papiliojn: ok kaj triono.

Mi turnis min al Jan kaj Mateko.

"Kiom da mono vi kunportis?"

"Mi havas du duopojn kaj kelkajn onojn", diris Jan.

"Jen mi kunportis", diris Mateko.

Li montris al ni monteton de brilantaj rondaĵoj, sed post kiam ni elprenis la butonojn kaj botelŝtopilojn, restis nur sep groŝoj.

"Eĉ kune ne sufiĉas", mi diris.

La helpantino en la budo palpebrumis. "Kompatinduloj. Ĉu vi ĉiuj havas amatinojn? Jen, por vi."

Ŝi donis al ni unu el la bombonoj. Kiel tri knaboj povas dividi unu mielovon, ni ne sciis. La rezulto estis mielkovritaj fingroj kaj malsataj knaboj.

"Ĉu ni ne havas tridek groŝojn de post kiam ni trovis la katinon de sinjorino Bovido?" mi diris.

"Havis, sed tio estis antaŭ semajnoj", diris Jan.

"Kaj kion ni povas aĉeti kontraŭ dudek groŝoj?" mi diris.

"Nun pri ni, bubaĉo? Antaŭ minuto vi taksis nin superfluaj", diris Jan.

Mateko ridis.

Ni laŭiris la tutan bazarostraton kaj vizitis plurajn budojn. Tri pomoj estus tute malinda donaco. La florvendisto postulis altegan sumon, ĉar oni devas dumvintre rikolti la florojn de la Sudo. Jan proponis, ke ni aĉetu teon, eĉ se tre malmulte, ĉar oni ankoraŭ konsideris ĝin luksaĵo, sed en la budo la Vidvino Pintanazo parolis kun la vendisto, kaj ni zorge evitis ŝian rigardon.

Je la fino de la strato, en la lasta budo, sidis la Maljuna Toporo kun sia amaso de forĵetaĵoj. Mia patrino foje trovis tie arĝentan kuleron, kiu perfekte anstataŭis perditan kuleron. Momente ni havis esperojn, ke tie kuŝas la perfekta donaco. Sed la Maljuna Toporo havis strangajn humorojn kaj fojfoje ne allasis homojn eĉ alproksimiĝi. Oni diris, ke li estas *sentema*.

"Hej, buboj, for, for! Nenion bonan vi trovos por viaj knabinoj", diris la Maljuna Toporo kiam ni estis ankoraŭ kelkajn paŝojn for.

Ni afektis konfuzon. "Kiuj knabinoj?"

"La knabinoj! La tri knabinoj. Io malbona okazos pro la knabinoj."

"Kial 'la'? Kiel vi scias, ke temas pri 'la' knabinoj?" ni diris.

"Ĉar ili estas la solaj knabinoj en la tuta mondo por vi, ĉu ne? Nun for! Mi ne partoprenos vian problemon."

Por tio ne estis respondo, do ni reiris hejmen kun nur manoj en la poŝoj.

Mia patrino diris de la kuirejo, ke mi lasu la ŝuojn ĉe la ŝtupo. Ŝi demandis, ĉu mi deziras kuketon, ĉar la novajn ŝi ĵus elprenis el la forno, sed mi ne havis apetiton.

Mi fosis iomete en la ŝranko en mia ĉambro, sed inter blankaj ŝtrumpetoj, ŝnurpecoj, biskvitoj, glataj ŝtonoj, ursodento, ligna aglo kaj tri radoj de trajno mi nenion trovis. Miaj vestaĵoj neniujn sekretojn kaŝis. En la fundo de la tirkesto mi malkovris paperon. Ĝi estis desegnaĵo de arbo kaj birdoj, kiun mi komencis fari en la lernejo kaj poste prilaboris hejme dum multaj vesperaj horoj. Mi volis, ke ĉiu linio estu perfekta, kaj mi preskaŭ detruis la paperon per plurfoja redesegnado. Mi neniam finis ĝin – ĝi ne povas esti finita.

Sed eĉ tiun trezoron, iam tre karan al mi, mi taksis malinda por la tri ruĝaj knabinoj.

Mia patrino envenis kun kuketo kaj taso da varma lakto. Mi ankoraŭ ne havis apetiton, sed sentis, ke eble tio ne gravas. La patrino sidiĝis apud mi sur la plankon.

"Panjo, mi bezonas ion por donaco, sed mi ne havas monon."

"Kaj ne taŭgas viaj ursodento aŭ trajnradoj, ĉu? Tre speciala donaco. Venu, venu."

Mia patrino malfermis la pordeton en la plafono kaj malsuprentiris la ŝtupetaron. Tio estis la ŝtupetaro al la subtegmento. Neniam antaŭe mi vizitis ĝin, ĉar la patrino taksis ĝin tro danĝera. Grimpinte laŭ la ŝtupetaro, mi vidis, ke la subtegmento ne estis tre interesa. Plejparte troviĝis nur polvo, sed sub la eta fenestro en angulo estis tri skataloj. Mi antaŭsupozis pli da objektoj tie. Mi vidis filmojn, en kiuj subtegmentoj enhavis keston kun mapo al trezoro, aŭ malnovajn vestaĵojn kun glavoj kaj plumoj, aŭ almenaŭ monstrojn.

Mia patrino forblovis tavolon de polvoneĝo, malfermis unu el la skatoloj, kaj eltiris ĉapelon.

"Jen, ĉu ne moda?" ŝi diris kaj metis la ĉapelon sur la kapon.

"Mi ne scias, Panjo."

La rideto malaperis. "Aŭguras malbone porti ĉapelon en la domo", ŝi diris. Ŝi malfermis alian skatolon kaj elprenis librojn, verŝajne plenaj je fotoj.

Mi kontrolis la aliajn angulojn de la subtegmento.

"Karulo, zorgu!" ŝi diris, vidante min apud truo en la malalta oblikva muro.

"Kio ĝi estas?"

"Ni uzis tiujn truojn dum la milito por viziti la najbarojn. Iam oni povis iri ĝis la aleofino, neniam elirante surstraten. Sed nun tie devas esti najlo aŭ akraj ligneroj aŭ io."

Nur la maldikaj muroj apartigis min de la tri ruĝaj knabinoj, kaj jen truo eĉ en tiu malforta barilo. Estus tiel facile transiri. Same faris mia patrino, eĉ ĝis la aleofino …

Mi ne povis elteni pli longe. Kial ŝi tiris min en tiun ĉi polvejon?

"Ho, donaco. Ne, nenio taŭga ĉi tie", diris la patrino. "Mi pardonpetas. Mi pensis, ke eble vi trovus ĉapelon, pentraĵon, aŭ ion donacindan."

Ŝi ne rigardis min sed rigardis tra la eta fenestro en la betonajn ĝardenojn de la najbaroj.

"Domaĝe, ke vi ne povus aĉeti por ŝi florojn. Sed ankoraŭ estas frue en la jaro. La floroj estas multekostaj. Tamen vidu la florojn de Vidvino Pintanazo! Ili jam floras! Ŝi havas iun sorĉan povon super tiuj violetoj."

Sorĉa povo! Ŝajnas, ke la tri ruĝaj knabinoj ekhavis iun sorĉan povon super mi, se mi tiel freneze serĉas por ili donacon. Floroj estus perfektaj donacoj. Sed la Vidvino Pintanazo certe ne donus la florojn al mi – ŝi estas malafabla kaj avara. Tial ŝi kreskigas florojn malantaŭ barilo, kie nur ŝi (kaj spionoj, kiuj rigardas el subtegmentaj fenestroj) povas vidi ilin. Se mi povos akiri tiujn florojn, mi ne nur havos belan donacon por la knabinoj – mi ankaŭ liberigos tiujn belajn objektojn el ilia malliberejo.

Estus tamen danĝere akiri la florojn. Mi malsupreniris laŭ la ŝtupetaro kaj iris en nian ĝardenon, apud tiu de Vidvino Pintanazo. Necesas plani. Ŝia barilo estis alta, ŝajne nesuperebla. Mi paŝis al la alia flanko de la ĝardeno por studi la tuton, sidante en la ombro de la barilo, kiu apartigas mian domon de la tri ruĝaj knabinoj.

"Bonan tagon, sinjoro", diris knabinaj voĉoj de trans tiu barilo. Ĉio, kion mi volis, troviĝis je alia flanko de barilo.

Mia koro batadis kiel tamburo pro la surprizo. "Ho, bonan tagon, sinjorinoj", mi apenaŭ elbuŝigis.

"Kial vi nomas nin sinjorinoj? Ni estas fraŭlinoj." La knabinoj ridetis inter si, kaj unu trinkis gluteton el flava taso. Ŝi forŝovis falint-ajn harojn malantaŭ la orelon. Tiu eta movo, natura kaj luksa, instigis mian koron batadi eĉ pli forte. Sed nun ni ne havis ion por diri unu al la aliaj. En la silento, kiu ekestis inter ni, mi imagis, ke la batado de mia koro fariĝis pli kaj pli laŭta. Mi devis rompi la silenton, por ke la tri ruĝaj knabinoj ne aŭdu mian korbatadon.

"Mi trovis por vi donacon", mi diris. Sed mi tuj pentis miajn vor-tojn. Kaj se ili nun petos ĝin?

"Tre bele", diris la knabinoj. "Ĉu ni povas peti ĝin?"

"Kompreneble. Momenton."

Mi ne plu havis tempon por plani mian invadon. Mi kuris al la barilo de Vidvino Pintanazo. Per plenforta salto kaj lerta gimnastiko mi alteriĝis en ŝian ĝardenon. Espereble la knabinoj vidis tiun salton, ĉar ĝi estis unuaranga. Mi dubas, ĉu Jan aŭ Mateko povus same salti.

En la ĝardenon de Vidvino Pintanazo jam alvenis printempo. Flo-ris lilioj kaj violetoj. El truoj en la betono kreskis petunioj. Mia pa-trino ne sukcesus krei tiel pitoreskan ĝardenon eĉ en la somermezo.

De la domo mi aŭdis tuson, kaj ombro moviĝis ĉe la fenestro. La Vidvino havis dikan promenbastonon, kaj ŝia hundo estis la plej danĝera en la tuta aleo. Oni ne povas alproksimiĝi al ĝi, eĉ tenante kolbason. Mi ŝiris grandan aron da petunioj per unu mano kaj faskon da violetoj kaj tulipoj per la alia. Sed la floroj malhelpis mian eskapon. Kun plenaj manoj estis malfacile grimpi la barilon. Kelkajn florojn mi premdifektis, kaj miaj membroj tordiĝis. Mian kruron gratis akra pinto en la barilo, kaj mi preskaŭ ekkriis pro la doloro.

"Jen, jen", mi diris, lame irante al la tri ruĝaj knabinoj.

La knabinoj ne plu troviĝis tie.

Sed tio estis bonŝanco! Pro kapturniĝo kaj naiveco, mi estis preta donaci al la tri ruĝaj knabinoj florojn ĵus eltiritajn el fremda ĝardeno, al kiuj ankoraŭ gluiĝis koto kaj roso. Velkantaj, magraj, pekaj floroj.

Mi eniris mian domon kiel ŝtelisto. Se mia patrino rimarkus min, estus la fino. Mi refreŝigis la florojn per kelkaj gutoj da akvo kaj volvis la tigojn per flava papero kaj ruĝa rubando. Kaj nun la floroj aspektis kiel respektinda, aĉetita donaco, kiu venas de riĉulo.

Mi renkontis Janon kaj Matekon kelkajn domojn for. Ambaŭ tenis pakaĵojn.

"Ĉu ankaŭ vi havas donacojn por la knabinoj?" mi diris.

Jan montris tetason kun etaj flavaj anasoj sur ĝi. "La avino ne plu bezonas ĝin", li diris.

Mateko havis libron kun purpura bindaĵo kaj kun rubando. "Mia onklino vendas tiajn aĵojn en sia butiko, kaj ŝi donis tion ĉi al mi, ĉar ĝi estas jam eksmoda."

"Kion ĝi enhavas? Ĉu poemojn?" mi diris.

"Ne, ĝi estas malplena. Por verki la proprajn pensojn aŭ desegni katidon aŭ ĉielarkojn aŭ mi ne scias kion."

Pri la tetaso mi havis neniujn timojn, sed la purpura libro estas tre taŭga donaco.

"Ĝi estas stulta donaco", mi diris. "Kiu volus malplenan libron?"

"Nu, kaj kion vi akiris, riĉulo?" diris Jan.

"Florojn", kaj mi montris la bukedon, kies petaloj brilis kolorplene eĉ en la duonlumo de la aleo.

"Ho, ĉu? Sed ili estas tiom multekostaj!" diris Mateko.

"Ja mi estas riĉulo", mi diris.

"Nu, diru vere, bubaĉo. De kie vi akiris tiujn florojn?" diris Jan.

"Neniam mi malkaŝos."

"Kio okazis al via kruro?" Mateko demandis.

Mi rigardis – mia kruro sub la genuo aspektis terura, kun nigra kontuzo kaj profunda fingrolonga vundo. La sango jam ĉesis flui, sed ĝi sekiĝis en timigaj ruĝaj makuloj.

"Ho, nenio", mi respondis.

Sed interne mi blasfemis. Kial mi ne portis pantalonon? Kulotoj en vintro estas plena malsaĝo, konvenaj nur por ludantaj knaboj kiuj umas per pilkoj kaj fiŝkaptiloj. Sed dum mi pripensis, ĉu mi risku eniri la domon denove por pantalono aŭ almenaŭ por forviŝi la sangon, Mateko frapis ĉe la pordo de la tri ruĝaj knabinoj.

Ni ĉiuj rektiĝis sur la ŝtupo, kaj mi provis glatigi la harojn per malseka mano.

"Nu, kaj kio, se aperas ilia patrino?" diris Jan. Niaj okuloj larĝiĝis pro timo.

"Kaj kio, se la patro?" diris Mateko. Niaj kruroj komencis ŝanceliĝi.

Sed neniu venis al la pordo. Mi frapis denove, dufoje. De interne ni aŭdis paŝojn, sed ili ne povis esti homaj – eble hundaj aŭ kataj. Jan enrigardis la fenestron, sed dika nigra kurteno kovris la tuton.

Dum la sekvaj minutoj ripetiĝis la jena sceno:

"Neniu estas hejme. Ni foriru", diris iu el ni.

"Ne, vi trompas!" diris alia. "Vi revenos post kelkaj minutoj, trovos la knabinojn, kaj sole donacos al ili vian aĉaĵon."

"Ni devas ĉiuj atendi kune", diris la tria.

Tiel vesperiĝis. Vespermanĝoj finiĝis, kaj aperis en la aleo infanoj, kiuj provis sekvi pilkojn en la ombroj. Niaj stomakoj plendis, kaj la floroj tro firme tenataj en mia mano aspektis iom velkaj – la buntaj koloroj paliĝis.

Sed subite la pordo malfermiĝis kaj ellasis malfreŝan spiron.

"Bonan vesperon, sinjoroj", diris la tri ruĝaj knabinoj. "Ĉu vi fra-pis ĉe la pordo?"

"Bonan vesperon, knabinoj", ni respondis.

El fora domo eliris sinjorino kun nigra ĉapelo. Ŝi iris kelkajn paŝojn kaj, sentante, ke ŝiaj ŝuoj estas tro bruaj kontraŭ la ŝtonoj de la aleo, deprenis ilin kaj pluiris nudpiede.

"Ĉu al vi ne estas malvarme?" diris la knabinoj. "Ja vi portas kulotojn."

"Nu, ni ekzercas la korpon", mi diris. "Ni fortigas la pulmojn per freŝa nokta aero."

"Aĥ, ĉu?" diris la knabinoj.

Bojis hundo.

"Jen, mi havas donacon por vi", mi diris.

"Ankaŭ mi", diris Jan kaj Mateko.

"Aĥ, ĉu?" diris la knabinoj.

Mi prezentis la florojn al ili.

"Tre belaj ili estas", diris la knabinoj.

"Same mi diras pri vi", mi respondis. Jan kaj Mateko ĝemis.

"Kaj mi havas por vi tetason", diris Jan. "Ĉar mi vidis vian tefeston hieraŭ kaj vidis, ke vi ĝuas teon, kaj mi volus aĉeti por vi teon, tamen oni fortrinkas teon, sed tetaso daŭras por ĉiam."

"Tre utila", diris la knabinoj.

Mateko staris fikse kun sia libro en la mano. Finfine li senvorte transdonis ĝin.

"Multajn dankojn", ili diris, trafoliumante la malplenan libron. "Jam ĝi estas plenŝtopita de verkotaĵoj."

Niaj oferoj estis akceptitaj.

"Ĉu vi volas eniri? Estas tro malvarme por vi ekstere."

Ni eniris. Jan fermis la pordon malantaŭ ni.

Ni troviĝis en granda kaj malluma salono. La ĉambro plenis je miksita odoro, dolĉa sed malfreŝa, kvazaŭ oni bakis frandaĵojn en la pasinteco, sed neniam malfermis la fenestrojn por eligi la fumon. La nura lumo venis de kvar kandeloj en altaj feraj kandelingoj. Pli kaj pli niaj okuloj alkutimiĝis al la mallumo. Unu muron kovris ŝtona kameno, kaj super ĝi pendis pentraĵo de arbara rivereto. Librobretaro tenis ne librojn, sed aliajn objektojn: grandan lignan ĉevalon, fluton, rubandojn, tason da akvo. La libroj kuŝis sur la planko. Iu Biblio aŭ vortaro apud mia piedo havis ŝiritan kovrilon, kaj la paĝoj estis ĉifitaj pro ofta uzado.

En la mezo de la ĉambro estis la malalta tablo, kiun la knabinoj uzis dum la hieraŭa tefesto (ĉu nur hieraŭ? ŝajnis al mi kiel jardeko). Ĉirkaŭis ĝin ok blankaj seĝoj kun pentritaj floretoj kaj kreskaĵoj. La tablo kaj teleroj – kruĉo, tasoj, subtasoj, eĉ vazo en la mezo – havis la samajn desegnaĵojn, kiel la seĝoj. Oni faris la tuton kiel kompleton, verŝajne antaŭ multaj jaroj. Kvar pupoj okupis kvar seĝojn. Sur la muroj pendis fotoj – kalva viro kun okulvitroj kaj barbo, diketa virino kun malhelaj haroj en nodo, seriozmiena maljunulino tenanta pesilon. En kadroj estis kelkaj infanaj bildoj. Ses ridetantaj makuloj ligitaj per linioj. Kato. Kampo kun flavaj faskoj de tritiko. Ĉielarko super arboj. La lasta ne estis en kadro. Ĝi estis desegnita sur la muro mem. Unu el la knabinoj staris antaŭ ĝi por kaŝi ĝin de ni. Sed la bildo estis granda, kaj ŝi ne povis kovri la tuton.

Miajn florojn knabino metis en la vazon sur la tetablo, kie ili aspektis profunde mizeraj. La tetaso de Jan estis ridinde maltaŭga apud la aliaj, sed la knabino, kiu metis ĝin sur la tablon, ridetis kontentige. La purpuran libron knabino metis sur la breton super la kameno.

"Bonvolu atendi, sinjoroj", diris la knabinoj kaj malaperis en la koridoron. Iliajn nudajn kalkanojn ni vidis laste, sed la susuro de iliaj jupoj estis aŭdebla kelkajn pliajn momentojn.

Jan ekzamenis la pentraĵon de ĉielarko.

"La koloroj estas renversitaj", li diris.

"Ĉu la koloroj ĉiam estas en la sama vico?" diris Mateko. Li piedbatis ion, sed ĝi estis pli malpeza, ol li supozis, kaj ĝi flugis en la apudan kuirejon. Ni sekvis ĝin ĝis la sojlo de la ĉambro sed ne eniris.

Sur breto en la kuirejo staris kelkaj vinglasoj, ankoraŭ plenaj. Pano trançita por sandviĉoj formis turon apud ujo da populara marmelado. Duona kuko, kun ruĝaj ĉerizoj, finis la panoramon. Ni ne volis ĝeni la aranĝon, kiu ŝajnis preskaŭ perfekta.

La knabinoj revenis en la salonon, nun portante ĉapelojn kaj aliajn robojn. Ne plu ili portis nur ruĝon! La roboj estis verdaj kun mallongaj jupoj, kiuj malkaŝis la genuojn. Kiaj genuoj! Sen ajna vundo aŭ difekto, kvazaŭ el marmoro aŭ vakso.

"Ĉu ne elegante?" diris la knabinoj.

"Tre", ni diris.

"Tiuj jupoj kaj ĉapeloj estas por somera promenado. En la kamparo. Oni ne povas promenadi en la urbo en tiaj jupoj", diris la knabinoj.

La knabinoj turniĝis dekstren kaj maldekstren por montri la jupojn.

"Kaj la ĉapeloj … perfekte por la suno!" ili diris.

La ĉapeloj ja estis ruĝaj, kun falsaj floroj enplektitaj en la randaĵojn. Trankviligis min, ke la ĉapeloj estis ruĝaj.

"Tre ĉarmaj ĉapeloj", ni diris.

La knabinoj atendis, ke ni diru ion pli.

"Ĉu vi ŝatas ĉevalojn?" diris Mateko.

"Jes, multe", diris la knabinoj.

"Mi vidis grandan ĉevalon sur la bretaro", diris Mateko.

"Tie estas multaj ĉevaloj!" diris unu el la knabinoj kaj prenis la ĉevalon de sur la bretaro.

"Ne, estas neinterese", diris alia knabino.

Sed la unua jam premis butonon en la ventro de la granda ĉevalo, kaj ĝi dividiĝis en du pecojn. Kelkajn ĉevaletojn la knabino elŝutis sur la tetablon.

"Jen la violeta, kiun mi plej ŝatas, kaj purpura, kaj blua, verda, flava, oranĝa, kaj ruĝa!"

Por Mateko tio estis fascina, kaj li prenis la violetan.

35

"Tiuj ĉi ludiloj ne estas ĉevaloj", diris alia knabino. "Ĉevaloj vivas en la kamparo kaj estas sovaĝaj. Neniu bridas ilin, kaj ili kuras tra la arbaro kaj neniam estas vidataj de homoj."

"Forigu la ĉevalojn de la tablo", diris la tria knabino. "Ĉio estu ordigita kiel antaŭe."

Mateko helpis la knabinon remeti la ĉevaletojn en ilian patrinon.

"Kiel nomiĝas viaj pupoj?" mi diris. "Pupo devas havi nomon, ĉu ne?"

"Ili ne plu havas nomojn", diris la knabinoj.

Unu el ili palpebrumis nenormale.

"Do, kiel nomiĝis la pupoj, kiam ili havis nomojn?" mi diris.

"Tulipo, Lilio, Petunio, kaj Violeta", ili respondis.

"Tre belaj nomoj por pupoj", mi diris.

"La nomoj estas ankaŭ niaj."

"Ĉu vere? Belaj nomoj!" diris mi, Jan kaj Mateko samtempe.

Kiu nomo apartenas al kiu knabino? Malfacila decido. La knabinoj estis tiom similaj – kaj distingojn inter floroj ni ne tre bone konis. Kaj kio pri la kvara nomo?

"Sed vi estas tri, ĉu ne?" mi diris.

"La kvara estas en la arbaro", diris la knabinoj. "Ŝi estas floro. Ni ĉiuj estas floroj."

Kaj la knabinoj ĝustigis siajn ĉapelojn. Tiel solene! Sed mi kontraŭvole, kontraŭanime, ridetis. Ili portis verdajn robojn (tigoj!) kaj ruĝajn ĉapelojn (petalojn)! Ili ja similis al floroj, al rozoj.

"Estas ŝerco", diris la knabinoj kaj ekridis. "Kiaj strangaj nomoj por knabinoj."

Ni ĉiuj ridis.

Tri sonorojn de fora sonorilo mi aŭdis, kaj la knabinoj ĉesis ridi.

"Estas fuŝe porti ĉapelojn en la domo. Aŭguras malbone", diris unu el la knabinoj. La aliaj kapjesis kaj demetis la ĉapelojn.

"Nia patrino revenos baldaŭ", diris la knabinoj.

"Ĉu ŝi butikumas, vizitas najbarojn?" mi demandis, nur por daŭrigi.

"Ni ne scias, sed ĉio devas esti ordigita antaŭ ol ŝi revenos", ili diris.

"Ni helpos!" diris Mateko. Li kolektis librojn kaj portis ilin al la librobreto.

"Dankon, sed ni mem faros", diris la knabinoj. "Bonan nokton, sinjoroj."

"Sed ĉu ni ne renkontiĝos morgaŭ?" mi diris.

"Ĉu renkontiĝos, ĉu ne renkontiĝos, ne eblas scii", diris la knabinoj. "Sed bonvolu hasti."

"Nepre ni renkontiĝos!" diris Jan. "Ni iru al la kinejo … "

"Ne estas eble", diris la knabinoj, kaj ilia voĉo estis plena je maltrankvilo kaj bedaŭro.

"Nu, ni iru en la kamparon por promeni", diris Mateko.

"Ĉu vi povas flugi kaj flugigos nin?" diris la knabinoj akre. "Ĉu vi transformos la betonon al herbejoj kaj ebenigos la urbon?" La knabinoj malfermis la pordon. La subita ŝanĝo en ilia mieno estis forte skua. Neniam antaŭe la knabinoj parolis malĝentile. Ilia hastoplena voĉo pelis nin el ilia domo.

Sed mi ne povis foriri sen promeso pri revido.

"Mi invitas vin al tefesto!" mi diris. "En mia domo. Tute apude."

La knabinoj paŭzis.

"Tute apude?"

"Jes, nur unu muron for."

"Kaj via patrino ne estos hejme?"

"Eble jes, eble ne, sed ŝi ne ĝenos nin", mi diris.

"Ĉu vi estas certa?" ili diris.

"Jes, jes!" mi diris.

"Tiam ĉe vi morgaŭ je la kvara posttagmeze", ili diris.

Jen mi, Jan kaj Mateko staris en la aleo, en la frosta vento. La pordo jam estis ŝlosita malantaŭ ni. Sed eĉ la rapida fuĝo ne malfeliĉigis nin, ĉar amindaj estas la knabinoj – belaj kaj amindaj, kaj ni morgaŭ trinkos teon kun ili kiel plenkreskuloj.

Estos bele, kiam mi estos plenkreska kaj la knabinoj estos plenkreskaj. Ni iros en la kamparon per aŭtobuso aŭ eĉ mia propra aŭto. Sur la herbejo rande de la arbaro ni sternos litkovrilon kaj sur ĝin ni dismetos bankedon el sandviĉoj kaj vino en verdaj boteloj. Por ĉiu ruĝa sinjorino mi plukos rosobanitan rozon kaj ĝin donos kun klino kaj mankiso. Eble ili volos rideti, ĉar miaj lipharoj iomete tiklos. Jes, kisi la manon, tion mi devos memori. Kaj vekiĝinte el la postbankeda dormeto en la mola sunlumo, ni tenos la manojn kaj gaje eniros la arbaron, kaj tie ni ludos kaj kantados kaj pasigos senfinajn vesperojn kaj noktojn.

Tiel mi revis ĝis la frosta vento fariĝis neeltenebla. Mia patrino ne salutis min, sed mi aŭdis ŝian voĉon el la salono, kiu verŝis flavan lumon en la malhelan koridoron.

"Verŝajne pro la najbaraj knabinoj", ŝi diris.

Mi eniris la salonon, kaj la frosto, kiun la hejma varmo forigis, tuj revenis. La Vidvino Pintanazo sidis ĉe la tablo kaj trinkis teon kun mia patrino.

Jen mi trafas en saŭcon, mi pensis.

"Bonan vesperon", la patrino diris al mi. "Vidvino Pinto … , nu Sinjorino Fanensen, vi konas mian filon, ĉu ne?"

La Vidvino Pintanazo klinis la kapon al mi. Per sia griza senviva okulo ŝi rigardis min de la kapo ĝis la piedoj. Mi sentis kvazaŭ ombroj kaj fantomoj lekus miajn membrojn.

"Bone mi konas lin, sinjorino, ĉar ĝuste tiun figuron mi vidis en mia ĝardeno antaŭ kelkaj horoj."

"Kaj Sinjorino Fanensen, ĉu vi bonvolus ripeti, kion tiu figuro faris en via ĝardeno?" diris mia patrino.

"Tiu figuro, via filo, ŝtelis florojn. Kaj mi venis ĉi tien por sciigi vin pri la okazaĵo kaj peti rekompencon, ĉar kiel vi scias, tiaj floroj estas tre multekostaj en tiu ĉi sezono."

Mia menso tuj provizis al mi dekon da senkulpigoj. *Ne min ŝi vidis en sia ĝardeno, sed Janon aŭ Matekon.* Eble mia patrino kredus tion, ĉar ŝi same bone sciis, ke la Vidvino Pintanazo estas maljuna kaj havas nur unu okulon. *Mi eniris ŝian ĝardenon nur por repreni la pilkon, mi ne ŝtelis florojn.* Aŭ eĉ pli bone, *mi vidis la perditan katidon de Fraŭlino Bovido sed antaŭ ol mi povis savi ĝin via bojanta hundo fortimigis ĝin.*

Sed tiuj mensogoj ne plaĉus al la ruĝaj knabinoj. Ili aprobus kuraĝon, ne senkulpigojn.

"Jes, mi prenis la florojn. Mi rekompensos al vi, kvankam monon mi ne havas nun."

La kolero de mia patrino mildiĝis iomete. La vidvino tamen ne estis kontenta.

"En mia junaĝo oni draŝis knabojn, kiuj ŝtelis de maljunulinoj, kaj se mi ankoraŭ havus la forton, mi mem draŝus vin."

Mia patrino balancis la kapon por esprimi malaprobon.

La vidvino daŭrigis sian admonon al mi. "Do, kiel vi rekompensos vian krimon?"

"Mi laboros laŭ via bontrovo por vi, aŭ mi laboros por gajni la monon aliloke."

Ŝia okulo fikse rigardis min. Mia spirito estus velkinta, se mi ne havus animon fortikigitan per dolĉaj vortoj kaj amplenaj ridetoj.

"Kaj por kio vi prenis la florojn? Ĉu por tiuj knabinoj en la apuda domo?"

Mi silentis.

"Knabo, vidu", diris la Vidvino Pintanazo. Ŝi prenis sian tetason kaj montris al mi, kiel la tefolioj gluiĝis sur la fundo. "Vi scias, ke oni povas ekkoni la estontecon per tefolioj, ĉu ne? Jen vi, kies loko en la Sudo estas tre malbona aŭguro. La knabinoj – jen tri nigraj folioj, kiuj staras inter vi kaj la plej profunda parto de la taso, kiu signifas plenumon, feliĉon."

Mia patrino paliĝis, sed la Vidvino Pintanazo ne atentis ŝin. "Pri tiuj knabinoj mi havis strangajn sentojn, do mi dismetis la kartojn, verŝis akvon en la lunspegulo, kaj ruligis la Ostokubojn en la Kverkokruco. Mi elprovis ĉiujn rimedojn, kiujn provizis al ni La Misteroj. Kaj miajn eltrovojn mi dividos kun vi, kvankam la destinon vi mem elektis. Tiuj knabinoj estas ombroj, fantomoj, diabloj, kaj ili katenos vin ĝis la morto."

"Mi taksas ilin tute ĝentilaj kaj afablaj", diris mia patrino, sed la Vidvino Pintanazo ne atentis la interrompon.

"Neniam vi forgesos aŭ forskuos ilin el via memoro. En ĉiu rebrilo de flamo vi vidos nur ilin. En ĉiu alia virina vizaĝo, kiun prezentos al vi bonŝanco aŭ malfeliĉo, vi vidos nur ombrojn de la tri ruĝaj knabinoj. Sed ĉio ĉi estas eble tro nebula por via juna menso, kiu pensas nur pri konkretaĵoj kiel pilkoj, fiŝkaptiloj, ĉapeloj kaj ŝtelitaj floroj. Per la propra okulo mi vidis, ke vi vundis la kruron fuĝante de via sorto. Per la lunspegulo mi vidis, ke vi vundos la kruron grimpante al ĝi. Aŭskultu, knabo! Io terura okazos, se tri ruĝaj knabinoj eliros el la arbaro."

"Kiam ĉio ĉi okazos?" mi demandis.

"La folioj klarigas pri vero, ne pri tempo", respondis la Vidvino Pintanazo.

Mia patrino ekparolis. "Sinjorino, mi dankas, ke vi sciigis min pri mia filo kaj viaj floroj, kaj mi dankas pro la konversacio dum la tetrinkado, kaj pro la konsiloj pri mia florĝardeno, kvankam mi ne scias, de kie akiri vespertopolvon. Tamen jam estas malfrue, kaj mia filo devas enlitiĝi."

La Vidvino Pintanazo remetis sian ĉapelon sur la kapon, skuis iom da polvo de sia koltuko, kaj leviĝis.

"Bonan nokton, sinjorino", ŝi diris. "Poste ni daŭrigos nian konversacion, kaj mi petas, ke via filo venu postmorgaŭ je la oka matene. Morgaŭ li estos okupata."

Post kiam la Vidvino Pintanazo foriris, mia patrino kaj mi sidis solene en la salono. Ŝi verŝis por mi teon.

"Ĉu por la najbaraj knabinoj vi prenis tiujn florojn?" ŝi diris.

"Jes."

"Ĉu la floroj plaĉis al ili?"

"Jes. Mi invitis ilin por tefesto morgaŭ posttagmeze."

"Ĉi tie? Ni devas pretiĝi."

La teo estis varma en miaj manoj, sed mi ne volis trinki ĝin. La folioj flosis en la likvaĵo. Ili ankoraŭ ne trovis sian lokon ĉe la fundo.

"Ĉu vi ne koleras, Panjo?"

"Karuleto, la mensoj de gejunuloj estas misteraj, kaj se mi kolerus je vi, mi devus koleri je via patro, je mi mem. Foje via patro venis tra la tuta urbo noktomeze dum pluvego, ĉar li kredis, ke mi ne plu amas lin. Li frapis ĉe la pordo, vekis min. Li staris tie ĉe la sojlo sen ombrelo. Lia ĉapelo estis tiel malseka kaj peza, ke ĝi similis al velkanta floro! Kortuŝe! Sed li terure malvarmumis kaj la longa malsano malfortigis lian koron. Li neniam vere resaniĝis. Sed ĉion ĉi vi jam scias … "

Ŝi trinkis el sia tetaso.

"Ni vizitis Majstrinon Saran en la bazaro antaŭ ol ni geedziĝis. Estis tradicio, kaj mi interesiĝis pri tiaj aferoj: kartoj, la Ostokuboj kaj tiel plu. Sed nin atendas malbona sorto, diris Majstrino Sara. Iu el ni mortos pro akvo, ŝi diris. Kvankam nek via patro nek mi vere kredis je tiu aŭguro, ni evitis riverojn kaj neniam luis remboaton ĉe la parko. Eble tio ŝajnas tute stulta al vi! Sed eĉ tiuj, kiuj certas, ke porti ĉapelon en la domo havas neniujn konsekvencojn, tamen demetas ĝin antaŭ ol eniri. Kaj eĉ tiuj, kiuj havas nigran katon kiel hejmbeston, momente hezitas, kiam ĝi preteriras la vojon."

"Do, ĉu vi kredas al Vidvino Pintanazo?"

"Ne, tute ne! Ŝi estas malfeliĉulino, eble pli ĵaluza, ol kolera, sed ĉiukaze amare kaj malzorge parolis. Ni ne kredu, ne kulpigu. Sed ŝi diris, ke vi vundis la kruron. Ĉu vere?"

Mi montris la kruron al ŝi. Ĉar mi ankoraŭ ne havis okazon purigi la vundon, ĝi ankoraŭ aspektis pli serioza, ol ĝi vere estis.

"Kara mia! Kial vi nenion diris antaŭe? Ni devas tuj fari ion."

Mia patrino foriris en la kuirejon, verŝajne por preni tukon aŭ bandaĝon. Ŝi estis for dum longa tempo. Mi ekstaris por serĉi ŝin, sed miaj kruroj ŝanceliĝis. Malfacile mi antaŭeniris; la koridoro etendiĝis longe antaŭ mi. Por teni la ekvilibron mi tuŝis la muron, kaj tra miaj fingroj mi sentis vibradon, malvarmon, eĉ … flustrojn, se eblas senti flustron. Mi metis la duan manon al la muro kaj pli forte sentis la vibradon. Ĝi estis regula, kvazaŭ iu frapetis ĉe la muro. La konstanta frapado fariĝis korritmo trankviliga, kaj ĝi pacigis mian mizeran menson samkiel la patrina brusto pacigas suĉinfanon. Forton pli freŝan mi akiris. La koridoro ne ŝajnis tiom longa, kaj miaj kruroj ne tiom ŝanceliĝis. Mi paŝon post paŝo atingis la kuirejon. Tamen ne la patrinon mi vidis, sed la tri ruĝajn knabinojn.

"Bonan vesperon", ili diris.

"Bonan vesperon, knabinoj."

"Ni volis danki pro la belegaj floroj, kiujn vi akiris rekte kaj kuraĝe, ne timigite de la vidvino nek de la hundo, kaj konservis dum la densa malvarmo ekster nia domo, kie vi pacience kaj obstine eltenis nur por omaĝi nin kaj plenumi promeson, kaj pro ĉio ĉi vi estas la plej aminda inter ĉiuj viaj amikoj."

Kaj mi ricevis tri kisojn sur la frunton, kiuj signifis benon kaj esperon kaj feliĉon.

Sed vere mi falis en la salono. Mia patrino metis malvarman tukon sur mian frunton.

"Ho, kara! Vi estas tiom laca. Vi devas enlitiĝi post kiam ni purigos vian kruron", ŝi diris.

Frumatene la patrino vekis min. Ŝi diris, ke la plej belaj kaj freŝaj produktoj por tefesto estos haveblaj nur en la fruaj horoj en la bazaro. Ŝi jam surhavis ĉapelon kaj estis tute preta butikumi. Liston ŝi legis al mi dum mi brosis la dentojn.

"Teo, komprenbele, kaj citronoj, kaj mi kaj Vidvino Pintanazo formanĝis ĉiujn kukojn, do ni devos aĉeti novajn frandaĵojn … eble la mielovojn, kiujn faras Marzo? Ilin vi tre ŝatas, kaj ili taŭgas por eleganta tefesto. Aŭ ĉu ni baku proprajn kukojn?"

Survoje al la bazaro ŝi ĉiam estis unu paŝon antaŭ mi, kaj miaj kruroj ne povis sekvi ŝian rapidan piedotakton. Ni alvenis al la rando de la bazaroplaco, kaj la odoro de novbakitaj mielovoj plenigis la aeron.

"Du manplenojn. En skatolo kun ruĝa rubando", mia patrino diris al la helpantino.

"Tio estas multekosta, Panjo!" mi diris, sed ŝi jam donis monbileton.

"Kaj nun teon", mia patrino diris. Sed ne estas juste, ke ŝi regu la tuton. Tefesto estas afero por plenkreskuloj, ne por knaboj, kiuj ankoraŭ tenas je la manoj siajn patrinojn. Mi tusis kiel gravulo kaj alparolis la patrinon: "Ĝi devas esti mia tefesto. Kaj mi tre dankas pro via helpo, sed ..."

Mia patrino tuj perceptis, pri kio temis. Ŝi rigardis ne min, sed la plankon. "Tute prava vi estas, karuleto. Nu, jam ne plu karuleto! Eta sinjoro, kiu amindumas tri belajn knabinojn. Ĉu vi havas propran monon?"

"Jes, sed nemulte."

"Prenu tri biletojn. Mi devos aĉeti kelkajn aĵojn por la domo."

"Multajn dankojn, Panjo", mi diris.

Ŝi donis la biletojn kaj komencis foriri, sed returniĝis.

"Ĉu la liston vi volus? Mi skribis liston por la tefesto", ŝi demandis.

"Volonte mi prenos la liston", mi respondis, ĉar mi taksis tion ĝentila.

Ni ambaŭ direktis nin al la tevendisto, malkomforte kunirante, sed post kelkaj paŝoj la patrino haltis por ekzameni iun nebezonatan bagatelaĵon, kaj mi forlasis ŝin.

En la budo de la tevendisto, mi kontrolis kelkajn ujojn, flaris kaj premis la tefoliojn inter miaj fingroj kvazaŭ mi estis lerta pri tiuj aferoj. Sed finfine mi aĉetis saketon da ordinara teo. La teo ne estis multekosta, almenaŭ por knabo provizita per monbiletoj, do mi vizitis la bakiston kaj aĉetis nigran panon. Por la pano mi aĉetis fromaĝon. Mia plej ŝatata – malmola salita fromaĝo el ŝaflakto – ne estus taŭga por sandviĉetoj, do mi aĉetis facile tranĉeblan flavan fromaĝon.

Inter du budoj artisto starigis kelkajn kanvasojn. Mi paŭzis por rigardi la pentraĵojn. Unu montris rivereton en la profunda arbaro: blanka akvo rapide fluas super rokoj, kaj ora lumo lumigas ĉiun folion kaj rosoguton. Ĝi estis tre trankviliga sceno, sed, dum mi rigardis ĝin, mi vidis etan movon en la arboj, kaj mi retiriĝis. La artisto rikanis al mi.

Mi kontrolis la liston. Restis citronoj, do mi iris al la fruktovendisto. Sed ene staris mia patrino. Ŝi prenis pomojn kaj kontrolis ilin pri difektoj. Mi kviete iris al la tablo de citronoj kaj oranĝoj, rapide elektis du kaj pagis per la lastaj groŝoj de la donita mono. La patrino atendis min ekster la budo kaj ekparolis.

"Ĉu vi jam estas preta?" ŝi diris. "Mi aĉetis pomojn kaj bifstekon. Ne por la tefesto, sed por ni. Mi pli amplekse butikumis hieraŭ, sed la pomoj estis tiel ruĝaj kaj belaspektaj, kaj la viando estis tiel freŝa. La buĉisto ĵus tranĉis ĝin."

Mi diris, ke mi aĉetis ĉion necesan.

Ni transiris la bazaroplacon, preterpasante budon vualitan per purpuraj kurtenoj. Afiŝo ekstere diris, Majstrino Eva. De interne sonis ridadoj vira kaj virina.

"La Majstrino Sara havis sian budon en la sama loko", diris mia patrino. "Ĉiu vizitis ŝin antaŭ la geedziĝo. Tradicio, vi komprenas. Ĉu la knabinoj en via klaso legas manplatojn?"

Mi hezitis. Pri knabinoj en la lernejo mi nenion memoris.

"Ne", mi diris.

"Nu, tradicioj ŝanĝiĝas. Eble ili aŭskultas la radion aŭ vetas je ĵetkuboj aŭ praktikas la kraĉarton."

Mi ne povis imagi la tri ruĝajn knabinojn kraĉi aŭ vetludi.

"Almenaŭ knabinoj en tiu ĉi epoko ankoraŭ havas tefestojn, eĉ se kun knaboj kaj ne kun pupoj", diris la patrino.

Hejme mi aranĝis aferojn en la kuirejo. Flanke staris mia patrino, zorgante.

"Ĉu la fornon vi scias funkciigi?" ŝi demandis min.

"Jes, Panjo."

"Kaj kiam vi rompos la ovojn, klopodu, ke peco de ŝelo ne falu en la miksaĵon."

"Bone, Panjo, dankon."

"Ĉu vi servos tiun ĉi fromaĝon kun la nigra pano?" diris la patrino. "Ne estos bonguste. La nigra pano estas tro dolĉa. Prefere ni metu buteron sur la nigran panon kaj fari la sandviĉetojn el tiu ĉi pano."

Ŝi elprenis blankan panon, kaj mi tranĉis ĝin. Tamen buteron mi ne povis trovi. Ĝi ne estis en la listo, kiun donis la patrino, kaj neniom troviĝis en la fridujo.

"Petu la Vidvinon Pintanazo", diris mia patrino.

Sed ŝia griza okulo ŝvebis antaŭ mi. Mi ne volis pligrandigi mian ŝuldon al ŝi.

"Do, petu la knabinojn", diris mia patrino.

"Sed ĉu ne estus misaŭgure, vidi ilin antaŭ … "

"Nu, antaŭ nuptofesto, eble. Mi dubas, ke estas simila kredo pri tefestoj", diris mia patrino.

Mi frapis ĉe la pordo de la tri ruĝaj knabinoj. La pordo tuj malfermiĝis, eĉ antaŭ ol mia frapo ĉesis soni.

"Bonan tagon, sinjoro", diris la tri ruĝaj knabinoj. "Ĉu ĉio en ordo?"

"Jes, kompreneble, ni atendas vian bonvolan ĉeeston je la kvara posttagmeze."

"Tre bone. Ĉu via patrino forestos?"

"Jes, mi forigos ŝin."

"Tre bone, ĉar alie estos ploroj kaj ĝemoj."

"Kial?"

"Ĉu via patrino ne kriadas, ploras, muĝas kaj kraĉas malbenojn sur la tuta tero?"

"Tute ne!"

"Strange. Ĉiu patrino kriadas, ploras, muĝas kaj kraĉas malbenojn sur la tuta tero." La tri ruĝaj knabinoj rigardis malantaŭ si.

"Ĉu vi havas buteron?" mi demandis. "Ĝi estas nekutima peto, mi scias, sed mi bezonas buteron por la tefesto."

"Komprenble. Ĉu vi deziras laktan buteron aŭ kotan?"

"Laktan, mi petas."

La tri ruĝaj knabinoj malaperis en la profundon de la domo, lasante min sur la ŝtupo. Mi ŝovis la nazon trans la sojlon kaj vidis, ke ĉio en la salono iĝis malsama. La libroj staris sur la librobreto, verŝajne ordigite laŭ la koloroj, de ruĝo ĝis verdo, ĝis bluo, ĝis violkoloro. Vestaĵoj kuŝis sur la pentrita tetablo; la granda ĉevalo, kiu enhavis la ĉevaletojn, sidis en la brakseĝo; la tetasojn kaj kruĉon mi ne vidis.

"Jen por vi", diris la knabinoj, kiuj revenis silente kaj surprize.

Ili donis al mi manplenon de butero. Tio estas, iliaj manplatoj estis kovritaj per buterŝmiro, kaj la fandiĝanta substanco estis preskaŭ likva en miaj interplektitaj manoj.

"Ni pardonpetas, ke ĝi ne estas en ujo. Nia patrino koleriĝus."

"Dankon", mi diris, ĉar mi ne povis diri ion alian. Mi ne havis tempon ĝuste ĝisi, ĉar la butero rapide forfluis tra miaj fingroj. En la propra domo mi trovis ujon.

"Almenaŭ estos facile enmiksi ĝin en la paston por kukoj", diris mia patrino. "Kiajn kukojn vi volas prepari?"

"Migdalajn", mi diris.

"Tiam prenu la migdalojn el la sako. Manplenon vi bezonos."

"Mi scias, Panjo!"

La patrino ruĝiĝis. "En ordo. Ja vi ne estas knabo. Sed vi komprenas, estas malfacile."

Mi ŝutis migdalojn en la farunaĵon.

"Karuleto! Vi ne senŝeligis ilin!"

"Diablo prenu la tuton!" mi sakris.

Sed mia patrino ne pinĉis miajn orelojn nek devigis min gluti anizlikvoron por purigi la langon. Ŝi ridis. "Ĉu mi helpu vin serĉi la migdalojn?"

"Jes, bonvolu."

Unu post unu ni trovis la migdalojn kaj senŝeligis ilin. La patrino mallaŭte kantis laborante: "*Fiŝon kaptis bela koro, mola haŭto, rava koro …* "

Fine la migdalojn senŝelajn ni remetis en la miksaĵon kaj verŝis ĝin en kukujon. Mia patrino lasis min meti la ujon en la varmegan fornon kaj staris malplenmane, gaje zumante laŭ la melodio de sia antaŭa kanto.

"Ankaŭ la knabinoj kantis, preparante kukojn", mi diris.

"Ho ĉu? Mi kaj miaj fratinoj ĉiam faris kotokukojn dum ni estis junaj. Ni kantis, ĉar en la domo estis malnova forno, kiu ĉiam bruis kaj knaris iom timige kaj mistere dum ĝi funkciis. Mia patrino kantis por kaŝi la sonon. Kaj ni imitis ŝin."

La patrino ekvidis la horloĝon. "Vidu! Jam temp' está. Vi devas pretiĝi. La gastoj baldaŭ venos. Ne zorgu pri la malpuraj bovloj. Mi lavos ilin kaj boligos la akvon por la teo."

Apenaŭ mi surmetis la longan pantalonon kaj butonumis la kolumon, kiam sonis frapado ĉe la pordo. Kiam mi malfermis ĝin, mi surpriziĝis vidi Janon kaj Matekon.

"Pluvas", ili diris.

"Venos gastoj tre baldaŭ, kaj mi ne havas tempon por vi", mi diris al Jan kaj Mateko.

"Komprenble venos gastoj! Ne nur vi estis hieraŭ kun la tri ruĝaj knabinoj", diris Jan. "Ni alvenis por la tefesto!"

Mia patrino enportis bonodoran kukon en la salonon.

"Jen, la tri amikoj!" ŝi diris. "Kaj ĉiuj estas frake vestitaj."

"Mi kunportis biskvitojn", diris Jan.

"Kaj mi kunportis nenion, sed parkerigis ŝercojn", diris Mateko.

Mia patrino ridis kaj taŭzis la harojn de Mateko. "Ho, vi estas dolĉa etulo!"

Du pliajn seĝojn mi portis en la salonon el la kuirejo. Mi metis la kukon, kiun enportis la patrino, kaj tekruĉon en la mezon de la tablo. La biskvitojn de Jan mi metis en verdan vitran ujon. La mielovoj jam havis propran skatolon sufiĉe elegantan.

"Ĉu vi volas aŭskulti ŝercojn? Mi volas provi ilin antaŭ ol alvenos … " diris Mateko.

Sed en tiu momento aŭdiĝis frapado ĉe la pordo. Staris ĉe la sojlo la tri ruĝaj knabinoj, ĝisoste malsekaj, kvazaŭ ili naĝis de trans la maro, ne iris nur kelkajn paŝojn de la apuda domo. Sed eĉ malsekaj ili estis tute belaj – eble pli amindaj, ĉar kompatindaj. Ili portis blankajn robojn kun jupoj super la genuoj kaj blankajn ŝtrumpojn kaj ŝuojn. Mi rimarkis, ke mi forgesis surmeti ŝuojn kiam mi frake vestiĝis. La knabinoj ankaŭ surhavis verdajn gantojn kaj la ruĝajn ĉapelojn, kiujn ni hieraŭ vidis. La ĉapeloj peze pendis sur iliaj kapoj. La ruĝaj haroj kiel riveroj falis de sur iliaj ŝultroj.

"Saluton, rozoj", mi diris. "Envenu, mi petas."

La knabinoj montris fingropintojn en siaj verdaj gantoj. "Jen la dornoj", ili diris.

Ni sidiĝis ĉe la tablo. "Pluvas kaj pluvas!" mi diris, por diri ion.

"Jes, longe pluvos, ĝis la vento ŝanĝiĝos", diris la knabinoj.

"Ĉu vi ne volas preni sekajn vestaĵojn en via domo kaj reveni? Mi ne deziras, ke vi malvarmumu", mi diris.

"De malvarmumoj oni kuraciĝas", diris la knabinoj. Unu ternis.

"Ĉu teon vi volas? Ĝi varmigos vin", mi diris.

"Bonvolu", diris la knabinoj.

Ĉu estis nur antaŭ kelkaj tagoj, kiam mi unue renkontis la knabinojn? Tiam ilia tefesto ŝajnis mistera rito, kiu apartenas nur al plenkreskuloj. Sed nun vidu, kiel lerte mi regas la tutan aferon. Mi verŝis teon en la tasojn de la knabinoj kaj en la mian. Jan kaj Mateko murmuris kaj mem prenis la kruĉon por plenigi siajn tasojn.

"Do, ĉu viaj ..." komencis Jan, sed interrompis Mateko.

"Mi havas ŝercon! Ĉu vi volas aŭdi ŝercon?"

"Bonvolu", diris la knabinoj.

"Kio estas la diferenco inter fiŝo kaj ĉapelo?"

"Ni ne scias", diris la knabinoj. "Kio do estas la diferenco inter fiŝo kaj ĉapelo?"

"Ĉu vi jam rezignas?" diris Mateko. "Fiŝon kaptas viro; ĉapelon kaptas virino!" diris Mateko kaj ekridis.

"Tio estas stulta ŝerco", diris Jan.

La knabinoj ridetis sub siaj ruĝaj ĉapeloj. Kiaj ĉarmaj ĉapeloj! Tamen, ĉu ne aŭguras malbone, ke ili portas ilin en la domo? Mi ne povas peti ilin demeti la ĉapelojn nun – tio estus kvazaŭ forŝiri la petalojn de rozoj. La tri rozoj, kiuj floras ĉirkaŭ mia tablo ...

"Mi havas pli bonan ŝercon", diris Mateko. "Momenton, mi provos rememori ĝin."

La knabino apud mi petis pli da teo per sia rava, signifoplena voĉo. "Ĉu vi bonvolus verŝi por mi iom pli da teo?" estas demando kun multaj tavoloj. Ĉu al ŝiaj okuloj mi povus nei, ĉu kontraŭ ŝiaj flustroj mi povus ribeli?

"Ĉu vi bonvolus verŝi por mi iom pli da teo?" denove petis la knabino.

Mi verŝis teon kaj tranĉis por ŝi pecon de la migdala kuko.

"Tiuj ĉi dolĉaĵoj estas tre bonaj. Kiel ili nomiĝas?" demandis alia knabino.

"Mielovoj", mi respondis.

"Mielovoj. Birdoj kaj abeloj. Ĉu vi scias, ke en la angla 'birdoj kaj abeloj' signifas ..." komencis la knabino apud mi, sed ŝi ne finis sian frazon.

"Ĉu vi konas la anglan?" mi interesiĝis.

"Ne", respondis la knabino. "Sed proverbojn ni konas de multaj lingvoj. Ni studis kamparan lingvon."

"Ne kamparan! Komparan!" korektis alia knabino.

La unua ruĝiĝis kaj estis ŝajne tiel konsternita, ke ŝi renversis sian tetason. Sur ŝia jupo disfluis granda bruna makulo.

"Atendu, mi prenos por vi tukon", mi diris.

Mia patrino renkontis min en la koridoro tenante malsekan tukon. "Ĉu ion alian vi bezonas? Pli da teo?" ŝi demandis.

"Ne, dankon", mi diris kviete. Sed ene mi bolis pro kolero. Ŝi spionis nin, subaŭskultis ĉion. Sed kion diri? Jam ŝi malaperis en la kuirejon. Mi paŭzis por retrankviliĝi. Se la knabinoj perceptus mian embarason, ili eble petus min pri la kialo. Kaj tiam mi devus malkaŝi la ĉeeston de la patrino aŭ mensogi al la knabinoj. Ambaŭ kazoj havus terurajn konsekvencojn.

Simpla tefesto fariĝis tre komplika. Fiŝkapti estus pli simpla.

"Jen por vi tuko", mi diris, donante ĝin al la ruĝa knabino. Sed jam la makulo estis preskaŭ nevidebla. La knabinoj havis ion sur la fingroj kaj masaĝis ĝin en la teksaĵon. La makulo pli kaj pli heliĝis.

"Temas pri akvo kaj polvo kaj lertaj fingromovoj", diris la knabinoj. "Tre utile por forigi ajnan makulon. Ni lernis tiun arton kiam ni ludis en la kampoj kaj la herbaĵo makulis niajn ŝtrumpetojn."

"Ho, ĉiuj virinoj konas tiujn sorĉojn! Mia patrino … " komencis Mateko.

"Do!" mi interrompis por retiri la konversacion al la kutimaj ĝentilaĵoj, kiuj, mi imagis, plenigas la konversaciojn de plenkreskuloj. "Do, ĉu vi loĝis en la kamparo antaŭ ol vi translokiĝis en la urbon?"

"Jes, ni naskiĝis apud la vilaĝo Gacbi en la nordo", diris la knabinoj. "Ni havis tro malgrandan domon, do ni ĉiam ludis ekstere. Tie estis rivereto kaj arbaro. Plaĉis al ni esplori. Fojfoje kiam ni vagadis en la profundon de la arbaro, ni decidis ne reveni, sed vivi sub la folioj. Nia patrino tre koleriĝis. 'Se tri knabinoj eliros el la arbaro, io terura okazos!' minacis nia patrino. Kiel ŝi sciis tiun estontecon? Per tefolioj aŭ kartoj? Ni volis resti ĉiam en la arbaro, sed tio ne eblas. Ni revenis, kaj efektive nia patrino draste punis nin!”

“Ho, la kamparo!” mi diris. “Dolĉa revado, plena spirado, freŝa aero.”

“Ĝi estas tre bela”, diris la knabinoj. “Se ni ricevus permeson, ni ŝatus iri tien. Oni povus lui biciklon aŭ ĉevalon kaj rajdi, aŭ promenadi laŭ la arbaraj padoj.”

En la taso de la plej proksima knabino la tefolioj gluiĝis al la fundo.

“Ĉu vi volas, ke mi legu viajn tefoliojn?” mi diris.

“Ĉu vi scipovas legi tefoliojn?” ili demandis.

Mi prenis la tason kaj provis ŝajni lerta pri la afero. “Jen, vidu la folion en la Sudo. Tio estas tre bonaŭgura. Vi fariĝos pli feliĉa, ĉar vi renkontis novan amikon, kiu helpos vin kaj savos vin de ĉia malfeliĉo. Nu, kaj viaj fratinoj, vidu ilin ĉi tie kaj ĉi tie. Vi restos proksimaj kaj vi ĉiuj fariĝos feliĉaj. Jen gutoj da teo restas ĉi tie, apud la krucitaj folioj. Tio signifas, ke vi vojaĝos baldaŭ … ”

“Ĉu en la kamparon?” demandis la knabino.

“Jes! En la kamparon, ĝuste, bonege. Kaj ĉu vi vidas tiun ĉi grandan kurbiĝintan folion? Tio estas plenkreskulo, eble via patrino. Kaj ŝi estas tute ĉe la rando, kio signifas, ke ŝi neniel ĝenos aŭ malhelpos vin.”

“Se tio estus vera”, diris knabino.

“Kaj kion vi scias pri nia patrino?” diris alia.

“Nur tion, kion montras la folioj. Kaj mi finos: jen gutoj en la plej profunda parto de la taso, kio signifas grandan feliĉon. Kia bona estonteco!”

Se mankus la malhelpoj, kiujn la mondo metas inter gejunulojn, mi sekvus la tri ruĝajn knabinojn en la kamparon. Nubojn kaj grizon ni lasus en tiu ĉi malluma kaj pluvema urbo, kie muroj ĉiam dividas nin. En la kamparo, kie la herboj kaj arboj kreskas senlime, ĉio estos proksima, ĉio estos ebla.

Sonoris la horloĝo.

"Ni devas foriri", diris la knabinoj.

"Ĉu? Sed estas ankoraŭ frue!" mi diris.

"Jes, tre frue, sed nia patrino koleriĝos", ili diris. "Teon ni ne rajtas trinki, ĉapelojn ni ne rajtas porti."

"Sed kia patrino malpermesas al vi trinki teon?"

"Ŝi estas alta kaj belega, kaj ŝiaj haroj brulas kiel rando de ĉielarko aŭ ŝtorma sunsubiro. Kaj ŝi havas tiel elegantajn ĉapelojn, kiuj pensigus vin pri granda damo, kaj ŝi povas baki mil migdalajn kukojn per unu mano dum ŝi punas per la alia. Ŝi estas perfekta kaj ĵaluza, kaj se vi vidus ŝin, vi ekamus ŝin. Ŝi ridetus kaj ĝentile salutus, sed, post kiam vi forirus, ŝi malbenus vin kaj dirus, ke ni ne pensu pri vi kaj ne alparolu vin, kaj ke ni tuj purigu niajn ĉambrojn, ĉar venos baldaŭ la avino, kaj ke ni kaŝu la malpurajn piedojn kaj pensojn sub niajn jupojn."

La knabinoj jam atingis la pordon kaj malfermis ĝin. Eble por ĉiam ili foriris. Se ilia patrino estis tiel rava kaj terura, kiel eblis ŝin kontraŭstari? Jen la decida hor'.

"Permesu, ke mi kisu la manon", mi diris. Mi prenis la manon de unu el la knabinoj kaj kisis ĝin. Ŝi ridetis kaj ruĝiĝis. Ĉiam rigardante al mi, la knabinoj paŝis en la pluvon kaj malaperis en sian domon.

Mia patrino kaj mi lavis la telerojn kaj manĝis la migdalajn kukojn, kiuj restis de la tefesto.

"Ni formanĝis la mielajn ovojn", mi diris.

"Bone. Ili ne restus freŝaj ĝis morgaŭ", ŝi diris. "Tial ili estas luksaĵoj. Oni ne povas aĉeti amase kaj frandi dum monato." La patrino sekigis la telerojn.

"Ĉu vi subaŭskultis nian tutan konversacion?" mi diris.

"Vi loĝas en mia domo. Vi estas mia filo. Kaj la muroj ne estas dikaj."

"Sed mi ne subaŭskultas vin!" mi diris. "Mi ne ĝenas vin en viaj aferoj."

"Proprajn aferojn mi ne havas", diris mia patrino. "Nur por vi mi vivas, karuleto."

"Ĉu vi timis, ke io malbona okazus? Ke la knabinoj, nu, forŝtelus min? Mortigus min?"

"Ne, tute ne." Sed ŝia voĉo tremetis. Mi bedaŭris mian koleron.

"Dankon, ke vi helpis min pretigi la tefeston", mi diris.

"Ne dankinde, karuleto", diris la patrino. "Mia etulo havas koramikinon, eĉ plurajn! Estas dolĉe."

Mi lavis tason, je kies rando estis la postsignoj de knabinaj lipoj.

"Ili estas iom strangaj", mi diris.

"Kial? Pro tio, ke ili ludas per pupoj kaj bakas kotokukojn? Se tio signifas, ke ili estas strangaj, tiam ankaŭ mi kaj miaj fratinoj estis strangaj en la junaĝo."

"Kaj ilia patrino?" mi demandis.

"Karuleto, inter patrino kaj filino ĉiam estas luktado, de florado ĝis morto. Eĉ post kiam filinoj fariĝas mem patrinoj. Viaj amatinoj ne estas tiel strangaj."

Mi enlitiĝis sed restis maldorma, pensante. Filinoj, patrinoj. La tri ruĝaj knabinoj estis kiel etaj patrinoj. Ili zorgis pri pupoj kaj faris la lavadon. Ili bakis kukojn kaj estris tefestojn multe pli lerte ol mi. Ili portis elegantajn ĉapelojn kaj kondutis dece kaj rafinite. Verŝajne la knabinoj ne fascinus min, se ili ne montrus tiujn trajtojn. Dum jaroj mi vidis knabinojn en la lernejo kaj en la bazaro, sed neniam antaŭe ili tiel kaptis min plenanime, kiel nun.

Miaj pensoj interplektiĝis kun la tiktako de horloĝo, sed subite mi konsciis, ke mi ne havas horloĝon en mia dormoĉambro. Mi leviĝis kaj aŭskultis. La sono estis frapado kontraŭ la muro.

Mi premis orelon sur la muron. Vibrado fariĝis flustroj, kaj mi aŭdis "subtegmento". Prave! En la subtegmento estis la truo inter la domoj, kiun mia patrino montris al mi. Du fojojn mi frapis la muron kaj esperis, ke la knabinoj komprenas tion kiel konsenton.

Lumo ankoraŭ brilis en la patrina dormoĉambro. Ŝi tamen dormis kun malfermita libro sur la brusto. La ŝnuro por la subtegmenta pordo pendis tro alte super mia kapo. Mi devis stari sur seĝo. Raŭke knaris la pordo dum mi tiris ĝin. Ne gravas, ĉu mi vekus mian patrinon. La knabinoj ne estus frapintaj se temus pri ordinaraĵo. Eble ilia patrino eksciis, ke ili ĉeestis la tefeston. Por tio mi devus porti la respondecon, kaj mi devus fari mian plejan eblon por ŝirmi la knabinojn kontraŭ puno. Tion faras heroo, plenkreskulo.

En la subtegmento mi serĉis laŭlonge de muro. Miaj fingroj palpis lignon kaj brikojn kaj fine trovis la truon. Ĝi estis pli malgranda, ol mi memoris. Sed tra la truo mi vidis la tri ruĝajn knabinojn. Ili portis rozkolorajn noktovestaĵojn; iliaj haroj estis malnoditaj kaj falis taŭze ĉirkaŭ la kapo.

Ili vokis, kaj mi provis rampi tra la truo, al destino mi-ne-scias-kia. Mia kapo trairis la truon, sed ne miaj ŝultroj. Ligneroj gratis min. En momento de malespero, tamen, mi sentis malvarman manon sur mia frunto. La subita ekscitiĝo donis impeton al mia laboro – eble troan, ĉar mia kruro trafis najlon. Plorkrion mi glutis malgraŭ la granda doloro. Sed miaj penso kaj turmento kaj doloroj kaj esperoj ne estis efikaj – mi ne povis transiri.

Pezaj piedfrapoj aŭdiĝis de sube, kaj la tri ruĝaj knabinoj paliĝis. "For, for!" ili kriis.

Surprizis min de la forta emocio en ilia voĉo, sed mi ne returniĝis, ĝis mi ekvidis la virinon, kiu aperis en la subtegmento de la tri ruĝaj knabinoj. Eĉ en la malforta lumo, ŝiaj buklaj ruĝaj haroj brulegis kiel incendio. Jen ilia patrino, alta kaj terura.

"Karulinetoj, kion vi faras ĉi tie?" Sed ŝia voĉo estis zorgoplena, ne minaca nek kolera.

"Ni pensis, ke ni aŭdis fantomon en la subtegmento, kaj ni volis kontroli", diris la knabinoj.

"Ho venu, karulinetoj. Kuraĝaj vi estas. Mi legis al vi timigan mirrakonton. Vi scias, ke ĝi estas nur rakonto, ĉu ne? Ne estas vero ..."

Bruo de fermata pordo silentigis la voĉon. Mi rampis al la ŝtupetaro kaj suben, kaj lamis reen al mia dormoĉambro. Mi premis orelon kontraŭ la muro, kaj mi aŭdis la tre mallaŭtan sonon de lulkanto.

La venontan matenon mi vekiĝis malfrue.

"Panjo, mi sentas min malsana."

"Viaj vangoj estas palaj!" Ŝi tuŝis mian frunton per malvarma mano. "Kaj febron vi havas. Eble via kruro infektiĝis … "

Mi suprentiris pantalontubon, kaj la patrino kapjesis.

"Mi devas viziti la najbarojn … " mi diris.

"Ho, Vidvinon Pintanazo. Mi klarigos al ŝi, ke vi ne povas labori hodiaŭ."

"Ne, la knabinojn", mi diris.

"Karuleto, vi estas malsana. Kuŝiĝu, kaj mi portos al vi lakton kaj mielon."

Mi ree kuŝiĝis en la lito, kaj Panjo portis varman trinkaĵon. Sed neniel mi povis malstreĉiĝi. Ĉiun sonon mi kredis voko de la tri ruĝaj knabinoj. Mia patrino malfermis la fenestrojn malgraŭ la malvarma vetero; oni kredis freŝan venton bona por febro. Sed la vento alportis novajn maltrankvilojn. La ondiĝantaj kurtenoj similis la fajrajn harojn de la knabinoj, libere flirtantajn en kampara krepusko. En la siblado de la vento mi aŭdis dolĉajn promesojn kaj sekretajn konfesojn.

Malgraŭ ĉiuj provoj de mia patrino, mia febro ne malaltiĝis.

"Vi devas iri al la kuracisto", diris mia patrino. "Ĉu vi volas, ke mi mendu aŭton?" ŝi diris.

"Ne, ne", mi diris. "Mi marŝos."

"Se vi taksas tion ebla. Vi apogu vin sur mi, kaj ni iros malrapide."

Kaj tiel ni ekiris laŭ la aleo. Se la knabinoj vidus, certe impresus ilin mia forto. Ni preterpasis la ombroplenan angulon, kie mi unue perdis pilkon kaj la knabinoj retrovis ĝin. Ni transiris la riveron per la ŝtona ponto, kie la knabinoj lavis vestaĵojn kaj faris la tutan riveron pura. Ni eniris la bazaran placon, kaj aŭdiĝis voĉo el la budo de Marzo.

"Ĉu ne bona filo, tiel helpanta sian patrinon?" diris la helpantino.
Ŝi vokis per kurba fingro, kaj mi kun la patrino lamis al la budo.
La helpantino donis al mi mielovon en saketo. La dolĉaĵon mi ne
ekmanĝis. Unu dolĉaĵo por tri knabinoj.

La kuracisto loĝis en luksa domo. Multe anhelante kaj suspirante
li rondiris min, puŝis kaj tuŝis. Lia edzino envenis portante kruĉon da
akvo kaj telereton da sandviĉoj. Ŝi havis larĝan postaĵon kaj grizajn
harojn. Mia patrino sidis apud mi kaj karesis mian manon. Ĉiu ĝemo
de la kuracisto elvokis timon en ŝiaj okuloj.

"La kruro ne kuraciĝos en la urba polvo", diris la kuracisto. "Ni
havas miasmon ĉi tie. Fumo, nuboj kaj stratlampoj. Mi konsilas al
vi kelktagan ripozon en kampara loko. Freŝa aero, pura akvo, nenia
zorgo. Li dormu multe, fiŝkaptu en la rivero, kaj vagadu en la arbaro
post kiam la kruro refortiĝos. Kaj eble lia menso ankaŭ kuraciĝos de
liaj nunaj obsedoj pri knabinoj."

Ne nur kampara loko – *la* kamparo, la paradizo de geknaboj kaj
geamantoj, kiu estis promesita de la tefolioj. Ne nur knabinoj – *la*
tri ruĝaj knabinoj, la unusolaj knabinoj, kiujn mi enlasos en mian
koron. Pri la kamparo mi havis tiel dolĉajn revojn kaj esperojn! Sed
sen la tri ruĝaj knabinoj, la kamparo estas neniaĵo, vanaĵo, dezerto.

Kiam la Vidvino Pintanazo rigardis tra sia senvida okulo, ŝi vidis
tiun ĉi destinon. Kiam mia patrino zorgis pri sia karuleto, ŝi timis
tiun apartigon. Eĉ kiam mi, fuŝante, provis legi la tefoliojn, mi vidis
ĝin – sed pro miaj propraj esperoj, mi miskomprenis, taksante ĝin la
bela estonteco.

Larmoj plenigas miajn okulojn. Mia patrino metis sian manon sur
la mian. "Ĉu ni invitu Janon kaj Matekon kuniri?" diris la patrino.
"Eble ili volos ferii kun vi en la kamparo. Mi ne volas, ke vi enuiĝu."
La kuracisto kapjesis.

La aferoj iom pli heliĝis. Tefolioj ne klarigas pri bono aŭ malbono,
nur pri vero.

∾

En la kvieton de la kampa loko enŝteliĝis birdaj kantoj kaj susuroj de vento. Vaganta hundo dormis apud nia luita kabano. La suno brilis pure kaj fiere en la blua ĉielo, kaj en la vespero palpebrumis steletoj. Mi kun Jan kaj Mateko povus pilkludi sur verdaj gazonoj kaj karamboli en falintaj folioj. Sed mia kruro malhelpis.

"Ĉu vi kunportis la pilkon?" demandis Jan.

"Ne", mi diris. "Ne decas pilkludi per ĝi."

"Kial?"

"Ĝi estas *la* pilko. La pilko, kiun ili reportis al ni."

"Kio misas, bubaĉ'?" diris Jan. "Ĉu vi ankoraŭ sopiras al tiuj knabinoj?"

"Kiuj?" diris Mateko.

"Liaj najbarinoj, la strangulinoj", diris Jan. "Nu, ne gravas. Eĉ se ni havus pilkon, vi ne povus pilkludi, pro via kruro."

"Eble ni fiŝkaptu?" diris Mateko.

Mia patrino venis el la kuirejo. "Jes, certe vi iru. Malrapide, por ne trostreĉiĝi."

"Ni reportos ion bonĝustan por la vespermanĝo!" diris Mateko.

"Mi bakos kukojn, kaj ni havos etan tefeston kiam vi revenos", diris mia patrino. "Vi certe havos apetiton."

"Verŝajne oni kaptos nur pupojn, botojn kaj fatrasojn", mi diris. Ne, tio estas en la urba rivero. Ĉi tie, oni povas esperi pri fiŝo.

La rivereto malrapide kaj malprofunde kuris tra la kampoj. Mi, Jan kaj Mateko sekvis ĝin laŭ ĝia fluo, serĉante profundan lokon por fiŝkapti aŭ eble por naĝi, kaj haltis kie alia rivereto plaŭde aliĝis al la fluo. La fiŝoj ŝatas tiajn lokojn pro la bruo, kirlado kaj aerumado. Multaj tiaj riveretoj kuniĝas por fari la famajn riveregojn. Mil komencoj, sed unusola fino en la granda oceano.

Tamen neniu fiŝkaptis. La suno pikis nin.

Plu sekvante la riveron, mi, Jan kaj Mateko atingis la randon de ombroplena arbaro. Branĉoj pendis malalte super niaj kapoj, kaj la apuda vojo kondukis nin en krepuskon. La rivereto fariĝis pli petolema. Blanka akvo rapide fluis super rokoj, kaj ora lumo lumigis ĉiun folion kaj rosoguton. Oni povus perdiĝi en tiu ĉi arbaro, pasigante senfinajn vesperojn kaj noktojn.

Fojfoje io moviĝis en la ombroj – ruĝaj strioj. Mi aŭdis flustrojn, susurojn kaj zumadon. Ie iu kantis monotone, ripetante nur unu silabon. Jan kaj Mateko ne ĝeniĝis, sed mia koro batis maltrankvile.

Subite la vojo finiĝis ĉe ŝtona barilo.

"Hej, kio-kio? Kia afero! Barilo en arbaro, en kamparo!" diris Jan.

La barilo estis tre malnova, makulita de ŝimo kaj cindro. Iu faris ĝin antaŭ tre longe, antaŭ la naskiĝo de la arbaro. Verŝajne la tereno estis iam kampo, kie antikvuloj paŝtis siajn bestojn. Jes, kaj la paŝtistoj faris barilojn inter siaj kampoj por defendi kaj apartigi ilin. Sed iam incendio ekbrulis, kaj la ruĝaj flamoj surgrimpis la barilojn, pelitaj de fortaj ventoj. La kampoj cindriĝis. Tamen la bariloj transvivis la incendion, kaj kiam arbaro renaskiĝis el la cindro, restis la bariloj.

"Ni transgrimpu ĝin", diris Mateko.

"Mi preferus, ke ne", mi diris.

"Kial ne?" diris Jan.

"Ŝajnas al mi, ke transgrimpi barilojn aŭguras malbone", mi diris. "Almenaŭ, tiel estas por mi."

"Nu, vidu!" diris Mateko. "La fiŝŝnuro nodiĝis."

"Neniun nodon oni forigos en tiu ĉi malluma arbaro", diris Jan. "Hejmen! Mi malsatas."

"Sed ni kaptis nenion por porti al la tefesto!" diris Mateko.

"Ĉiukaze, estos kukoj kaj teo", mi diris.

La tri lacaj knaboj eliris el la arbaro, al plena sunlumo. Apud la vojo kreskis aro da floroj. Sovaĝaj floroj estas kutime malgrandaj kaj magraj, sed tiuj tulipoj, lilioj, petunioj kaj violetoj estis sanaj kaj buntaj. Maturaj floroj. Iu prizorgis kaj flegis ilin. Ili aspektus bele en vazo sur la tablo – ĉu pluki ilin, ĉu lasi por aliaj?

En la kamparo la floroj floras sencele, kaj la herboj kreskas silente, senlime.

∾

Tiun nokton mi sonĝis, ke tra malferma kabana fenestro mi aŭdis kantadon monotonan. Al la kanto iom post iom aliĝis ĉiuj kantoj de la naturo – susuroj de folioj, krioj de najtingaloj, senfinaj kantoj de steloj. Jen mi staris en kampo, kaj ĉirkaŭ mi estis dekoj da homoj – la Vidvino Pintanazo, la Maljuna Toporo, la helpantino en la budo, Jan kaj Mateko, mia patrino, kaj aliaj vizaĝoj, kiujn mi ne konis. Ni ĉiuj rigardis al vico de arboj, preter kiu brulis ruĝa flamo. Timantaj flustroj ekkovris la zumadon kaj sonojn de la naturo. La tuta homamaso konjektis kaj onidiris.

Arboj kliniĝis antaŭ tri ruĝaj kandellumoj, kaj bariloj malaperis, kaj milda voĉo flustris en mian orelon: "Jen la tri ruĝaj knabinoj."

La knabinoj malfermis siajn buŝojn, el kiuj devus veni flamo kaj vento. Flamo, kiu bruligas korojn. Vento, kiu skuas la mondon.

Sed ili kantis! "La la la la la, la la, la, la!" Kiam mi vekiĝis, la sono daŭre ripetiĝis.

Kiujn problemojn mia sonĝanta menso provis solvi per tiuj silaboj?

Kelkaj Vortoj de Nia Subtenanto

Faraona Faruno! La ridanta vizaĝo de Amenhotep la 3-a promesas al vi la plej altkvalitan farunon, uzitan dum jarmiloj de faraonoj kaj reĝinoj kaj de via patrino. Aliaj markoj ne sekvas niajn tradiciajn pretigmanierojn, kiuj pruviĝis en la tempo de Antikva Egiptujo kaj nun profitas de ĉiuspecaj modernaj avantaĝoj, por helpi al la sano de via familio kaj al la sukceso de viaj bakaĵoj.

Faraona Faruno! estas uzinda por ĉiuspecaj dolĉaĵoj – biskvitoj, keksoj, tortoj, krespoj kaj kukoj. Ĝia natura dolĉeco estas perceptebla per ĉiuj langoj. Kvar el kvin patrinoj asertas, ke nur Faraona Faruno taŭgas por Kristnaskaj bombonoj kaj mielovoj. El la lastaj dek gajnintoj en la Mondaj Tortkonkursoj, ĉiuj uzis Faraonan Farunon.

Faraona Faruno! havas plurajn rolojn en la hejma vivo, kaj saĝa dommastrino aĉetas kvar skatolojn, eĉ se ŝi bezonas nur unu en la kuirejo. Ĝi estas uzebla en seruroj, por helpi malnovajn ŝlosilojn turniĝi pli bone. Verŝu duonskatolon antaŭ peza ŝranko, kaj vi pli facile translokos ĝin per glitado. Tiel la egiptoj movis pezajn ŝtonojn por konstrui siajn piramidojn. Miksu Faraonan Farunon kaj akvon por krei gluecan paston, kiu ŝtopas breĉojn en tegmentoj kaj boatoj. Se io malaperas el la bakejo, disverŝu Faraonan Farunon sur la kuireja planko antaŭ enlitiĝo, kaj en la mateno sekvu la blankajn piedsignojn al la kulpuloj. Verŝu cent kilogramojn da Faraona Faruno ekster via domo por krei impreson de freŝa neĝofalo dum paca mezvintra nokto.

Faraona Faruno! estas tre utila en la geedza lito – sed tion vi jam scias, ruzulino!

Faraona Faruno! kombita tra la hararo donas al sinjoroj la ŝajnon de saĝeco kaj digno. Naŭ el dek suĉinfanoj preferas Faraonan Farunon al talkopulvoro, por postlavada sekigo.

Faraona Faruno! beligas la virinan vizaĝon per la antikvaj beligaj artoj de stelulinoj, de faraoninoj ĝis aktorinoj. Ĝi purigas perukojn kaj kovras haŭtmakulojn. Kaj Faraona Faruno havas konatajn povojn por konservi kaj haltigi la damaĝojn de l' Tempo, estante esenca parto de mumiigado.

Faraona Faruno! bonodoras kaj freŝas, kaj tial ĝi forpelas malbonajn spiritojn kaj malicajn fantomojn de via domo. Aliaj markoj havas nenian povon kontraŭ postmortaj estaĵoj.

Faraona Faruno! malfermas la mondon, kiujn la egiptaj mistikuloj perceptis per siaj mistikaj okuloj. Uzu Faraonan Farunon por divenado kaj aŭgurado. Enrigardu en la profundan blankon, kie kaŝiĝas sekretoj kaj misteroj. Enflaru la freŝan odoron, kiu akrigas la menson por kompreni la flustrojn de l' naturo. Lasu la farunon tragliti viajn fingrojn, kaj la vento per ĝi desegnas signojn de la estonteco. Pliajn klarigojn trovu en la libro "Sekretoj de la Faraonaj Bakistoj", havebla kiel donaco post aĉeto de dudek skatoloj.

Faraona Faruno! promesas al vi la plenan fidelecon de via edzo kaj la eternan bonkonduton de viaj gefiloj. Ne nur pro la sorĉe bongustaj frandaĵoj, kiuj ĝin enhavas! Sed ankaŭ pro tio, ke Faraona Faruno enbakas en ĉiujn tortojn kaj kukojn plurajn antikvajn sorĉaĵojn kaj malbenojn – la samajn, per kiuj la faraonoj protektis siajn senmortajn korpojn kaj havaĵojn por la Eterno. La sorĉaĵoj kaj malbenoj, iam sekretoj de la faraonoj, nun estas haveblaj ankaŭ al vi, saĝulino.

Faraona Faruno! Sur ĉiu grenero dancas diino. Faraona Faruno! En ĉiu bona bazaro.

Marvirinstrato

Panjo diris, ke mi devas porti ŝuojn, sed tio ne estas taŭga por brava maristo. Maristo fojfoje portas botojn, sed plej ofte li iras nudpiede, por pli facile naĝi kaj surgrimpi ŝnuron aŭ maston. Ŝuoj estus malhelpo, kaj mi neniam portis ŝuojn kiam mi esploris la stratojn de nia urbo.

Nia urbo estis vasta maro, kaj ĉiu strato estis kvazaŭ nova insulo. Odiseo vizitis la Insulon de la Lotusmanĝantoj. Mi vizitis Bakisto-straton, kie sukeraĵistoj kreas tortojn kaj aliajn frandaĵojn. Sinbad velis al la Nigra Insulo, kie vivas grandegaj nigraj monstroj. Mi vidis la grandajn tubojn de la Fabrikostrato, kiuj elspiradas drakan fumon. Insuloj kaj stratoj ĉiam havis klarajn nomojn. Mi esploris la urbon ekde Juvelistostrato kun ties multekostaj trezoroj, ĝis la orientenku-ranta Sunstrato, ĝis la Haveno, kie Fiŝstrato interkruciĝas kun Kajo-strato kaj Spicostrato. Tie oni disvendis la karan kargon de la velŝipoj.

Sed Panjo diris, ke mi devas porti ŝuojn, ĉar ŝi ne komprenis la bezonojn de maristo. Iun merkredon ŝi petis min iri al la bazaro por aĉeti fiŝon. Mi grumblis, plendis kaj rifuzis. Ruze ŝi retretis, sed kel-kajn minutojn poste anoncis ke la reĝino havis ordonon por la brava maristo. Mi iru al la fora bazaro, superante multajn danĝerojn, por akiri brile arĝentan fiŝon, kiun la reĝino deziras por la vespermanĝo. Tian vokon eĉ longbarba pirato ne povus ignori.

"Tamen surmetu la ŝuojn!" ŝi diris. Mi portis ilin ĝis la angulo de Pigostrato, kie ĉiam grakis amaso de tiuj birdoj, kaj tie kaŝis miajn ŝuojn malantaŭ ŝtuparon.

Do mi ekiris por mia vojaĝo, kiu estis neniom malpli grava, ol tiu de Odiseo al nobla Trojo. Mi sekvis Riverostraton, kiu ja akom-panis la riveron laŭ sia tuta longo, kaj transiris ĝin per Pontostrato. Mi laŭiris la longan Murostraton, apud kiu la malnova urbomuro estis ankoraŭ videbla. Kaj dumvoje mi venkis ĉiujn obstaklojn, ĉu la amason de kolomboj, kiuj estis la mararmeo de miaj malamikoj, ĉu la pliaĝajn knabojn, kiuj estis malicaj piratoj, ĉu kotoflaketojn, kiuj estis ŝtormoj kaj kirlakvoj. Finfine mi venis al Marĉandoplaco.

Tie estis tuta maro de vizaĝoj, kaj la bruo de voĉoj estis kiel muĝo de ondoj. Kion fari, krom plonĝi en la profundon? Brakoj, kruroj, postaĵoj ĉirkaŭis min ĉie – mi estis skuata kiel akvorubo. Ie devis esti budo, kie oni vendas la fiŝon postulitan de la reĝino. Sed ju pli mi baraktis, des pli mi perdiĝis kaj laciĝis. Bruo kaj ĥaoso! Mi tute kapturniĝis en la ŝtormo, mi stumblis – premis min la detruantaj ondoj …

Hela susuro aŭdiĝis apude. Blondaj haroj, rebrilanta bluo. Mi estis levita de sur la ŝtona pavimo per palaj virinaj brakoj. Rapide ni eliris el la homa maro kaj eniris kvietan, ŝirmitan lokon. Golfetoaleo, mi legis. Tie la virino gracie restarigis min sur miajn piedojn.

"Oni surtretis miajn piedfingrojn", mi diris.

La virino respondis per susuro, kiun post streĉa aŭskultado mi komprenis kiel kanton. Sed la melodio estis malkutima. Mi konsciis, ke temis ne pri kanto, sed pri demando, sed demando el bela buŝo, per voĉo kiel mielo.

"Kara knabo, kies piedfingroj estis surtretitaj! Mi certigas, ke pri tio mi ne estas kulpa. Kara knabo, diru al mi, de kie vi venas kaj kion vi faras?"

Mi diris, ke mi venas de Brikostrato, apud la brikfabrikejoj. Kaj mi diris, ke mi estas brava maristo, kiu entreprenis teruran vojaĝon al la bazaro por aĉeti fiŝon por la patrino, kaj ke mi vojaĝis trans maroj kaj riveroj por alveni ĉi tien, sed la ŝtormo estis tro forta por mi. "Dankon", mi diris, "ke vi savis min."

"De tiom fore vi venis por via kara fiŝo, sed ĝi eĉ ne troviĝas ĉi tie! La rikolto malgrandis, kaj jam oni prenis, do restas nenio. Sed kara knabo, pro via doloro, mi donos al vi, jes, la belan naĝanton, kiun mi ĉi-matene ĉi tie aĉetis."

La virino portis tre longan kaj mallarĝan bluverdan jupon, kiu tuŝis la teron. La tiama modo permesis pli mallongajn jupojn, sed tiu de la virino kaŝis eĉ ŝiajn piedojn. La jupo rebrilis, kiel fiŝskvamoj. Ĝi memorigis min pri fiŝvosto, gracilinia kaj malvarma. Ŝi havis longajn blondajn harojn, kiuj falis ĝis la talio. Freŝa venteto ekblovis, eĉ en la Golfetoaleon, kaj distaŭzis ŝiajn harojn. Ŝi elprenis kombilon kaj komencis reordigi la harojn per longondaj brakomovoj. Dum la kombado, ŝi kantis al mi, "Kara knabo, brava maristo, venu al mi kaj fiŝon mi donos. Post paŭzo refreŝiga ni veligos vin hejmen."

Mi prenis ŝian etenditan manon senhezite. Perdita maristo ekprenus ajnan ŝnuron aŭ lignopecon. Ni eliris el Golfetoaleo per alia strateto, kiu nomiĝis Mallarĝa Vojo. Tra ĝi mi kaj la virino devis iri vice, kvankam mi ne liberigis ŝian manon. Ŝi paŝis malfacile, preskaŭ saltetante, kvazaŭ paŝi estis strangaĵo aŭ nova afero por ŝi. Verŝajne la jupo malebligis al ŝiaj kruroj plene moviĝi.

La virino gvidis min preter Orstrato – "ĉi tie oni pesas kaj fandas, por pruvi la verecon", diris la virino. Ni turniĝis je la interkruco kun Paperstrato, en kiu troviĝas multaj librovendejoj kaj la urba biblioteko.

"Kara knabo, kiel vi nomiĝas?" Mi respondis, kaj ŝi ridetis. "Meva estas mia nomo."

"Ĉu vi havas familian nomon?" mi demandis.

"Jes, kara mia. Sed ĝi estas stranga nomo por multaj langoj, kun multaj strangaj sonoj, kaj mi trovas ĝin nekomforta. Tial mi min nomas simple Meva, kaj sufiĉas."

Ni trafis la longan Okcidentostraton, kiu kuras suben kaj okcidenten al la haveno. La sala odoro en la aero fariĝis pli kaj pli forta, kaj mi aŭdis sonorilojn en la distanco. Oni sonorigis por anonci revenon de granda ŝipo. Meva momente haltis kaj rigardis al la haveno. Granda trimasta ŝipo ĵus aperis ĉe la horizonto. De la plej supra masto pendis flago.

"Diru al mi, kara knabo, kiun koloron portas tiu ŝipego", ŝi diris.

"Ruĝan, sinjorino Meva. La flago estas ruĝa. Mi ne povas vidi figuron aŭ strion. Kiam ĝi pli alproksimiĝos, mi povos vidi pli klare."

"Ne necesas atendi, kara. Aliaj kuru nun al la haveno, sed ni dume iru trankvile. Mia amo revenos sub blua flago."

Meva gvidis min al mallarĝa vojo, preskaŭ nevidebla inter du kunpremitaj konstruaĵoj. "Jen ni alvenis", ŝi diris. "Venu, venu, brava vi." Mi rigardis la ŝildon, sed ĝi estis rompita. Nur "....nstrato" ĝi diras. Ĉu Havenstrato? Ne, ĉar Havenstrato estas granda vojo apud la maro. Ĉu "Finstrato" aŭ "Destinstrato"? Ne, tiuj nomoj estus amuzaj sed ne taŭgaj.

"Kiel nomiĝas tiu ĉi strato?" mi demandis.

"Ĝi nomiĝas Marvirinstrato, mia hejmo kaj ripozejo", diris Meva. Ŝi malfermis sian pordon.

Mi enspiris iomete pro subita konstato. Ĉiu strato en la urbo havas sencon – Murstrato, Havenstrato, do ankaŭ Marvirinstrato. Ĉar Meva estas ne nur virino, sed marvirino! Sub la jupo kaŝiĝas fiŝa vosto, kaj tial ŝia paŝado estas malfacila kaj saltetanta. Tial ŝi parolas preskaŭ kantante, ĉar ĉiu scias, ke marvirino bele kantas. Tial ŝi gracie kombas la harojn, ĉar marvirinoj kutimas kombi siajn harojn. Kaj ŝi loĝas en la taŭga loko, en ĝuste nomita strato apud la haveno.

Nur knabo mi estis kaj ne povis kaŝi miron kaj ekscitiĝon. Meva ne maltrafis la ŝanĝon de mia mieno. "Ho, kara knabo, kial vi paliĝas? Ĉu vi laciĝas de la longa vojo? Envenu, envenu, manĝu kaj ripozu!"

Sur la muroj pendis oleopentraĵoj de diversaj birdoj – albatrosoj, mevoj kaj ŝternoj. Sur bretaro estis enboteligitaj ŝipetoj. Ankro staris en angulo, apud volvaĵo de ŝnuro. Kaj sur la tablo estis mapo, kiu montris ne stratojn, sed grandajn malplenaĵojn kaj bildetojn de serpentoj, drakoj kaj kirlakvoj. Sur la rando estis malgranda nigraĵo, apud kiu estis skribita la nomo de nia urbo – tre malgranda punkteto kompare al la vasta malpleno.

Meva revenis el la kuirejo kun plenaj manoj. "Ĉu bonvole vi forprenus tiun marmapon?" ŝi diris. Mi rulvolvis ĝin kaj metis apud la ankron. Ŝi dume aranĝis multegajn aĵojn sur la tablo – du arĝentajn tetasojn kaj tekruĉon, dikan kukon, mielpoton. "Se vi volas lavi la manojn, jen." Ŝi montris al bele pentrita akvokruĉo, kun bildo de balenoj. Mi lavis la manojn kaj la vizaĝon, kaj ŝi faris same. Ŝiaj manoj gracie movis tra la akvo. Kia konstrasto al la malfacila piediro, aŭ vostopinta iro, kiu montris ŝin tiom malkomforta sur la seka tero! Jam en mia koro mi sciis la veron, sed por esti certa, mi devus vidi la fiŝan voston, tamen ŝia longa jupo kaŝis ĝin. Mi sciis, ke estas malĝentile provi vidi sub la jupo de virino, sed mi volis vidi nur ŝiajn piedojn. Kutime oni ne kaŝas siajn piedojn, do verŝajne provi vidi ilin ne estas tre malĝentile. Dum ŝi kaj mi trovis proprajn lokojn ĉe la tablo, mi provis klini la kapon precize…. Tamen kiam ŝi sidiĝis, ŝi ne sidis normale en la seĝo, sed turnis la krurojn flanken, kiel la skulptaĵo en tiu norda urbego – la marvirino sidanta sur roko.

"Kara knabo, bonvolu sidiĝi. Manĝado vokas, kaj la teo estas varma", ŝi kante petis.

Malsato venkis scivolemon. Mi plenigis teleron per bongustaĵoj. Peco da torto. Marmelado el iu nekonata purpura frukto. Nigra pano. Kiam mi gustumis la teon, ĝi estis amara kaj tiklis mian gorĝon, sed mi metis du kulerojn da mielo en mian tason, kaj ĝi fariĝis tiom dolĉa, kiom la kuko. Kial Meva scipovas baki kukon? Marvirinoj ne povas studi tiajn aferojn loĝante en la maro, kie ne brulas fornoj.

Meva havis simile plenan teleron, sed ŝi nur manĝetis. La panon ŝi mordetis kaj la kukon tute ne tuŝis. Tiaj manĝaĵoj devas estis nekutimaj por marvirinoj. Eĉ post multaj jaroj ŝi ne havis apetiton por ili. Ĉu ne estus pli taŭge manĝi fiŝon kaj omaron? Eble tamen la marvirinoj amikiĝas kun aliaj marestaĵoj, kaj manĝi fiŝon estus kvazaŭ manĝi dorlotbeston.

"Dankon, ĉio estas tre bongusta", mi prononcis el inter plenŝtopitaj vangoj.

"Ho, jes, jes, ne dankinde, kara knabo", ŝi diris. Ĉu marvirino ne tro sekiĝas starante apud bakforno?

"La ŝipetoj en la boteloj tre plaĉas al mi", mi diris.

"Edzo mia faris ilin", respondis la marvirino, kaj ŝia vizaĝesprimo pli heliĝis. Oni malmulte aŭdas pri marviroj. Verŝajne ili restas profunde en la maro kaj nur la marvirinoj venas al la surfaco. Ĉu ŝi havas domon ankaŭ ie en la maro? Nur riĉuloj havas du domojn. Marvirino povas esti riĉa, ĉar perloj estas multekostaj sed marvirinoj povas trovi ilin facile.

"Ĉu via edzo vivas en la maro?" mi demandis, forgesinte pri ĝentileco.

"Sur ŝipo", ŝi diris. "Maristo li estas, fora velanto, kaj multajn monatojn li mankis al mi."

"Vi ne iras kun li?"

"Volonte, jes! Sed maristojn plagas multaj kredoj, superstiĉoj, pri vetero kaj virinoj. Inviti inon estas misaŭguro", ŝi respondis.

Ĉu marvirino devas reveni en la maron fojfoje, por ne forgesi kiel naĝi? Ĉu ŝi faras ekskursojn al la haveno por naĝi en la sala akvo, aŭ ĉu ie en la domo ŝi havas grandan bankuvon?

"Mia kara venis el la kampoj, kie li laboris en kruelaj muelejoj, farunfabrikoj. Sento de malpureco sekvis lin tage kaj nokte. Tritiko en la hararo, faruno sur la haŭto. Subite li lasis la laboron, havante nur groŝon en la poŝo."

Ĉu ŝia vosto havas la saman koloron, kiel la jupo – bluverdan – aŭ alian?

"Kaj en la urbo li sekvis la stratojn, unu post alia, ĝis la haveno, kie ĉiuj stratoj havas siajn finojn. Li enskribiĝis por marvojaĝo. Dum ŝtorma vespero li falis en la maron. Duonmorte li estis savita el la ŝaŭmo. Mi flegis lin senĉese, kaj li edzinigis min. Etan domon en taŭga loko ni akiris, kaj tie ĉi kune vivas, feliĉe sed solece. Ĉar li vojaĝas surmare, sed mi sidas surtere!"

En libro de fabeloj, kiun mia patrino legis al mi, estis bildo de marvirino, kiu ne portas bluzon, nur konkojn sur la brusto. Ĉu tiajn aferojn portas ankaŭ veraj marvirinoj, en bela vetero?

"Kiam via edzo revenos?" mi demandis.

"Reveni, foriri, ĉeesti, foresti – li ne estas kiel la tajdo. Revenon oni ne povas antaŭvidi. Fojfoje oni neniam revenas. Sed mi esperas, ke baldaŭ li revenos, sub blua flago."

Reveno – se mi multe malfruos, la patrino certe punos min. Eble ŝi malpermesos al mi esplori en la urbo, kaj tio estus kruela sorto. Krome, mi ankoraŭ ne havis la fiŝon, por kiu ŝi sendis min. Mi scivolis pri la gepatroj de Meva. Ĉu ili ankoraŭ atendis ŝin en la maro, aŭ ĉu Meva devis rezigni pri la akva vivo kiam ŝi enhejmiĝis en Marvirinstrato? Tiujn demandojn mi volis fari, sed mia lango permesis nur mildajn aferojn, kiel "Sinjorino Meva, ĉu mi povus helpi pri la lavado?"

Ni portis la telerojn al la kuirejo, trapasante ĉambrojn, en kiuj estis skulptaĵoj de fiŝoj kaj nodigitaj retoj. Remiloj estis krucigitaj en anguloj. Apud la kuvo en la kuirejo estis gravuraĵo de lumturo. Sed kie estis la kuvego plena je sala akvo, en kiu marvirino devus dormi? Ĉu ŝi havis grandan ŝtrumpon por varmigi sian fiŝan voston dum vintraj noktoj? Anstataŭ tiujn pruvojn mi trovis nur buntkolorajn sapetojn en formoj de konkoj. Tiajn sapetojn mi vidis fojfoje ĉe mia avino.

La kanta voĉo de Sinjorino Meva alparolis min. "Kara knabo, jen donaco laŭ la volo de via reĝin'." Ŝi donis al mi belegan arĝentan fiŝon, kiu estis preskaŭ tiom granda, kiom mi. Mi baraktis por teni ĝin, ĉar ĝi volis gliti el miaj manoj. La skvamoj estis ankoraŭ malsekaj.

"Nun, kara knabo, portu ĝin hejmen. Trankvilan venton kaj feliĉajn vojon mi deziras al vi."

Mi kun mia fiŝo, tiom granda, kiom mi, malfacile eliris el la malgranda domo, navigis laŭ la mallarĝa Marvirinstrato, kaj eniris la urbofluon laŭ cent stratoj. Jes mi lacis, lacegis, sed mi sopiris al la hejmo. Kaj ni iradis senĉese, la fiŝo kaj mi, nedivideblaj. Nur unufoje ni haltis, ĉe la angulo de Pigostrato, kie mi kaŝis miajn ŝuojn malantaŭ ŝtuparon. Amaso da birdoj grakis kaj per siaj akraj bekoj minacis nin. Iliaj avidaj okuloj sopiris al la rebrilantaj skvamoj. Sed per svingoj de la ŝuoj mi fortimigis ĉiujn. Ŝuoj ja utilas.

Mia patrino larĝe malfermis la pordon al mi, kaj ŝia buŝo gapis pri la fiŝo tiom granda, kiom mi. "De kie vi akiris tiun grandegaĵon?" ŝi diris. "Mi donis al vi nur kelkajn groŝojn, por malgranda fiŝo. Ĉu vi tiom lerte marĉandis? Ĉu vi rabis aŭ piratis? Diru, kara knabo!"

Mi rakontis pri la vojaĝo kaj kapturniĝo, perdiĝo, kaj savo. Mi rakontis pri la virino kun kantanta voĉo kaj ora hararo, kiu malfacile iris sur la vostopinto. Kaj mi rakontis pri la strato – Marvirinstrato! – kaj pri ŝia domo, en kiu estis tiom da maraj aĵoj, kaj pri ŝia edzo, perdiĝinta maristo, same savita el la malica maro. Mirindaĵojn mi rakontis!

"Kaj tiu ino, el bonkoreco, donis al vi tiun ĉi fiŝon?"

"Ĉiuj marvirinoj estas bonkoraj."

"De kie vi scias, ke ŝi estas marvirino?"

Mi volis diri, ĉar ŝi kantis kaj kombis la oran hararon, sed multaj virinoj kaj knabinoj kantas kaj kombas siajn harojn, tamen ili ne estas marvirinoj. Mi volis diri, ke ŝi havas fiŝan voston, sed verdire mi ne vidis la voston (nek la piedojn!) – mi vidis nur bluverdan, brilantan, longan jupon. Mi volis diri, ke ŝi savis min el la maro de mia perdiĝo, kaj marvirinoj famiĝis pro la savado de maristoj. Sed maristo mi ne estas, nur knabo kun revoj. Do finfine restis nur unu nerefutebla afero: "Ŝi vivas en Marvirinstrato!"

"Se aferoj estus tiom simplaj", diris mia patrinon, "ni ĉiuj petus loĝadon en Feliĉostrato, aŭ almenaŭ Riĉula Aleo." Ŝi ridetis. "Karulo, helpu min. Ni devas prepari la vespermanĝon." Ŝi prenis de mi la arĝentan fiŝon.

"Ĉu vi kuiros ĝin, Panjo?" mi demandis. Mi sciis la veron, sed mi ne volis kredi.

"Jes, kompreneble. Almenaŭ parton. La ceteron ni tranĉos en pecetojn kaj konservos per salo. Ni bone manĝos dum semajnoj, verŝajne. Nu, helpu min en la kuirejo."

Mi helpis ŝin forigi la skvamojn. Miaj manoj estis ŝlimaj kaj malpuraj. Poste ni tranĉis plurajn pecetojn kaj eltiris ostetojn.

Diversspecajn internaĵojn ni flankenmetis. Nia kato okulumis tiujn restaĵojn avide, kaj dum ni malatentis, ekvoris ilin.

"Oni povas lerni multon pri fiŝo preparante ĝin por vespermanĝo", diris la patrino.

Finfine ni havis porciojn pretajn – jen por vespermanĝo, jen por la fridujo. Mi lavis la manojn. Ni ne havis bele pentritan akvokruĉon, nur kutiman kuvon. Ĉetable ni ne havis du arĝentajn tetasojn kaj tekruĉon, nek dikan kukon, nek mielpoton – nur la kutimajn telerojn kaj manĝilojn, kiujn makulis dentospuroj kaj fendetoj. La fiŝon Panjo kuiris en iu bruna saŭco, kiu odoris je ajlo kaj herbaĉoj. La manĝaĵo ne plu aspektis kiel fiŝo, sed kiel malnova ŝuo. Mi manĝis ĝin nur pro tio, ke mi estis malsata.

"Morgaŭ matene", diris mia patrino, "vi devos porti iom da mono al via strangulino. Ne estas dece, ke oni donas tian fiŝon senpage, el bonkoreco. Mi maltrankviliĝas. Ni pagu al ŝi la ĝustan prezon, ĉar ni ne estas povruloj, kiuj ne kapablas aĉeti por si fiŝon."

"Sed Panjo, ŝi ne volas monon."

"Ĉu vi proponis al ŝi monon? Eble vi grave ofendis ŝin, kiam vi foriris sen pagi. Tio estas pli verŝajna, ol via supozo, ke ŝi estas iuspeca fabelulino, kiu disdonas fiŝojn al perditaj geknaboj."

En la mateno mi prenis de Panjo kvar arĝentajn monerojn kaj ekiris al Marvirinstrato. Mi portis ŝuojn, ĉar mi ne volis, ke oni surtretu miajn piedojn. Reveni kun rompita piedfingro estus dolorige – mi devus salteti kaj barakti kiel … nu, kiel fiŝo el akvo. Eble sinjorino Meva havis rompitan piedfingron? Eble ŝi kaŝis ĝin sub la bluverda jupo?

Mi iris per alia vojo – ne tra la bazaro, sed per la larĝaj stratoj de la suda urboparto. Denove mi rimarkis la stratnomojn. Kverkostrato, sed mankis kverkoj sur la griza trotuaro. Nebulostrato, tra kiu oni povas vidi senprobleme ĝis la plej foraj anguloj. Bienovojo, sed ĉiuflanke staris nur butikoj kaj domoj. Nomoj ne devas esti veraj. Do, al kiu kvartalo apartenas Marvirinstrato?

Dum mi alproksimiĝis al Marvirinstrato tra Unukornula Placo

(en kiu mi rimarkis neniun mitan beston), mi aŭdis la sonoron de la havenaj sonoriloj. Revenis alia ŝipo, sed mi ne povis vidi la havenon por kontroli, ĉu ĝi havas bluajn flagojn. La domoj estis tro altaj.

Mi finfine alvenis Marvirinstraton, aŭ almenaŭ la lokon, kie mi estis la antaŭan tagon – mi ankoraŭ ne trovis la stratoŝildon. Sinjorino Meva diris, ke ĝi estas Marvirinstrato, sed eble ŝi mensogis. Mi frapis ĉe ŝia pordo, sed neniu respondis. Mi enrigardis la fenestron. La sama fatraso troviĝis ene – skulptaĵoj de fiŝoj, nodigitaj retoj, remiloj, ŝnuro, ŝipetoj en boteloj. Kial marvirino tiel ornamus ŝian domon? Marvirino havas perlojn tiom grandajn, kiom pugnoj, kaj konkojn de ĉiu koloro de la ĉielarko. Tiuj ankroj, marmapoj, ŝipetoj, kaj gravuraĵoj pli taŭgas por soleca edzino de maristo, ol por marvirino.

Kion fari pri la mono, kiun la patrino donis al mi por la fiŝo? En angulo mi trovis malplenan florpoton. Mi renversis ĝin super la monujon, antaŭ la pordo de sinjorino Meva. Certe ŝi esploros kiam ŝi revenos hejmen, trovos la monujon, kaj komprenos. Kaj se iu alia venos kaj ŝtelos la monon? Tio ne tre gravas. Mi plenumis la ordonon de la patrino.

Antaŭ ol reveni hejmen, mi decidis iri al la haveno. La sala aero eble estos refreŝiga, kaj almenaŭ en tiu parto de la urbo, la stratoj havos sencon denove – Kajostrato, Spicostrato, Velostrato. Mi turniĝis al Okcidentostrato, kiu de supre rigardis la havenon. Jen, en distanco, bluflaga ŝipo! Sinjorino Meva devas esti ĉe la haveno. Mi ekkuris.

Amaso da familianoj ariĝis ĉe Kajostrato dum pli kaj pli alproksimiĝis la ŝipo. Geknaboj aplaŭdis, patrinoj ploris, kaj iuj komencis kanti. En la aero, krom la aromo de salo kaj fiŝo, estis tiu de tortoj, mielo, frandaĵoj. Kia ĝoja ĥaoso! Sed kiel en tiu festo trovi sinjorinon Meva? Mi pardonpetante interpuŝis, ĝis mi trovis monteton da lignaj skatoloj, kiujn mi surgrimpis. Kelkaj aliaj knaboj same entreprenis, sed mi superis ilin kaj rigardis de mia alta vidpunkto.

Sinjorino Meva staris ĉe la fino de la kajo. Ŝia bluverda jupo brilegis en la plena suno. De la bluflaga ŝipo oni mallevis ŝalupon, etan boaton, por helpi stiri la grandan ŝipon. En ĝi estis homoj, kiuj eksvingis la manojn, kaj granda krio eliris de la amasoj. Sinjorino Meva restis tamen trankvila, ŝajne strebante vidi. Kaj subite, ŝi ensaltis la akvon! Ĉu ŝi vidis la edzon en la ŝalupo? Ŝi naĝis fulmrapide, rekte kaj kuraĝe. La bluverda strio de ŝia malsupro ondiĝis kiel fiŝa vosto, kaj la blondaj haroj rebrilis, eĉ sub la akvo. Kiel bele ŝi naĝis, kvazaŭ ŝi naskiĝis en la maro! Mi kriis kaj kantis, kune kun la amasoj, ĝis ŝiaj vosto kaj hararo ne plu estis distingeblaj, kaj nur blanka linio de ŝaŭmo restis por montri la vojon al la ŝalupo, kie sinjorino Meva denove renkontis sian karan mariston. Kia fino por fabelo!

Ĉe la fino de la kajo restis du forlasitaj virinaj ŝuoj.

Pigopago

Ĉiun vendredon, tuj post la sunleviĝo, la pigoj okazigas propran bazaron sur la tegmento de la homa bazaro. Ambaŭ bazaroj – la homa kaj piga – komenciĝas per frua preparado. La fruktvendistoj ŝmiras la malnovajn pomojn per vakso por ŝajnigi ilin freŝaj, kaj la spicvendistoj elektas la plej profitdonajn pesilojn. La pigoj aranĝas siajn varojn por ke tiuj kiel eble plej multe rebrilu en la matena krepusko, kaj ili krias kaj mordetas por akiri pli bonajn lokojn.

En bela vetero preskaŭ ĉiu pigo aperas dum la vendreda bazaro, ĉar ĝi estas loko ne nur por akiri kaj profiti, sed ankaŭ por fanfaroni. La famaj kolektantoj, kiel Bekoblek', muntas ekspozicion de akiritaj trezoroj. Brilaj moneroj, rondaj kovriloj de ladskatoloj, fingringoj kaj fingroringoj, kuleroj, fragmentoj de speguloj.

Samkiel aliaj pigoj, Bekoblek' portas al la bazaro nur vendaĵojn. En sia nesto li lasas la plej karajn objektojn – la ruĝajn paperojn, kiuj ĉirkaŭas glaciaĵojn de la marko Reĝolakto. Li apenaŭ povas kredi, ke homoj forĵetas tiajn aĵojn. Jes, Bekoblek' amas monerojn, ladskatolojn, kaj spegulojn, ĉar pigoj amas brilaĵojn. Sed li volonte interŝanĝas eĉ tiajn karaĵojn kontraŭ nova ruĝa glaciaĵpapero, kiu estas la vera ĝojo de la koro.

Por aliaj pigoj la samaj glaciaĵpaperoj ne estas aparte interesaj. Sciante, tamen, la preferojn de Bekoblek', la pigoj portas la trovitajn paperojn al la bazaro, esperante interŝanĝi ilin kontraŭ la propra trezoro – ĉu poŝtmarkoj, etikedoj aŭ rubandoj.

Korvokul' akiris grandan stokon da tesaketoj. Ĉe la bazaro li interŝanĝis ilin kun Nuksonuk' kontraŭ flavaj loteribiletoj, kaj kun Ombroov' kontraŭ poŝtmarkoj. Ombroov' estis bonŝanca, ĉar ŝi akiris kovertojn de Kriokrak' kontraŭ faskoj da cigaredrestaĵoj. Forŝirinte la adresojn de la poŝtmarkoj, ŝi vendis la unuajn al Fungoflug' kaj la

duajn al Korvokul'. Korvokul' mem ne multe interesiĝas pri flavaj
loteribiletoj aŭ poŝtmarkoj, sed li interŝanĝas ilin kun Randorub' kaj
Knarokor' kontraŭ reklampaperoj, kiuj montras bildojn de homaj
knaboj. Tiuj bildoj estas lia sola vera ĝojo, kaj lia nesto plenas je ili.
Kiam la serĉoj de la tago estas vanaj, konsolas lin trafoliumi siajn
havaĵojn kaj ĝui kontenton kaj plenumiĝon.

Li havas konkurantojn, tamen, ĉar aliaj pigoj kolektas bildojn
de knaboj aŭ similajn aferojn – bildkartojn, kiuj montras familiojn,
aŭ reklamojn por ludiloj, ofte montrantaj ankaŭ knabojn. Por tiaj
karaĵoj estiĝas aŭkcioj. Foje Knarokor' alportis al la bazaro aparte
belan kaj havindan bildon – plenkoloran, de familio kun du knaboj,
kato kaj hundo sidantaj apud fajro. Knarokor' trovis ĝin gluita sur
iu vitraĵo en homoplena strato, kaj li travivis grandan danĝeron por
porti ĝin al la piga bazaro. Dekoj da pigoj konkuris por la kara bildo,
sed fine gajnis Korvokul', kiu pagis dek ses flavajn loteriajn biletojn,
tri ruĝajn butonojn kaj perukon de pupo.

Sed poste montriĝis, ke Korvokul' trompis Knarokoron. Ne ĉiuj
el la donitaj loteribiletoj estis vere flavaj. Korvokul' akiris faskon da
rozkoloraj kaj helbluaj biletoj ĉe Nebulonaz' kaj Saltosag' kaj lasis ilin
flaviĝi sub la suno. Post nelonge, Knarokor' konsciis, ke la simboloj
sur la falsaj biletoj ne kongruas kun la cetero de lia kolekto kaj akuzis
Korvokulon pri trompado kaj ŝtelado.

"Vere, vi estas aĉa, etanima estaĵo", diris Knarokor'. "Mi denuncos
vin al la Birdkortumo."

Tiu minaco estis sendenta, ĉar la Birdkortumo ne zorgas pri mal-
grandaj aferoj, kiel disputoj en la piga bazaro. Ĝi devas solvi la prob-
lemon de dekmil senhejmaj kolomboj, kaj juĝi en procesoj kontraŭ
kukoloj, kaj dividi teritorion inter senfine disputantaj agloj, kaj iel
bridi la eksplodontan militon inter kantobirdetoj kaj karnobirdegoj.
La Birdkortumo intervenas por aferoj de la pigoj nur se temas pri
granda danĝero al la birda komunumo. Ĝis nun la pigoj ne multe
agacas la urbon – almenaŭ ne pli ol la kolomboj. Kaj kompare al la

Parodibirdo la pigoj estas anĝeloj.

Tio ne signifas, ke la homoj ĉiam kontentas pri la pigoj. Iliaj interrilatoj estas komplikaj kaj ŝanĝemaj. Kiam pigoj prenas nur rubaĵon kaj fatrason, la homoj bone toleras ilin. Tamen la pigoj ofte interesiĝas pri aferoj pli valoraj. Fojfoje pigo forprenas gravan fakturon de sur tablo, kien ĝi estis ĵus metita, aŭ forŝiras freŝe gluitan afiŝon de muro, aŭ ŝtelas kuleron, kiu apartenis al valora kulerkompleto. Pigoj estas malgrandaj kaj rapidaj, do facile evitas svingatajn balailojn, sed ne tiom facile evitas katojn aŭ kaptilojn. Lombardistoj, pli ol aliaj urbanoj, suferas pro pigoj, kaj ŝmiras venenon sur iun rebrilantan bagatelaĵon. Englutinte la venenon, pigoj dolorplene mortas. Tiel mortis Flugfoli', interalie, kvankam ŝiaj multaj jaroj da sperto devus instrui ŝin, eviti tro evidentan trezoron apud lombardejo.

Tiuj, kiuj ne volas mortigi pigon, dissemas metalan fatrason, partojn de rompitaj ludiloj aŭ potoj, kaj malvalorajn fremdlandajn monerojn sur la fenestrobretoj. Tiujn anstataŭaĵojn la homoj nomas "pigopagoj". Multaj junaj pigoj ekscitiĝas pro pigopagoj kaj avide reportas ilin al la nesto aŭ al la bazaro, sed ili kruele konscias poste, ke tiaj bagatelaĵoj jam abundas en la piga bazaro kaj valoras neniom. Junaj pigoj devas lerni, kiel regi la instinktojn. "Ungo fatrason ne kaptu", diras pigopatrinoj al siaj idoj, sed la junaj pigoj nur malfacile sekvas tiun konsilon – ĝis la unua vido de sia kordeziro. Post kiam Bekoblek' vidis sian unuan ruĝan glaciaĵpaperon, aŭ Korvokul' trovis sian unuan bildeton, ili neniam plu distriĝis pro pigopagoj.

Sed la kompatinda Pepoplum'! Eĉ kiam ŝiaj samnestanoj, jam renkontinte siajn trezorojn, ne plu ĉasas pigopagojn, Pepoplum' trompiĝas kaj flugas sencele. Ŝi kaptas ajnan rebrilaĵon, sed sen entuziasmo. Ŝia patrino diras, ke Pepoplum' estas pigo korpe, sed ne mense, kaj tiun verdikton Pepoplum' taksas kruela. Jes, eble ŝi postlamas. Sed Pepoplum' estas ankoraŭ juna, kaj ne ĉiu pigo naskiĝas sciante, kion li aŭ ŝi volas kolekti.

Laŭ rekomendoj de parencoj kaj geamikoj, Pepoplum' provis

kolekti naztukojn, manskribitajn foliojn kaj alumetlibretojn, sed
havi ilin en la nesto ne donas al ŝi konsolon en la malbonaj tagoj, nek
ĝojon kaj kontenton en la bonaj tagoj.

"Kial vi ne povas ĝui alumetlibretojn? Ili estas tiom diversaj, kaj
krome belaj!" diradas la patrino de Pepoplum', kiu mem amasigas
alumetlibretojn kaj sekrete ĝojas, ke ŝi ne devas rivali por la plej belaj
kontraŭ la filino.

Fine onklo Ajloarb' proponis, ke se ŝi ne trovis ion por kolekti, ŝi
almenaŭ kolektu ion por interŝanĝi en la bazaro. Havante regulan
stokon ŝi akiros bonan klientaron. Li rekomendis, ke ŝi kolektu la
bildojn de reĝoj kaj reĝinoj, kiuj troviĝas sur multkoloraj ortangulaj
paperpecoj. Por tiuj bildoj ĉiam estas aro de aĉetantoj. Kvankam oni
sufiĉe ofte vidas tiajn bildojn en la urbo, la homoj gardas siajn "mon-
biletojn", kaj kolekti ilin estas defio.

Pepoplum' provas tiun entreprenon, ĉar neniu alternativo ŝajnas
pli alloga. Ŝi atendas momenton de malatento, kiam homo lasas
monbileton sur la tablo por la kelnero. Aŭ ŝi profitas disputon, kiam
kolera kliento aŭ filo ĵetas monbiletojn al vendisto aŭ patro kaj tiu ne
tuj genuiĝas por preni ilin. Fojfoje ŝi vidas tra fenestro monbiletojn
kuŝantajn sur tablo. Se la fenestro estas malfermita kaj neniu homo
estas videbla, Pepoplum' kuraĝas enŝteliĝi kaj preni la monbiletojn.
Ne multaj pigoj same kuraĝas, kaj la Birdkortumo certe malperme-
sus tian ŝteladon, se ĝi scius.

Pro la rareco de tiuj monbiletoj ĉe la merkato, la pigoj volonte
interŝanĝas kun Pepoplum'. Ŝi akceptas preskaŭ ĉion – krom ostojn
de Verdavost' – kaj ne postulas altajn prezojn. Ŝi povus postuli alu-
metlibreton kontraŭ la oranĝa monbileto kun portreto de reĝo kun
glavo, sed ŝi ofte akceptas anstataŭe etikedon de ladskatolo, aŭ stan-
geton de glaciaĵo. Ŝia patrino ripetas, Pepoplum' estas pigo korpe, sed
ne mense.

La nesto de Pepoplum' fariĝas pulbazaro, plena je etikedoj, st-
angetoj, tesaketoj kaj loteribiletoj. Ruza bazaristo povus fari el ŝiaj

havaĵoj komfortan ekziston, sed Pepoplum' ne estas ruza bazaristo, nek kontenta kolektanto, nek feliĉa birdeto.

Iun vesperon, pro maldormemo, Pepoplum' flugas tra la krepusko, serĉante monbiletojn kaj interesaĵojn. Estas pli facile trovi monbiletojn post noktiĝo – homoj, kiuj avare amasigas siajn monbiletojn matene, vespere iĝas facilanimaj kaj preskaŭ disĵetas monon. Tiun fakton ne multaj pigoj scias, ĉar al pigoj ne plaĉas la vespero. En la mallumo aperas ratoj kaj blatoj, kun kiuj oni fojfoje malfavore komparas pigojn. Ŝia nokta serĉado estas senfrukta, ĝis Pepoplum' vidas viron sidantan sur la trotuaro. Antaŭ li estas renversita ĉapelo, kaj en ĝi kuŝas kelkaj grasaj moneroj kaj monbiletoj. La viro mem dormas kaj ne atentas la pigon, kiu alproksimiĝas.

Pepoplum' fine elektas el la ĉapelo monbileton iom nekutiman, kun bildo de kastelo. Alia pigo verŝajne prenus moneron, ĉar eĉ malnova monero brilegas en la suno, sed Pepoplum' jam havas reputacion. Ŝi prenas la monbileton en sian bekon kaj forflugas al sia nesto.

Pro la dumfluga vento la monbileto en la beko ĝenas ŝin. Pepoplum' devas halti ĉe fenestrobreto por ĝustigi ĝin. Transfenestre disvolviĝas stranga sceno. Pigoj ne multon komprenas pri la homa mondo, ĉar aferoj de homoj okazas tro malrapide kaj tro ofte kaŝite malantaŭ muroj. Sed eĉ pigo komprenas, ke patrino kun fingroj en la buŝo de ploranta filino estas teruraĵo – tiom terura, ke pigo devas spekti ĝin, malgraŭ la danĝero. La knabino krias, baraktas kaj ĝemas, sed la patrino tenas ŝian kapon per unu mano, puŝante kaj tirante per la alia. Kaj Pepoplum' grakas, ne pro tio, ke ŝi sentas sin kapabla defendi la knabinon, sed pro konfuzo, ĉagreno kaj hororo, sed ŝia grakado perdiĝas en la interhoma lukto.

"A-ha!" diras la patrino kaj rektiĝas eltirante el la knabina buŝo etan ruĝan objekton. "Momenton, mi revenos." La knabino tuj ĉesas plori, kaj anstataŭe puŝas la vangon per lango, esplorante la truon en sia dentaro. Ŝiaj okuloj vagadas, provante vidi la rezulton, sed kompreneble ne sukcese. Sed ŝi vidas Pepoplumon starantan sur la fenestrobreto, kaj ŝi mansvingetas. Pepoplum' ne scias, kion fari. Ŝi estas tro konfuzita por forflugi.

La patrino revenas, tenante brile blankan objekton. "Vidu", ŝi diras, kaj donas ĝin al la knabino. Kaj Pepoplum' miras. Ĝi estas homa dento. Perfekte blanka ĝi estas, kiel ovo aŭ nubo, kaj glata kiel matena venteto. Ĝi estas pli granda, ol ŝi supozus, kaj havas etajn krurojn, eble por teni sin firme en la buŝo. Sed kredeble tiuj ne funkcias bone, ĉar la patrino povis eltiri la denton. La mistero nur incitas Pepoplumon. Neniam antaŭe ŝi vidis ion ajn tiom belan.

"Estas strange", diras la knabino. "Kion mi faru per ĝi?"

"Enlitiĝu, karulino, kaj metu ĝin apud vian liton, sur la tableton. Ĉi-vespere venos feino, kiu forportos la denton kaj lasos por vi ion belan."

"Mi jam vidis ŝin, ŝi atendas ekstere", diras la knabino enlitiĝante.

La patrino ridetas kaj kisas la frunton de la filino. "Se vi aŭdos ion dum la vespero, ne malfermu la okulojn, ĉar vi fortimigos la feinon. Restu kvieta, ŝajnigu dormon, kaj vi ricevos bonan surprizon."

Tiujn vortojn Pepoplum' ne bone komprenis – la homa lingvo estas tro mola kaj malrapida.

La patrino malŝaltas la lumon kaj foriras, lasante la knabinon kaj Pepoplumon solaj. Pepoplum' atendas du aŭ tri minutojn. Nur tiom ŝi povis elteni. Fine, Pepoplum' puŝas sin tra la mallarĝe malfermita fenestro kaj saltetas al la tableto. Malgranda ŝi estas, kaj mallaŭtaj estas ŝiaj piedpaŝoj, sed la knabino konscias pri la enŝteliĝinto. La spirado de la knabino fariĝas rapida kaj malprofunda – certe ŝi ne dormas, nur ŝajnigas. Sed Pepoplum' ne povas fuĝi, forlasante la denton por alia kolektanto. Io en la koro de Pepoplum' donas al ŝi kuraĝon.

Pepoplum' faligas la monbileton el sia beko kaj prenas la denton. Tre malmola ĝi estas; glata kaj plaĉa inter la bekorandoj. Ŝi premas ĝin zorgeme, nepre ne tro firme, alie la dento eljetiĝus el ŝia beko kiel kuglo. Tute maleblas nun porti la monbileton, do ŝi rezignas pri ĝi – temas pri interŝanĝo kun la knabino, sen bezono marĉandi.

La okuloj de la knabino ŝajne saltetas sub la palpebroj – apenaŭ ŝi bridas la deziron ŝtelrigardi la enirinton. Pepoplum' havas la denton, kaj ŝia kuraĝo ne sufiĉas por aliaj aventuroj. Rapide, rapidege, ŝi saltetas al la malfermita fenestro, eligas sin tra la mallarĝa interspaco, kaj ekflugas al sia nesto, al paco, ĝojo kaj komforto.

Hejme Pepoplum' faras por la dento liton el disŝiritaj loteribiletoj kaj kovras ĝin per la propraj plumoj. Du aŭ tri fojojn ŝi vekiĝas dum la nokto pro grakado de korvo aŭ fajfado de aglo, sed vidinte, ke la bela blanka glata dento restas sekure en sia lito, Pepoplum' reendormiĝas, kontenta.

Dum la kvin tagoj ĝis la piga bazaro, Pepoplum' preskaŭ krevas pro senpacienco. Ŝi intencas montri la karaĵon al la aliaj. Tion ne faras maturaj pigoj, sed ankaŭ ili en la junaĝo, ĵus ektrovinte sian korĝojon, volis fanfaroni pri sia trezoro al la tuta mondo. Vendrede, Pepoplum' alvenas en la bazaron frue, por trovi sunplenan lokon. Bekoblek' jam estas tie, polurante per flugilo kelkajn lastatempe akiritajn kulerojn. Korvokul' volas disputi kun Pepoplum' pri la loko, sed kiam li vidas la denton, li forgesas pri la propraj zorgoj.

"Kio ĝi estas?" li demandas, sed eĉ post la rakonto de Pepoplum', Korvokul' ne kredas. "Ĝi havas kruretojn! Ĉu oni vidas kruretojn en homa buŝo?" Pepoplum' klarigas pri sia teorio – la kruretoj estas radikoj por firmteni la dentojn en la buŝo. "Do, kial la dento elfalas, se ĝi havas tiajn radikojn?" demandas Korvokul'.

Alvenas aliaj pigoj, kaj la disputo fariĝas la kerna afero de la bazaro. Neniu alia pigo atentas siajn varojn aŭ maniojn, kaj eĉ Bekoblek' forlasas siajn novajn kulerojn por vidi la trezoron de Pepoplum'. La kutima komerco de la bazaro haltas, dum oni disputas, ĉu vere dento povas esti tirata el homa buŝo, kaj ĉu vere homo volonte lasas tian objekton apud sia lito? Kelkaj detaloj en la rakonto de Pepoplum' ne havas sencon – kio pri la patrino, kiu tiel torturas sian filinon, kaj kio pri la filino, kiu tuj post la forpreno de la dento ne plu ploras? Tia vundo devas esti dolora. Sed malantaŭ la disputo estas la universala kredo, ke la dento estas vera trezoro – eble ne tiel brila, kiel polurita monero, sed belega kaj havinda.

Kontraŭ la dento Pepoplum' ricevas ofertojn de alumetlibretoj, loteribiletoj, fermilo de ladskatolo, eĉ rara silka naztuko kun bildo de nuda virino. Kelkaj pigoj eĉ proponas objektojn el siaj propraj kolektoj – ne la plej belajn ekzemplojn, verdire, sed estas preskaŭ nekredeble, ke pigo pretas fordoni parton de sia proprajô. Pepoplum' akceptas neniujn ofertojn, eĉ ne la grandegajn. Alumetlibretojn, tesaketojn, bildojn, kaj etikedojn ŝi jam provis kolekti, sed nenio tiom plaĉas, kiom la dento. Fine de la bazaro Pepoplum' portas ĝin reen al sia nesto; ŝi kovas ĝin kiel ovon, karesas ĝin kiel brilaĵon, bekumas ĝin kiel grenon kaj poluras ĝin kiel kuleron.

Kelkajn tagojn poste vekas ŝin grandaj krioj de la pigoj. Kurieroj flugas de nesto al nesto kaj anoncas, ke oni faros novan verdikton de la Birdkortumo ĉe la bazaro la venontan tagon je sunleviĝo. Pepoplum' vizitas la patrinon, por diskuti la strangan aferon. La Birdkortumo tre malofte tuŝas la pigojn.

"Nepre estas afero de alumetlibretoj", diras la patrino. "La Birdkortumo delonge kredas, ke ili estas la plej valoraj el ĉiuj havaĵoj, kaj nun ili volas starigi muzeon. Aŭ eble imposton."

Pepoplum' timas, ke la verdikto rilatos al la dento. Ŝi scivolas, ĉu ŝi kaŝu ĝin nun. Sed kaŝi signifas meti en foran lokon, nesekuran lokon, nekonatan kaj nefidatan lokon. Prefere ŝi atendu ĝis la anonco, kaj se la aferoj ŝajnos danĝeraj, ŝi fuĝos al sia nesto por bekpike defendi la hejmon kaj proprajôn kontraŭ la kolombsoldatoj de la Birdkortumo.

En la mateno Pepoplum' kuniĝas kun la aliaj pigoj ĉe la bazaro. Jam alvenis la prezidanto de la Birdkortumo, kiu estas bela korvino kun preskaŭ purpuraj plumoj. Ŝia vicministro pri komerco kaj sekureco, kalva akcipitro staranta apud ŝi, faras la anoncon:

"Pro malsaĝa konduto, kiu riskas veki malamon kaj malpacon kun la homoj, inter kiuj ni loĝas, kaj tial endanĝerigi la vivon de ĉiu pacama birdo, estis decidite kaj estu nun deklarate, ke neniu birdo, birdido, birdino, aŭ reprezentanto de birdo, birdido aŭ birdino, raj-tas eniri homan domon, alikaze tiu estos forpelata el nia rondo kaj el nia urbo, kaj ties kontraŭsocia konduto estos diskonigata inter la ĝentilbirdoj de la ĉirkaŭaĵo kaj apudaj urboj. Ankaŭ estas decidite, ke la interŝanĝado de homaj dentoj estos malpermesata, kaj malatento de la leĝo kaŭzos la samajn konsekvencojn."

Plejparte la pigoj reagas nur apatie al la anonco – ili atendis ion pli drastan, kiel mortpunon aŭ imposton. Tamen Pepoplum' tremegas. Ĉu estas eble, ke ŝia aventuro endanĝerigis la birdan komunumon? Ĉu oni pensas, ke ŝi dolorigis la knabinon, aŭ ĉu la knabino plendis al la patrino pri malica "feino"? Ŝi volas fari demandon, ĉu ankaŭ la posedo de dento, ne nur "interŝanĝado", estas nun kontraŭleĝa, sed ŝi timas la respondon.

La patrino de Pepoplum' alparolas ŝin. "Mi aŭdis de onklo Ajloarb', kiu hazarde aŭskultis konversacion inter Bekoblek' kaj Knarokor', ke la Birdkortumo verdiktis pro la kompatinda Verdavost'. Li envias vin, ŝajne, kaj eniris homajn domojn por trovi denton. Ĉu li pensis, ke li povus preni ion el homa buŝo? Terure! Stultulo! Dommastrino ĉasis lin per balailo, kaj en tiu strato nun aperadas patrolo de dom-mastrinoj armitaj per balailoj. Iam la strato estis bona loko por alu-metlibretoj sed nun ĝin ne eblas esplori pro la danĝero de malicaj balailoj. Du kukoloj vidis la tutan aferon kun Verdavost' kaj raportis la okazaĵon al la Birdkortumo."

La patrino ne scias, ĉu la Birdkortumo kondamnis Verdavoston kiel iniciatanton, aŭ lasis lin eskapi. Verdire, tio ne gravas por Pe-poplum'. Ŝi estas feliĉa, ke ŝi ne rekte respondecas pri la verdikto.

Tamen, la feliĉo de Pepoplum' estas mallongdaŭra, ĉar ĉe ŝia nesto atendas ŝin kolombsoldatoj de la Birdkortumo – ili venis por konfiski la homan denton. Kaj malgraŭ ŝiaj antaŭaj promesoj al si, Pepoplum' ne bekpikas la malamikojn, nek kriĉas nek sakras nek petegas al la Birdkortumo. Ŝi gvidas la soldatojn al la kaŝloko de la dento, kaj la soldatoj prenas ĝin senvorte. Sovaĝaj kaj sentaŭgaj kolomboj – se ili kapablus senti la belon kaj bonon, ili mirus pri la dento kaj ne povus prirabi Pepoplumon.

Poste Pepoplum' sidas inter siaj plumoj kaj nehavindaj kolektaĵoj ĝis noktiĝo. Ŝi ne ploras, ne koleras, ne sopiras – ŝi sentas … nenion. Mankon. Malplenon. Se komencus pluvi, estus taŭge, sed la nokto estas klara kaj varma, kaj de ie venas la sono de homaj kaj birdaj ridoj.

Plurajn noktojn Pepoplum' apenaŭ moviĝas, kaj la vendredan bazaron ŝi eĉ ne ĉeestas. La patrino vizitas ŝin por doni kuraĝigajn vortojn: "Ne zorgu, ovulineto. Vi ne devas kolekti dentojn. Vi povas kolekti alumetlibretojn! Vi jam havas du aŭ tri belajn alumetlibretojn en via nesto-pulbazaro. Mi helpos al vi."

Se Pepoplum' ne povos havi denton, ŝi devos kontentigi sin per alumetlibretoj – stultaj, ordinaraj, senutilaj, malpuraj, malglataj alumetlibretoj. Kaj Pepoplum' ne volas sin tiel kontentigi. La alumetlibretoj en ŝia nesto naŭzas ŝin, kaj ŝi ekflugas el la nesto por esti for, por serĉi denton.

Pepoplum' gvatas lernejojn, kie geknaboj montras unu al la aliaj la interspacojn, kiuj estis antaŭnelonge okupitaj de dentoj. Sed la dentoj mem ne estis troveblaj. Pepoplum' ĉeestas funebron, sed tie la familio volas vidi la plendentan rideton de la kara familiano ĝis la enterigo.

Apud drinkejo estis pugnobatalo inter junuloj, kaj tie Pepoplum' ekhavas esperon. Ruza pugnofrapo ĵetis ion el la buŝo de la frapito, kaj dum la spektantaro aplaŭdas la boksadon, Pepoplum' trovas la denton. Sed ĝi estas ruĝa kaj frakasita, malpura kaj malglata – entute malperfekta kaj malinda ekzemplero. Neniu povus kompari ĝin kun la perfekta dento de la knabino, kaj al tiu knabino la pensoj de Pepoplum' revenas. Se ŝi perdis jam unu denton, eble ŝi perdos pliajn, kiel pigido, kiu perdas siajn grizajn plumojn kaj akiras nigrajn kaj blankajn.

Pepoplum' flugas al la konata fenestrobreto. Neniu estas videbla, sed Pepoplum' atendas, atendas, atendas. Fine aperas la knabino, sed ŝi enlitiĝas sen atenti Pepoplumon kaj sen meti denton sur la tableton.

Eble estas sensence tiel atendi; eble ŝi eniru la ĉambron kaj esploru. Sed tio estus danĝera, kontraŭleĝa, kaj sen garantio de rekompenco. Kiam en la mateno la knabino foriras al la lernejo, Pepoplum' flugas hejmen al sia nesto por dormi. Sed ŝi revenas al la fenestrobreto antaŭ vesperiĝo por atendi.

La trian nokton Pepoplum' estas skuita ĝisplume kiam la knabino frapas ĉe la fenestro. En ŝia mano estis blankaĵo – dento! La knabino malfermas la fenestron kaj enlitiĝas, kvankam estas ankoraŭ krepusko. Ŝi grande kaj false oscedas, metas la denton sur apudan tablon kaj fermas la okulojn. La knabino mallerte aktoris.

Ĉu kaptilo, ĉu truko? Pepoplum' ne vidas dommastrinon kun balailo, nek kukolojn, kiuj raportus al la Birdkortumo. Timante sed ekscitoplene Pepoplum' eniras tra la fenestron kaj saltetas sur la tablon.

"Jen vi!" diras la knabino, forskuante sian ŝajnodormon. Per rapida mano ŝi kovras la denton, kaj Pepoplum' ne kuraĝas trapiki manon. "Mi vidis vin antaŭ kelkaj tagoj kaj en tiu sama tago sentis, ke dento estas elfalonta. Vi estas la dentofeino, vi venis por preni, jes?"

Pepoplum' ne plene komprenis, nek povis respondi per homaj vortoj. Do, Pepoplum' respondas nur per pepad'.

"La patrino diris, ke vi alportos por mi belan surprizon. Nu, pasintfoje vi donis al mi monbileton. Sed tio ne estas bela surprizo. Kiam mia patrino vidis ĝin, ŝi ege koleriĝis. 'De kie vi prenis tian grandan monbileton? Ĉu vi ŝtelis ĝin?' Kaj mi provis diri, ke la dentofeino alportis ĝin, sed la patrino malkonsentis. Ŝi diris, ke la dentofeino alportas nur monerojn, neniam valorajn monbiletojn, kaj krome la dentofeino ankoraŭ ne venis ... nu, ĉiukaze, vi devas doni al mi ion pli belan kaj bonan, ol monbileto, ĉar lastfoje mi estis punita."

Pepoplum' ne ĉion komprenas, sed marĉando sonas simile en ĉiu lingvo. Certe la Birdkortumo ne nur ekzilus ŝin pro tia traktado, sed eĉ mortpunus. Tamen, jen la dento, sub la knabina mano, blanka, glata, tiom brila kaj bela! Forlasi la denton por preni varojn de la nesto estas terure – Pepoplum' pepas trifoje, por diri, "Mi revenos tuj!"

Pepoplum' revenas fulmrapide kun bekopleno da loteribiletoj kaj tesaketoj, sed la knabino retiriĝas. "Tio estas rubaĵo!" ŝi diras, kaj Pepoplum' tuj pentas pro la elekto. Kompreneble, la dento estas ege valora kaj postulas altan prezon. Pepoplum' portas el sia nesto brilan moneron, kiun ŝi kaptis de la trotuaro kiam ĝi elfalis el la poŝo de ploranta junulo ĉe la haveno. Ĝi ne makuliĝis en akvofluejo aŭ inter putranta manĝaĵo ĉe malpura stratangulo – ĝi brilas kiel plena luno. Sed ankaŭ tion la knabino ne volas. "Miaj samklasanoj ricevas monerojn, kiam ili perdas dentojn. Tio ne estas surprizo, tio ne estas bona aŭ bela." Sed Pepoplum' ne havas ion pli valoran, ol tiu monero. Se ŝi havus kulerojn, kiel Bekoblek', ŝi volonte donus ilin al la knabino. Eble Pepoplum' povos interŝanĝi la moneron kun Bekoblek' por kulero....

Kaj Pepoplum' konscias pri sia eraro. Ŝi pensas kiel pigo, ne kiel knabino. Iu ajn pigo volonte interŝanĝus tiajn riĉaĵojn, kiaj estas loterbiletoj, tesaketoj, moneroj kaj kuleroj, sed homoj havas aliajn zorgojn kaj aliajn kolektojn. Ili volas ion pli similan al si.

Pepoplum' revenas kun bildo ŝirita el kalendaro. Ĝi montras knabinon, tre similan al la dentoperdinto, kiu ludas en vintro, kaj ŝiaj ruĝaj vangoj kontrastas okulfrape kun la blankblanka neĝo. Pepoplum' la unuan fojon vere rigardas ĝin kaj taksas ĝin bela – certe havinda. Sed la knabino ne donas la denton. Pepoplum' eĉ iomete feliĉas, ĉar nun ŝi ne devas fordoni la bildon.

Ŝi revenas kun alia bildo – tiu de reĝino rajdanta oran ĉevalon, kun krono kaj pafarko. Tion elektis Pepoplum', ĉar ŝi kredas ĝin flata al la knabino. Sed la knabino ne estas flatita. "Tiajn bildojn mi havas en miaj rakontlibretoj", diras la knabino, sed Pepoplum' komprenas nur, ke la knabino ne liberigas la denton.

Plian fojon ŝi flugas al sia nesto kaj traboras la montetojn de kolektaĵoj. Naztukoj kaj etikedoj certe ne estos akceptataj; ankaŭ fotoj, botelkovriloj, metalaĵoj kaj faskoj de monbiletoj. El ĉio ĉi montriĝas taŭga nur alumetlibreto. Ĝi estas ruĝa, kiel buŝo, kaj sur ĝi estas blanka kvadrato, kiel dento. Kaj se la knabino ne akceptus la alumetlibreton, Pepoplum' faligus ĝin en la riveron – nenion alian ŝi havas, kaj nun, vidinte la similecon kun dento, ŝi ne tolerus la malfeliĉajn rememorojn.

Vane ŝi zorgas, ĉar la knabino entuziasmiĝas pri la alumetlibreto. "Mia patrino ne permesas al mi havi alumetojn! Kia bona surprizo! Kiel bele!"

La knabino malfermas la libreton kaj elprenas alumeton. Sen hezito, kvazaŭ spertulino, la knabino frotas la alumeton kontraŭ la libretsurfaco – ekbrilo, sulfuro, flamo. Strangaj ombroj elradias de la knabino kaj pigo, kaj Pepoplum' rigardas la flamon, ensorĉite. Ŝi ne sciis, ke alumetlibretoj povas tion fari … ĉu ŝia patrino scias? Pepoplum' faras paŝon antaŭen, pli proksimen al la flamo, kaj ŝia piedo tuŝas ion malmolan – la denton.

La knabino revas pri la flamoj, kaj por ŝi jam malaperis la dento kaj la pigo. Evidente ŝi taksas la marĉandon finita, kaj Pepoplum' enbekigas la denton. Ĉe la fenestrobreto ŝi hezitas. Ŝi devas certiĝi, ke ne estas kukoloj, kiuj malkaŝus ŝian kontraŭleĝan agadon. Ŝi devas ankoraŭfoje rigardi la flagrantan alumeton.

La pordo de la dormoĉambro malrapide malfermiĝas, kaj la patrino ŝtelpaŝe envenas. Ĉu ŝi provas ne veki la filinon? En ŝia mano brilas iu rondaĵo – monero. Sed, rimarkinte la fajron, la patrino eligas vekrion.

"Kio okazas ĉi tie?" La patrino preskaŭ saltas al la lito kaj estingas la flamon inter siaj fingropintoj. "Alumetoj? De kie vi akiris ilin? Ĉu vi ŝtelis el la kuirejo?"

"Ne, Panjo, mi ne ŝtelis ilin!" diras la knabino. "La dentofeino alportis ilin al mi, kontraŭ mia dento. Ĉu ne unuaranga?"

"Tute ne unuaranga. Pri kia dentofeino vi parolas?"

"Tre eta, nigre-blanka, kun flugiloj … Ho, ne prenu ilin, Panjo! Vi jam havas kolekton de alumetoj. Multege! Vi montras ilin al viaj amikinoj dum tefestoj."

"Karulino, el tiuj libretoj mi elprenis aŭ eluzis la alumetojn. Kial kolekti alumetojn? Ili ĉiam samas – stango, ruĝo, flamo. Kaj krome, ili estas danĝeraj. Nur la libretoj estas interesaj …"

La reston de la konversacio Pepoplum' ne aŭdas. Kiam la hipnota dancado de la flamo estingiĝis, ŝi rekonciis pri la danĝero de la kolera dommastrino kaj spionoj de la birdkortumo. Multon ŝi riskas por la eta, blanka dento – malvarma, pala, senviva. Sed trezoro, nepre trezoro! La aliaj pigoj certe avidus ĝin. Pepoplum' ekflugas kun la dento firme tenata en la beko.

La neston ŝi atingas ĵus je ekpluvo, sed malgraŭ la vetero Pepoplum' sentas sin varma. Profunden, profunden en sian neston Pepoplum' kaŝas la denton, sekrete ankaŭ en la koron. Fine ŝi fermas la okulojn por ripozo kontenta kaj trankvila.

Ŝi sonĝas pri fajro.

Enanimigo

La toastilo de la familio Doppelviv' malsanis. Subite ĝi ne plu rostis panon, sed lasis ĝin tute blanka kaj malbongusta; aŭ ĝi bruligis la panon ĝis cindro. La toastilo eligis malaltan sonon, kvazaŭ ĝi plorus. Panjo Doppelviv' malgaje manĝis ŝinkon sen pano, kaj la infanoj devis iri en la lernejon sen bona matenmanĝo.

Paĉjo Doppelviv' portis la toastilon al kuracisto, kiu donis malgajan diagnozon. Ĝia spirito freneziĝis. La kuracisto proponis plurajn kialojn – eble la familianoj ne sufiĉe aprezis la laboron de la toastilo, aŭ eble ili ne lasis ĝin amikiĝi kun la aliaj kuiriloj. Sed la plej verŝajna klarigo estis, ke ĝia spirito estas malbonkvalita. Paĉjo konfesis, ke li pagis nemulte por ĝi. En tiaj malmultekostaj iloj, diris la kuracisto, oni ofte trovas spiritojn de senhejmuloj, forgesitaj fratinoj aŭ kadukuloj sen heredantoj. La leĝoj de la ŝtato, kompreneble, malpermesas uzi la spiritojn de krimuloj krom por pafiloj. La kuracisto konsilis, ke la familio Doppelviv' aĉetu novan toastilon, kaj li prenis la malsanan por vivĉesigo kaj deca enterigo.

Sabate la familio ekiris al la butiko *Pluranim'*, kie oni vendas ĉiuspecajn aparatojn. Sed ne ĉiuj iris feliĉe. Irinjo, la deksesjaraĝa filino, legis en moda gazeto plurajn artikolojn pri la "problemo de enanimigo". Konata aktoro Daŝo Pavlovski nun rifuzas veturi per enanimigita aŭto, sed iras de premiero al premiero per ĉaro tirata de blankaj ĉevaloj. Sara Makello, la usona dramverkisto, publikigis pamfleton post pamfleto. Ĉion ĉi Irinjo prezentis al sia familio dum la buso anhelis al la butiko. Ŝiaj argumentoj ne plene persvadis la familion, sed pro tio, ke Paĉjo Doppelviv' sopiris al paco, li konsentis ne eniri la ĉefan butikon *Pluranim'*, sed viziti la apudan filion, kie oni vendas "alternativojn".

Tie estis plej diversaj primitivaĵoj. Fornoj, kiuj bruligas lignon. Miksiloj, kiujn oni turnas mane. Ŝildo, kiu prezentas la avantaĝojn de peniko super fotilo! Certe neniu moderna kaj bonhava familio tolerus tiajn antikvaĵojn en la propra domo. Eĉ Irinjo estis iom embarasita. En alia fako de la filia butiko, ili trovis eĉ pli strangajn aĵojn. Jen toastilo, kiu funkcias per vapormotoro. Frederiko, la dekjara filo, gustumis la rostitan panon kaj diris, ke ĝi estas tro mola kaj malseka. Jen lampoj, kiujn lumigas "elektro". Paĉjo Doppelviv' demandis, kio estas elektro, sed la deĵoranto ne povis klarigi. Ĝi estas senkorpa fluaĵo, li diris per tremantaj lipoj. Paĉjo Doppelviv' kuntiris la brovojn, ĉar nebulecaj klarigoj kiel "senkorpa fluaĵo" tuj pensigis lin pri kontraŭleĝaj fuŝfaritaj aparatoj. Eĉ la plej malmultekostaj enanimigitaj aparatoj estas atestitaj per multaj dokumentoj – kiu estas la spirito, kion li aŭ ŝi faris dum la vivo, kaj subskriboj de la heredantoj, aŭ almenaŭ de la ŝtata inspektoro. Ĉio estas tre oficiala, tre sekura.

Kaj ĝuste tion la familio trovis en la ĉefa butiko *Pluranim'*. Ĉiu, inkluzive Irinjon, sentis sin pli komforta en la ĉefa butiko, kie butikumas najbaroj kaj pastroj, eĉ la vicurbestro. Deĵorantoj portis frakan veston kaj disdonis keksojn al geknaboj. Junulino, portanta ruĝan jupon, vagadis kun multkoloraj aerbalonetoj.

Eleganta sinjoro kun grizaj haroj super la oreloj salutis la familion Doppelviv'. Liaj ŝuoj, zono kaj dentoj estis brile blankaj. Ĉe la bretoj por kuiriloj li montris plurajn bonaĉetojn. Jen pintkvalita toastilo, kiu en sia antaŭa vivo estis fajrobrigadisto – tio promesas sekuran kaj fidelan funkciadon dum jaroj. Jen alia toastilo, kiu estis enanimigita per dommastrino, kiu naskis dek du infanojn kaj kuiris matenmanĝon por ili ĉiutage.

Sed ambaŭ toastiloj estas tro multekostaj, konfesis sinjoro Doppelviv' ruĝvange. La eleganta sinjoro tamen ne ĉagreniĝis. Li montris tre belan arĝentan toastilon, kiu konsistis nur el speguloj kaj kurbiĝoj. Irinjo ridetis, ĉar ĝi estis frape plaĉa al la okulo, kaj Frederiko pensis pri zepelinoj, pafiloj kaj aliaj belaj objektoj. Ĉiuj ekamis ĝin. Sinjoro Doppelviv' scivolis pri la kosto, sed la prezo estis tute en ordo. Ĉu la spirito estis freneza aŭ malsana aŭ maltaŭga? La eleganta sinjoro ofendiĝis. Tiajn aĵojn oni ne vendas en la butiko *Pluranim'*, kaj li elprenis de malantaŭ la toastilo faskon da subskribitaj dokumentoj – vivresumo, atestiloj, sanraportoj antaŭ kaj post la morto – por pruvi, ke nenio estas misa pri la toastilo. La prezo neniel rilatas al la beleco de la eksteraĵo, sed al la spirito de la ilo. Postuli altan prezon por toastilo nur pro tio, ke ĝi estas bela, estus sensence, samkiel edzinigi belulinon kiu havas malmulton en la kapo.

La eleganta sinjoro klarigis, ke dum la vivo la spirito estis festema fraŭlo, kiu ne kutimis al frua leviĝo kaj ofte preterdormis la matenmanĝon. Eble dudek fojojn en la vivo li rostis panon. Kaj tial oni atendu kelkajn mallertaĵojn de la toastilo – eble la pano estos tro bruna, aŭ iom tro seka – ĝis ĝi lernos sian novan metion. La multekostaj toastiloj estas jam spertuloj – fajrobrigadisto kaj dommastrino – kiuj scipovas panrostadon. Sed la eleganta sinjoro ne malrekomendis la aĉeton. Panrostado ja ne estas komplika arto. Ŝparu vian monon por altkvalita bakforno aŭ fonografo! Mallerta bakforno detruas la tutan vespermanĝon, kaj fonografo, kiu ne scipovas kanti, estas pli terura, ol manko de fonografo.

La familio Doppelviv' jam havis bonegan fonografon. La frato de sinjoro Doppelviv' estis konata operkantisto, kaj kiam li mortis, li konsentis enanimigi fonografon por siaj parencoj. La tuta familio ĝuis ĝian sonoran voĉon, sed oni devis iom zorge elekti la diskojn. Foje Irinjo provis aŭdigi la lastan diskon de iu kurtjupulino, sed la basa voĉo de la forpasinta onklo faris la rezulton ne tre plaĉa.

Bedaŭrinde neniu alia parenco de la familio Doppelviv' mortis lastatempe, alikaze la familio povus havigi al si novan toastilon sen vizito al la butiko *Pluranim'*.

Sinjoro Doppelviv' kaj la eleganta sinjoro malaperis en oficejon por fari la bezonatajn subskribojn. Irinjo petole sidis apud la bretoj, kien oni metis la rabatitajn, eksmodajn kaj iomete fuŝitajn ilojn. Frederiko premis ĉiujn butonojn en longa vico de radioaparatoj, kaj tiuj eligis vekriojn. Sinjorino Doppelviv' trovis ege multekostan harbuklilon, kiu portis la nomon de tre konata frizisto. Momente, ŝia kapo ŝvebis. Sed refoje legante la ŝildon, ŝi konstatis, ke temis pri la kuzo de la konata frizisto, kiu hazarde havis la saman nomon.

Hejme, la familio metis la novan toastilon sur la tablon. Sinjorino Doppelviv' proponis, ke oni provrostu la panon, por alkutimigi la toastilon al sia medio. La toastilo varmigis, fajfetis, kaj – hop! – la pano eksaltis. Sed ĝi estis nepreta, preskaŭ blanka. La toastilo kvazaŭ mem konsciis pri tio, reentiris la panpecon, prilaboris ĝin en sia mallarĝa forno, kaj finfine eligis akcepteble rostitan panon. Sinjorino Doppelviv' esprimis sian kontenton. Almenaŭ nun oni povis fari matenmanĝon, kaj la infanoj ne suferos pro malsato.

Tiel funkciis ĉio dum kelkaj tagoj, en normalaj vivritmoj. La sola diferenco estis, ke Irinjo komencis helpi sian patrinon pri la matenmanĝo. Ŝi funkciigis la toastilon por ĉiuj, kaj eĉ eksaltis kiam ajn oni bezonis plian pecon. Sinjorino Doppelviv' volis, ke ŝi ekinteresiĝu ankaŭ friti ovojn kaj lavi telerojn, sed sinjoro Doppelviv' estis kontenta, ke Irinjo ne plu babilaĉis pri la "problemo de enanimigo".

Iun tagon sinjorino Doppelviv' rimarkis, ke la fridujo estas tro varma. La manĝaĵoj difektiĝus, se la fridujo ne bone funkcius. Sinjorino Doppelviv' opiniis tion stranga, ĉar ŝi preskaŭ ne malfermis la fridujon dum la tuta tago. Ŝi enrigardis la fridujon por vidi mi-ne-scias-kion, kaj la toastilo pepis, kiam ŝi malfermis la pordon. Sen pano, tamen! Du fojojn sinjorino Doppelviv' ripetis la aferon – fridujo, hop! fridujo, hop! La toastilo kaj la fridujo verŝajne fariĝis iel interplektitaj. Ĉu tio estas problemo, sinjorino Doppelviv' ne scias. La varmeco certe estas zorgiga, kaj indas esplori. Tamen jam estis tro malfrue en la vespero por venigi la kuraciston. La postan tagon, zorgoj hejmaj kaj laboraj intervenis, kaj oni devis prokrasti la kuraciston ĝis post la semajnfino.

Dum la semajnfino Frederiko rampis tra la ĝardeno kaj kaptis insektojn por uzi en eksperimentoj. Li prunteprenis de la lernejo novan amuzaĵon – enanimigilon. Kompreneble la afero estis nur ludilo, ĉar ĝi ne havis sufiĉe da forto por kapti homan animon. Nur homaj animoj sufiĉas por enanimigi komplikajn varojn, kiaj estas hejmaj aparatoj. Frederiko kaptis insektajn animojn kaj metis ilin en ŝraŭbojn, aŭtetojn kaj butonojn. Lia dormoĉambro plenis je moviĝantaj, muĝantaj etaĵoj. Sinjorino Doppelviv' multe ĝeniĝis, sed lernado estas lernado, kaj scienco estas scienco, eĉ se ĝi estas naŭza.

Dimanĉon, dum la preparado por la granda tagmanĝo, sinjorino Doppelviv' rimarkis, ke la fridujo nun funkcias pli bone, eĉ tro bone. La interno de la fridujo estis malvarmega, kaj la lakto fariĝis glacio. Krome, nun la toastilo kaj la forno havis iun simpation, ĉar kiam ajn oni rostis panon, la forno ekfunkciis, kaj inverse. Je unu flanko de la kuirejo, apud la forno kaj la toastilo, oni ŝvitis. Je la alia flanko, apud la fridujo, oni frostis.

La kuracisto venis la sekvan matenon al plena ĥaoso. Nun la forno ne plu funkciis, sed spruĉis fumon kaj fajrerojn ĉiudirekten. La miksilo grincis kaj knaris, kaj el la gladilo likiĝis akvo per grandaj gutoj. La nadlo de la fonografo gratis sur disko kaj eligis teruran viran krion, kaj la lampoj flagris. La kuracisto svingis la manojn kaj fajfis. Li piedbatis kaj sakris. Li pledis kaj plendis. Finfine, li eĉ enrigardis kelkajn dikajn librojn. Iom post iom la afero klariĝis. La nova toastilo, kiu estis plena sentaŭgulo kun pli da ĉarmoj ol cerboĉeloj, uzis siajn lertajn vortojn por amindumi al la fridujo – tial ŝi varmiĝis. Sed nur kelkajn tagojn poste la toastilo adultis kun la forno, kaj la fridujo frostiĝis pro kolero. Kaj same subite, la toastilo ekhavis novan amon – teruran, malpermesatan amon – kaj la aliaj kuiraparatoj indignis. La miksilo, kiu delonge amis la fridujon senresponde, malfunkciis pro kolero. La lampoj, kiuj estis geamikoj de la fridujo kaj la forno, batalis inter si. La gladilo mem amegis la toastilon kaj ekploris, kiam li ne atentis ŝin. Kaj la fonografo nur volis pacon, sed mankis al li la ĝusta disko de lulmuziko.

La kuracisto havis simplan solvon – meti la toastilon en ŝrankon, kie ĝi ne povis amindumi, nek rompi korojn. Tiaj aparatoj vivas en delikataj ekvilibroj, samkiel homoj. Forta, senzorga personeco faras batalkampon el kuirejo, samkiel el laborejo aŭ familia renkontiĝo. Kial la familio Doppelviv' ne faris pli da demandoj nek mendis konsilon de la kuracisto, antaŭ ol sendi novan toastilon en tiun delikatan medion? Tiaj hastaj agoj povas esti repagataj nur per ĥaoso kaj damaĝo.

La familio metis la belan dandan toastilon en ŝrankon, kaj la familio suferis kelkajn tagojn sen rostita pano, dum la kuirejo repaciĝis. Sinjoro Doppelviv' plendis ĉe la butiko *Pluranim'* pri la fuŝa toastilo. La eleganta sinjoro faris mil pardonpetojn, sed la butiko *Pluranim'* ne estas respondeca pri hejmaj konfliktoj – la toastilo rostas panon, ĉu ne? Ĝi ne misfunkcias, nek endanĝerigas homan vivon. Oni ne atendas, ke la butiko reprenu tomatojn, kiujn oni fuŝe metis en kukon – kial la butiko reprenu toastilon, kiun oni fuŝe metis en kuirejon plenan je emociplenaj aparatoj? Krome, la subskriboj, kiujn sinjoro Doppelviv' faris kiam li aĉetis la toastilon, estas nerefuteblaj.

Tamen la familio Doppelviv' ne povis vivi sen rostita pano – ĉu la butiko *Pluranim'* ne havas tre malmultekostan, tre malbelan toastilon, kiu neniel fuŝus la kuirejon? La eleganta sinjoro montris etan grizan skatolon. En tiu ĉi toastilo estis la animo de malsana orfa knabo, kiu dum la mallonga vivo neniam manĝis rostitan panon, nur kaĉon kaj ostojn. Ĉu li entute scipovis rosti panon estis dubinda, sed la toastileto estis tiel milda, ke li tute ne kapablis veki konfliktojn. Sinjoro Doppelviv' tuj aĉetis ĝin.

La kompatinda toastileto apenaŭ sukcesis brunigi la panpeceton, sed ĝuste tial ĉio en la kuirejo ekamis lin. La fridujo kaj la forno montris patrinajn zorgojn pri la eta ilo. La miksilo kaj la gladilo traktis lin kiel frateton. La lampoj brile ridetis al li, kaj la fonografo, provizata per lulkantoj, helpis lin pri bonaj sonĝoj. Denove, la familio Doppelviv' havis ambaŭ pacon kaj panon.

Sed kio pri la bela toastilo, la danda kaj flirtema spirito, kiu jam rompis tiom da koroj en dio-scias-kiom da kuirejoj? Kion fari pri ĝi? La butiko *Pluranim'* ne volis rehavi ĝin, kaj ĉiuj najbaroj de la familio Doppelviv' havis inajn fridujojn aŭ fornojn. La gesinjoroj Doppelviv' fine decidis, ke ili donacu la toastilon al bonfara organizo, eble monaĥinejo, kaj ju pli rapide, des pli bone.

Sed la toastilo ne plu troviĝis en la ŝranko. Frederiko diris, ke Irinjo jam portis ĝin en sian dormoĉambron. La gesinjoroj Doppelviv' konsterniĝis. Kial Irinjo bezonus toastilon en la dormoĉambro? Ĉu ŝi ne volis matenmanĝi kun la familio? Ili trovis la pordon de ŝia ĉambro fermita, kaj scivoleme puŝis al ĝi la orelojn.

Hop! – la sono de rostita pano, eksaltanta el la toastilo, kaj feliĉa, amoplena, virina rido.

Ruĝvela Ŝipo

Fajfante kaj revante, Konrad fingrumis moneron en la poŝo. Ĝi estis glata kaj plaĉa, semajna enspezo, kaj li elprenis ĝin por pli bone ĝui. Iu jam mordetis la moneron por kontroli ĝian verecon – kupra koloro estis videbla en la dentospuroj. Konrad forgesis, ĉu tio signifas veran aŭ falsan moneron. Sed ĉiuj scias kie oni povas elspezi eĉ falsan moneron kaj ricevi plaĉan manĝadon kaj allogan distradon. La havena vento estis refreŝiga; la blankaj veloj ludis flirte. Per risorta fingro Konrad saltigis la moneron, kaptis ĝin per rapida mano, kaj ripetis. Sed nun li fuŝis kaj miskaptis, kaj la monero falis. Dufoje, trifoje ĝi resaltis de la kajo, kaj fine la rando malbonŝance trovis spacon inter la lignaj tabuloj, kaj la monero malaperis en la maron per aŭdebla "plonk".

Anstataŭ plaĉan manĝadon Konrad aĉetis pomon, kaj anstataŭ ĝui allogan distradon li sidis en la parko apud lageto. La parko estis trankvila, sed la pensoj de Konrad estis ŝtormaj. Li grumblis, koleriĝis, embarasiĝis. Tiu ĉi mizera afero rezultiĝis el la propra peko – malzorgo, senpensemo, fuŝemo. Kiel ĉiam! Konrad mordis la pomon, sed ĝi estis amara en la buŝo. Pro subita kolero li ĵetis la pomon kontraŭ arbon, kie ĝi frakasiĝis en sukon.

Ankaŭ tion li tuj bedaŭris. Eĉ amara pomo estas pli bona, ol malsato. Nun estas nenio por fari krom spekti la infanojn. Frato kaj fratino flugigis kajton. Knabo persekutis anasojn ĉe ponteto. Alia knabo metis ŝipeton en la lageton kaj piedpuŝis ĝin. La masto ŝanceliĝis, sed subita venteto plenblovis la velon. La ŝipeto rektiĝis kaj ekvojaĝis.

En sia junaĝo ankaŭ Konrad havis tian ŝipeton, kiun li faris el dentopikiloj kaj alumetoj. Tutan vintron li poluris la lignerojn, ĉizis detalojn sur stirilo kaj ferdeko, nodis ŝnuretojn. La nomo sur la pruo estis "Katja", kiu estis ankaŭ la nomo de lia fratino. Ŝi ravite rigardis

Konradon labori. "Kia bela ŝipeto!" ŝi diris al li. Ŝi volis tuŝi ĝin, sed Konrad koleriĝus. Kolerema Konrad! Lia humoro estis malkonstanta, kaj li estis jen kontenta pri la orde viciĝantaj alumetoj, jen preta detrui la tuton pro glumakulo aŭ eta fendo en la ferdeko.

"Frato, ne faru! Kia bela ŝipeto!" Multajn fojojn la krioj de Katja savis la samnoman ŝipeton.

Fine Konrad fasonis velon el ruĝa silko, kiu restis de robo farita por Katja. La velo ege plaĉis al ŝi, kaj ŝi brakumis la fraton. Kiam alvenis la unua bela tago de printempo, Konrad volis surakvigi la ŝipeton. Sed malfrumatene Katja ankoraŭ portis la noktoĉemizon.

"Ŝi havas malvarmumon", diris la patrino.

"Do, ŝi ne povas iri al la lageto?" diris Konrad.

"Mi ne povas?" ekploris Katja.

"Vi ekhavos pneŭmonion. Ni perdos vin samkiel vian patron – sed vi ne bedaŭru la patron! Li estis sentaŭgulo."

"Frato, rapide mi resaniĝos!" Katja fermis la okulojn kaj vibrigis la manojn, kvazaŭ per mensa forto ŝi povus sin resanigi.

Konrad pasigis unu aŭ du horojn ludante kartojn kun Katja, sed post nelonge li ne plu povis elteni. Dum la patrino verŝis medikamenton tra la gorĝo de la ploranta Katja, Konrad sekrete eliris kun la ŝipeto.

En la parko estis multaj homoj. Infanoj ludis, patrinoj flegis, fratinoj ridetis. Oldulo sidis sur benko kaj rigardis ĉion. Konrad genuiĝis ĉe la bordo de la lageto por prepari eklanĉon.

"Hej, bubo", diris la oldulo de sub siaj lipharoj. "Neniu bona ŝipo havas ruĝajn velojn. Estas misaŭgure, kiel virino inter maristoj." La oldulo portis flavan mantelon, kaj liaj fingroj estis ruĝaj kaj vunditaj pro ŝipa ŝnuro kaj sala vento. "La Damo de Kartoj krozas sub ruĝaj veloj, kaj maristo, kiu ŝin renkontas, ĉiam estas pli malfeliĉa poste."

Kiom longe Konrad laboris pri fuŝa misaŭgura ŝipeto! Neniu vera maristo alproksimiĝus al ĝi. Pli bone estus, ke tiaj ŝipoj pereu, ol malbeni la tutan havenon. La larmoj ekpluvis en flaketojn ĉirkaŭ li. Ondoj en la lageto kirliĝis nigre kaj blanke, kaj la ŝtormaj manoj de Konrad frakasis la ŝipeton kontraŭ la genuon. Krak!

"Hej, bubo! Tion vi ne devus fari! Ĉu ne estas eble ŝanĝi la velon?" demandis la oldulo.

"Ne, tute ne", diris Konrad al si inter plorsingultoj. "Neniam." La velo ja estis tre kara al Katja.

Venonttage la resaniĝinta Katja prenis Konrad ĉe la mano kaj provis treni lin al la lageto. Li forskuis ŝin. La sekvan vintron kiam li prilaboris novan ŝipeton, Katja lasis lin sola kun la kolero. Tiu ŝipo ne travivis la konstruadon. Neniu plia ŝipeto travivis.

Jarojn poste Konrad sidis sur benko en la parko, bedaŭris la faligitan moneron kaj la ĵetitan pomon, la rompitan ŝipeton kaj la perditan fratinon kaj, havante nenion pli por bedaŭri en tiu ĉi malfrua horo, ekiris al la laboro.

Malgraŭ la malsukcesoj kun "Katja", aŭ eble por spiti ilin, Konrad volis fariĝi maristo. Unue li enskribiĝis por vojaĝo al Afriko, sed ĵus antaŭ la ekvojaĝo Konrad aŭdis en trinkejo kelkajn misfamojn pri konata junulino kaj ne bridis la pugnojn kontraŭ la kulpulo, kiu estis hazarde alia enskribito. La ŝipkapitano, aŭdinte pri la afero, nuligis ambaŭ kontraktojn, ĉar tiaj vundoj nur profundiĝus dum tri monatoj enmare.

Poste Konrad provis enviciĝi en la mararmeon, kie batalemaj trajtoj estus avantaĝo. Sed la patrino rifuzis doni la necesajn naskiĝdokumentojn el sia kesto. "Se vi forirus, kiu kartludus kun mi dimanĉe?" ŝi diris. Pri tiaj rezonadoj ne eblas disputi, kaj eĉ la impulsemo de Konrad ne sukcesis trovi ĉirkaŭiron.

Fine li estis dungita de veterana fiŝisto. Sed prizorgante la provizojn sur la kajo, Konrad enplektis sin en fiŝreton, kaj anstataŭ zorge liberigi sin li baraktante ŝiris kaj detruis la valoran reton. Tiu lasta okazaĵo – novico kaptis sin anstataŭ fiŝojn! – disvastiĝis rapide en la havenaj trinkejoj, kaj ĉiuj kapitanoj, timante similan farson, rifuzis dungi Konradon.

Unu el la havenestroj tamen kompatis lin kaj ofertis postenon de nokta deĵoranto ĉe la haveno. En tia rolo la impulsemo estas havinda: "Pli bone ekkuri kaj venigi, ol atendi kaj perdi tempon", diris la havenestro.

Matenaj deĵorantoj multege laboras. Ili helpas la fiŝistojn enboatiĝi, kolektas impostojn de la kargoŝipoj kaj respondas al la pugnobataloj, kiuj ekestas inter la duonebriaj kaj duondormantaj maristoj. Sed dum la nokto, kutime estas neniu alia en la haveno. Konrad paŝis laŭ la kajoj, aŭskultis la plaŭdadon de ondoj kontraŭ ligno kaj rigardis en la unuigitan nigrecon de maro kaj ĉielo. En ambaŭ estis luno, en ambaŭ estis steloj.

Malofte rompiĝis tiu spegulo. Fojfoje subita ŝtormo pelis velboaton en la havenon kaj Konrad donis kvitancon por la impostoj. Akcidento en kaldrono de novmoda vaporŝipo devigis ĝin albordiĝi por riparoj. Ŝipo enhaveniĝis montrante krizoflagojn – grava malsano, kaptita krimulo, mortinto – kaj Konrad kuris al la policejo kaj kuracistoj, vekante ĉiun laŭ la vojo per nebrideblaj signokrioj.

Sed tiun nokton, en kiu li perdis la moneron, Konrad vidis je distanco lumojn de ŝipo, kaj, kvankam preta kuri kaj krii, li ne faris tion. Hezitigis lin la suferoj de la tago. Lia vivhistorio estis jam tro plena je tujaj decidoj poste pentitaj. Konrad staris soldate, bremsante siajn impulsojn.

La ŝipo pli kaj pli proksimiĝis. Finfine, tra la malluma nokto, Konrad vidis ĝiajn velojn. Ili estis ruĝaj. Nun Konrad devus veki iun – la policestron aŭ la pastron – sed tiuj starus same buŝaperte, kiel Konrad. Pli taŭge estus trovi tiun mariston, kiu avertis lin kontraŭ ruĝaj veloj. Piratoj aŭ malamikaj soldatoj estis pli verŝajnaj, ol tiu Damo de Kartoj, sed tamen – danĝero! La ŝipo rapide alkajiĝis, kaj de ĝia flanko etendiĝis ligna tabulo al la kajo – enirilo. Konrad ne vidis kapojn aŭ manojn.

Rebrilaĵo ruliĝis laŭ la tabulo, kaj Konrad piedpremis por haltigi ĝin. Fuŝ! Kio, se la rebrilaĵo estus rompebla? Levinte la piedon li ekkonsciis, ke li ne devas timi. Ĝi estis valora monero, kaj Konrad prenis ĝin. Kupra koloro videblis en la dentospuroj.

Pli pripensema homo ne surirus nekonatan fantoman ŝipon sub misaŭguraj veloj, sed Konrad grimpis sur la tabulon. Sur la ferdeko la nura homa postsigno estis pomo sur barelo. Konrad frotis ĝin kontraŭ la maniko kaj mordis ĝin – amara ĝi estis, sed Konrad voris ĝin malsatege.

Apud la ĉefmasto estis monteto da forĵetaĵoj – ŝnurpecoj, ligneroj, ruĝsilkaĵoj. Ili ekmoviĝis, kreskis, kaj fariĝis homa formo. Kaj Konrad rekonis la fratinon Katja – ne la virinon, kiu invitis lin al sia edziniĝa ceremonio tamen ne al la posta festo, sed la knabinon, kiu larĝokule rigardis lin prilabori la ŝipeton.

"Frato, ni finis 'Katjan'!" Ŝi brakumis lin ĉirkaŭ la talio. "Ĉu ne bonege? Kaj ĝi tre bone velas."

"Sed kiel? Ĉu forkaptistoj, piratoj, malamikaj soldatoj?"

Kajta skuis la kapon. "Ni devis reporti al vi kelkajn objektojn, kiujn vi perdis lastatempe, kaj kutime la fantomoj faras tion, sed mi volis montri al vi la ŝipon, kiun mi helpis al vi konstrui. Kompreneble tion la fantomoj ne povis porti al vi!"

"Vi helpis konstrui?" diris Konrad, kvazaŭ tio estus la plej mistera parto de ŝia frazo. La vortoj estis apenaŭ elbuŝigitaj, kaj Konrad pripensis pardonpeton.

"Mi helpis, ĉar alie vi detruus ĝin", murmuris Katja.

"Certe jes, jes", kaj Konrad denove rememoris la rompitan ŝipeton – la forĵetindajn lignajn fragmentojn.

"Tro seriozaj aferoj!" diris Katja, refeliĉiĝante. "Ni ludu!" Ŝi elprenis kartaron el la roboposŝo kaj disdonis ilin krucforme. "Mi elpensis tiun ĉi ludeton", ŝi diris. "Prenu kvar."

Katja kuŝis sur la ferdeko kaj apogis la mentonon per manplato. La piedoj svingiĝis en la aero, kaj ŝi ŝajnis tiel komforta, kiel knabino en la propra dormoĉambro.

"Frato, prenu kvar!" Li obeis.

Kiel multaj ludoj elpensitaj de infanoj, ĉi tiu havis komplikan regularon. Kiam Konrad eraris, Katja malridetis, kaj ĉiu malrideto frapis la koron de Konrad. Li koncentriĝis, zorge lernis, kaj post kelka tempo sufiĉe kompetentis kaj kuraĝis por interrompi.

"Ĉu via unua vojaĝo ĉi tien, fratino?"

"Ne, kelkfoje mi provis", diris Katja. "Jen du kartojn vi prenu! Bonege. Mi volis viziti ankaŭ Panjon, sed ŝi neniam venas al la haveno. Kaj vi ĉiam forkuras!"

"Mi tuj iros kaj venigos ŝin", diris Konrad.

"Frato, bonvolu ne fari", diris Katja. "Tio ne estas la ĝusta maniero. Estas tre komplike, kaj mi estas nur juna knabino, sed jen: se vi irus al Panjo, oni nepre aŭdus vin, kaj tiuj, kiuj devas, leviĝus kaj venus al la haveno kaj mirante ili vokus ĉiujn. Ankaŭ la aliaj en la ruĝvela ŝipo vekiĝus, kaj Silez la bakisto manpremus la filon, kaj Fraŭlino Marks karesus sian katidon denove. Sed tiuj renkontiĝoj ne estus taŭgaj, ĉar ne ĉiuj same pretas. Eble la urbanoj prenus torĉojn kaj rabus la ŝipon kiel piratoj, kaj tiam oni vidus blondharan pupeton dronigitan de kuzo, kaj pentraĵon forĵetitan senpripense, kaj amatan tason rompitan, kiam oni kolere frapis ĝin kontraŭ tablon dum disputo. Kaj oni retrovus antaŭtempe la plej karajn trezorojn – la taglibron bruligitan pro knabinaj sekretoj, la amleterojn disŝiritajn pro malĝojo aŭ nekredemo, la manskribitan romanon ĵetitan en la fornon. Oni pli ofte okupas sin per objektoj perditaj, ol per la retenataj. Oni revas ne pri la edzo aŭ edzino, kiu estas apude dum la tuta vivo, sed pri iu renkontita antaŭ jaroj kaj neniam revidita. Tiu estos retrovita en la fino."

Konrad ŝanceliĝis. Kial ne kunvoki la urbon en la havenon? Tio estus kortuŝa scenejo, nepre interesa. Sed detenis lin la konscio, ke Katja malfeliĉus. Do li tuŝis la fingrojn de la fratino kaj diris, "Sciante ĉion ĉi, ĉu vi ankoraŭ kredas, ke vi estas nur juna knabino?"

Katja ridetis – en tiu rideto mankis "jes" aŭ "ne". "La tekston mi lernis parkere", ŝi konfesis. "La fantomoj donis al mi tre bonan noton."

Kupra koloro de matena krepusko videblis ĉe la horizonto. Konrad forgesis, ĉu tio signifis bonan aŭ malbonan veteron. Li volis demandi Katjan, sed ŝi oscedis kaj grimacis al la dismetitaj kartoj.

"Jam tro longe ni ludis. Oni prikolerus min pro la malrapidemo. Ĉu vi permesus, frato, ĝisrevidon?"

"Sed kio nun, Katja? Ĉu vi revenis por instrui min, aŭ por kulpigi? Kion mi faru? Mi ne volas perdi vin denove."

"Vi neniam perdis min. Vi portas bedaŭron kaj pekon, kaj tial vi neniam perdos min. La fantomoj redonos ĉion laŭ sia tempo. Ĉio atendas vin."

Ŝia korpo longiĝis kaj mallarĝiĝis, kiel fadeno, kaj ŝi glitis inter du tabulojn en la ferdeko. Tiel rapide for. Konrad gratis ĉe la ligno sed ne trovis pordon aŭ truon, tra kiu li povus sekvi.

Ĉu ion li malĝuste faris? Ĉu li lasis ion nefaritan? De la ruĝvela ŝipo venis neniu respondo al la senvorta demando, nur subita plenblovo de la veloj, kiu kvazaŭ petis Konradon elŝipiĝi. Li elpoŝigis la moneron – mordita kaj malvarma ĝi estis, semajna enspezo, senvalora – kaj premis ĝin en la mano. Neniam, neniam li lasos ĝin fali.

La Kuko de la Sabla Maro, La Kuko de l' Ploranta Ter'

"Ĉi vespere", diras mia edzino, "mi bakos la kukon de la sabla maro, la kukon de l' ploranta ter'."

"Bonege, du kukoj!" Mi lekas la lipojn per lanta lango.

La edzino frapas la tablon per kulerego. "Temas pri unu kuko!"

Mi pardonpetas sed ne pentas. Ŝi estas tiel bela kiam kolera – la okuloj kiel flamoj, la nigra hararo kiel fumo. La edzino malfermas ŝrankojn. "Hieraŭ en la bazaro mi aĉetis fruktojn kaj legomojn de la tuta ĉielarko. Ĉu vi jam ĉion formanĝis?" Bretoj etendiĝas vaste kaj vake, dezerte, kaj miaj palpantaj fingroj trovas nur magrajn restaĵojn: kelkajn zingibrokeksojn kaj skatolon da Faraona Faruno. La ridanta vizaĝo de Amenhotep promesas, ke pli bona faruno ne ekzistas en tiu ĉi vivo nek en la sekva. Eĉ la dioj avidas tiun ĉi farunon.

"Edzino, estas neeble, ke mi ĉion ĉi formanĝis. Nur unu homo mi estas, kun unu buŝo."

"Vi manĝis kaj manĝos!" La vortoj eliĝas el la forno de ŝia buŝo, kaj ruĝe brulas ŝiaj vangoj. Pro la varmego mi turnas la vizaĝon for de ŝi.

"Kion vi bezonas? Mi aĉetos. Ovojn, buteron, sukeron?"

La edzino eltiras ovojn, buteron kaj sukeron el sub la akvokuvo (kaŝita oazo!) kaj manplenojn da Faraona Faruno el la ridanta skatolo – eĉ la dioj avidas tiun vizaĝon, kun perfektaj altaj zigomoj – kaj kombinas ĉion per dek flamantaj fingroj. Sub ŝiaj manoj la kuko flaviĝas, kreskas, kaj ekaromas. Ŝi metas ĝin antaŭ miaj okuloj.

"Jen la kuko de la forgesita naskiĝtago, la kuko de la hasta postkafo, la kuko de la falsa kondolenco. Manĝu kaj oscedu, edzo!"

Mi enbuŝigas zingibrokekson. "Mi preferus, ke ne", mi diras inter remaĉoj.

∾

Kiel ŝanĝiĝas la mieno de l' edzino, kiam ni alvenas en la bazaron! De furioza flamo ŝia vizaĝo mildiĝas al printempa suno, kaj la edzino estas knabino en ĝardeno, rosobenita kaj refreŝigita. La buntaj budoj estas mil floroj kreskantaj el kota konfuzo.

"Edzo, la kukurboj!" kaj ŝi brakumas unu grandegan.

"Ĉu estas kukurbosemoj en la kuko de la sabla maro, la kuko de l' ploranta ter'?"

"Ne, sed oni uzas ilin por la glaciaĵo de la palpebruma jarmil'."

Klarigojn pri tiu ĥaosa kuirlibro mi bonvenigus, sed ŝajne ili estas la nura nehavebla varo. Mil budoj proponas mitajn fruktojn, legomojn kontraŭleĝajn, fantomajn florojn. Knabo vendas flavajn fabojn kontraŭ siteloplenoj da oro. Papagoj en karceroj instruas fivortojn al infanoj; avinoj vendas rozojn al enamiĝintaj junuloj. La edzino raviĝas, sed mi suferas de la homa premo, tusoj kaj ruktoj, varmo kaj karno. Sur la rando de la bazaro, en malpli premaj kondiĉoj, staras respektindaj vendejoj, el briko kaj marmoro, kaj tien mi estas pelita.

En montrofenestro ŝildego "Ĉi Tie Faraona Faruno" fanfaronas. Ni ĝin bezonas por la kuko, ĉu ne? La vizaĝo de Amenhotep estas sane pala, freŝbakita. Mi palpas en la poŝo – monero sopiras al elspezo.

"Plenan skatolon ni havas hejme", diras la edzino. Tion mi scias, kompreneble; tio ne gravas. Faraona Faruno estas utila por ĉio, por ĉiam retenas sian freŝecon – kiel mumio en dezerto! La edzino forte parolas: "Edzo, ne per tiaj ingrediencoj oni bakas verajn frandaĵojn. Estas hontinde, ke tiu marko ŝtelas la vizaĝon de Amenhotep la 3-a. Li estis grandulo, reĝo de antikva Egiptujo, kiu estus vasta kaj vaka dezerto sen li. Li kaj lia Granda Reĝina Edzino faris la tutan Egiptujon fekunda per suno kaj inundoj. Homoj kaj legomoj vivas kaj mortas – terure, sovaĝe, kolere, sable, plore! Sed Faraona Faruno kaŝas tiun historion. Jen perfekte bela blanka faruno, kiu promesas benojn sen penoj – mensogo! Kaj pro tio ĝi estas hontinda."

La edzino parolas de malantaŭ vualo el diafana ŝtofo – la apenaŭmuroj de tendobudo. Ŝi eliras kun plenŝtopita sako. "Tropikotritiko, kaj ni muelos ĝin en tajfunfarunon", ŝi diras.

"Kaj kiel rolos la tajfunfaruno en via sorĉa kuko? Ĉu ĝi alvokos ŝtormon por krei maron en dezerto? Ĉu pluvo estas larmoj de l' ploranta ter'?" Mi montras mokan rideton.

"Mi estas bakistino, ne sorĉistino." Ŝi tiras min en budon de fruktisto. Li salutas nin per svingo de la manoj. Fekundaj estas liaj manoj, kotokovritaj. Hazarde mi prenas fragon, ruĝan kaj plumpan, el skatolo. "Ĝi estas blagofrago", diris mia edzino. "Vidu la tigon, kiel ĝi kurbiĝas for de vi, kiel mensoga lango. Blagofragojn oni uzas en karamelo de kunfanditaj koroj, aŭ en flano de feliĉa forgeso, aŭ en torto de tremanta tuŝo."

La fruktisto ekparolas al mia edzino, "Mi havas por vi specialaĵojn, belulino". De sub la kaso li eltiras ruĝajn pomojn. "Sesa rikolto! Se malpli, miaj ostoj elsaltu el la haŭto." La edzino tuŝas lian manon.

Paginte kare, ŝi klarigas pri la domopomoj. En la rozoplena pasinto domopomoj de dek tria rikolto estis matenmanĝo de fortuloj kaj famuloj. Sed la rikoltoj komencis malkreski, kiam plenkoloraj afiŝoj promesis, ke la sama bonefiko troviĝas en ĉiu skatolo de Faraona Faruno. La slogano dum kelkaj jaroj: "Hejmeca gusto havebla por ĉiu piramido!" Poste ŝanĝiĝis al "Por la sano kaj ĝuo de via propra dinastio!" kaj post tio al "Eĉ dioj avidas viajn kukojn".

"Nur la lasta ne estas mensogo", diras la edzino, "kaj tiajn diojn ni ne volas tenti."

Por aĉeti bovovojn ni vizitas budon proksiman al la haveno. La maristoj aĉetas ilin por vojaĝi. "Oportuna ovalo", diras iu, kiu tenas bovovon antaŭ la okulo kiel opalon. "Oni havas aŭ omleton hodiaŭ aŭ bifstekon post monato!" Lia reklamo ridigas la edzinon, kiu kisas lin je ambaŭ vangoj.

En la sekva budo junulino en punta jupo rakontas pri intimaĵoj de sia varo – laŭ etikedo, ĝi nomiĝas suferbutero. "Ni prenas la lakton de bovinoj, kies idoj jam postlamas. Kirlas ĝin knabinoj gravedigitaj de soldataj koramikoj, kiuj nun dejoras en fora lando. Ili miksas la kirlaĵon per bastonoj, tranĉitaj de fajrobruligitaj arboj, en bareloj forĵetitaj el pereantaj ŝipoj. Portas la buteron al nia budo ĉaretoj tirataj de ĉevaloj kun kruelaj mastroj kaj stirataj de knaboj kun kruelaj patrinoj."

"Kaj vendas ĝin freŝvizaĝa junulino en dolĉeta kostumo?" iu akre diras.

"Kiu spertis jam suferojn por jarcento", ŝi respondas larmante. La edzino aĉetas kelkajn paketojn. "La malskrupululoj kolorigas la buteron per sulfuro, ne sufero." La vorton "malskrupululoj" ŝi elparolas zorge, kvazaŭ ŝi ne kredas je ĝi.

"Volonte mi manĝos sulfurbuteron, se liberiĝos la kompatinduloj, kiuj faras kaj liveras vian diablan suferbuteron!" mi diras.

"Nenia nutraĵo estas senpeka", ŝi diras, sed ŝia voĉo estas maldike streĉita. "Venu, edzo, ni bakos kaj ne malŝparos." Nuboj subenŝvebas en la stratojn, kaj pluvo komencas malpacienci. Jam la budoj estas forlasitaj. Montrostangoj disetendas nudajn branĉojn – la komercofruktojn oni jam plukis. Skatoloj, kiuj antaŭe tenis la tagrikolton, restos malplenaj ĝis la venonta sezono.

&

La edzino trablovas la pordeton de nia domo, kaj vento postkuranta ŝin enportas manplenon da brunaj folioj. Mi riglas la pordeton kontraŭ la malvarmo.

Dum ni bazarumis, la kuirejo kreskis kiel abundokorno. Bovloj superplenas je juglandoj, sunflorsemoj, arakidoj, migdaloj. La tablo estas insulo de freŝaj fruktoj – pomoj, vinberoj, framboj, akvomelonoj kaj amasoj da ananasoj. De malantaŭ tiuj montoj da freŝaĵoj, mi vidas nur parton de la skatolo de Faraona Faruno – nur la okuloj de Amenhotep estas videblaj. Ili estas feliĉaj kaj avidaj.

La edzino nur malfacile trovas lokon por siaj saketoj kaj paketoj, kaj nia kontribuaĵo al la bankedo ŝajnas magra. "Ho, sed mi bakos la kukon de la sabla maro, la kukon de l' ploranta ter' kaj ne plu devos honti", diras la edzino.

"Kial, edzino?"

"Nuntempaj kukoj oscedigas. Sed iam estis tuta kuirlibro por festoj, ritoj kaj oferoj. En tiu kuirlibro estis multaj paĝoj – la kuko de la sabla maro, la kuko de l' ploranta ter' estis nur unu recepto el multaj misteroj. Bakis tiajn kukojn Lia Reĝina Edzino, ekde la tempo de niaj praavoj. Iam la legomoj estis misteroj, kiuj kreskis nur per la povoj de faraonoj kaj ties potencaj edzinoj – semado, florado, rikolto, detruo, morto. En ĉiu ingredienco estis misteraj povoj. Faraona Faruno promesas, ke sur ĉiu grenero dancas diino, sed ili muelas mensogojn. Faraona Faruno ne havas matenon aŭ vesperon, nek sunon nek pluvon, nek sablon nek maron, nek ploron, nek teron. Ĝi ridetas ĉiam blanke el sia sana skatolo, false promesas nutraĵon senpekan."

Ŝi ŝutas la tropikotritikon en bovlon kaj ĝin pistas per pistilo. Grizaj nuboj aperas super ni, kaj ondo de tondro eĥas en la kuirejo. La tondro estas batofrapoj de la pistilo kaj la muĝado de mia sovaĝa stomako, kiu estas malsatega eĉ meze de abundo. Ekpluvas, kaj la akvogutoj falas sur ŝian frunton. Por ŝirmi la edzinon, mi levas ŝelon de grandega akvomelono, kies rozkolora karno estis elprenita, kaj tenas ĝin super ŝia kapo.

Ŝi senŝeligas la domopomojn. Sub la ruĝa eksteraĵo estas ŝlima ŝtono, kaj sub tio, ligno. La edzino forŝiras ĝin kaj trovas ion similan al murpapero kun pentritaj floroj. Kaj sube estas lano – la edzino levas tiun kovrilon, kaj estas denove ruĝa ŝelo, malseka kaj tremanta. Fine restas el la domopomoj nur etaj palaĵoj – ne pli grandaj, ol ĉerizoj. Sed mi ne povas ekpreni ilin por ekzameni, ĉar estas mia devo subteni la akvomelonon.

Mi frostotremas pro nova blovo – la muroj de nia domo forfalas. Ligno, murpapero kaj rubaĵo ĉirkaŭas nin – framboj flosas en flakoj. La tajfuno kreskas el nia kuirejo. Nun pluvas ĉie, sed mi ankoraŭ tenas super la edzino la pleniĝantan akvomelonon. Kial, diable, mi tenas ĝin la kavon supren?

Kvar bovovojn ŝi rompas ĉe la bovlorando. Ovo hodiaŭ, ne bovo post monato! Malkiel maristo ni ne vojaĝos laŭ la mondorondo (kaj

kiu bezonas bovon aŭ ovon, se estas omaroj kaj ostroj en la oceano?).
Ordinaraj ovoj kun siaj oraj oferoj estus pli oportunaj. "Sed ĉi tiuj ne
estas omletoj de via onklo!" la edzino respondas. "La sono kaj nomo
pli gravas, ol la ovoflavo. Ĝuste kvar ni bezonas por la kuko de la
sabla maro, la kuko de l' ploranta ter', kaj almenaŭ unu estas nepra,
eĉ se oni elizias la recepton. Kvin – tro riĉa."

La edzino ekmiksas la suferbuteron en la farunkirlaĵon. Neniel
ĝi malsimilas al normala butero. Mi volas demandi la edzinon, ĉu
oni vendas ĝin sub tiu nomo nur pro reklama valoro. La kompatinda
knabino en la budo devas malkaŝi pekojn kaj sekretojn al ĉiu suspek-
tema kliento. Mia koro pretas krevi por ŝi sed, se mi falus, estiĝus
katastrofa katarakto en la kuirejo. Kiel antikva dio do mi subtenas la
akvomelonon de momenta ŝirmado. Sed jam ĝi estas plenplena kaj
pezega – estiĝas akvofaletoj ĉe la ŝelorandoj. Miaj ŝultroj plendegas,
kaj mi ne plu povas teni la akvomelonlagon. Mi demetas ĝin, kaj in-
undoj fluas ĉien.

La edzino kun la naskiĝanta kuko fuĝas en la ĝardenon laŭ rivero
de singultoj – la domon de la ĝardeno apartigas nur tradicio, ĉar jam
la domo estas ruino. Volonte mi sekvus ŝin trans la rubon, sed miaj
kruroj estas feblaj pro malsato kaj laborado. Persikojn mi voras, kaj
ananasojn kaj vinberojn. Nuksojn mi manĝas per manplenoj, ĝis la
buŝo lacas kaj la ventro pretas krevi. Fine restas nenio, krom zingi-
brokeksoj kaj la skatolo da Faraona Faruno. La vizaĝo de Amenhotep
estas tiel alloga, ke mi levas kulerplenon da faruno al la lipoj – ĉu ĝi
ne estas la plej bona faruno en tiu ĉi vivo kaj en la sekva? – sed vidas,
ke tiu vizaĝo, june pala kaj freŝbakita, havas larmojn en la okuloj.

La vera Amenhotep, kies zigomojn neniu avidas, sidis kun sia
Reĝina Edzino, kaj de sia alta sidejo ili vidis, ke la dezerto foje ple-
nas je senlimaj ondoj kiel sabla maro, kaj foje ĝin kovras inundoj kaj
fekunda koto. Estas hontinde, ke oni prenas la vizaĝon de Amenho-
tep por Faraona Faruno kaj kaŝas lian flaviĝintan saĝecon sub falso-
farbo sana kaj blanka. Ili vendas varon senvarian – en ĉiu kulero

estas la sama enhavo, sana kaj blanka. Oni promesas magion, sed la magio estas mensogo.

Ho, sed la edzino ne estas mensogo, kaj ŝi ŝanĝiĝas kun la suno kaj sezono. Matene ŝi estas fajroplena, seka kaj danĝera kiel la dezerto; tage ŝi estas knabino mildmiena kaj amplena; vespere ŝi mem estas la fekunda koto kaj ŝtorma akvo, kaj el ŝiaj manoj venas la nutraĵo, la kara kuko.

Mi iras al la edzino en la ĝardenon. Ŝi genuas kun kruroj duonkaŝitaj en la koto. Apude bovlo gapas al la ĉielo; vintra pluvo forlavas la farunrestaĵon kaj lasas klaran akvon. En ŝiaj manoj estas la kuko de la sabla maro, la kuko de l' ploranta ter'. Ĝia kukokarno estas flava kiel sablo; la ondoforma krusto plenas de pluvo kaj larmoj; bonodora vaporo aromas kiel pomo kaj frago.

La edzino enbuŝigas peceton.

"Jen, ĝi estas preta."

107

Spektaklo

Sed nun mi devas rakonti al vi, kiel kantanta arbo estis forpelita de kolera homamaso ĵetanta fruktojn kaj fajrojn. Tio okazis antaŭ multaj jaroj, kiam mi laboris en bakejo. Mi estis ankoraŭ junulo kun grandaj revoj pri ĉielgrimpantaj kukoj kaj fragotortoj kun nuboj de dolĉa ŝaŭmkremo. Tamen, miaj bulkoj neniam aspektis rondaj, la ŝeloj de miaj ovoj rompiĝis en mil pecojn, kaj estis pli da faruno en mia hararo, ol en miaj bovloj. Eĉ post longa laborado venis nenia venko, kaj miaj dolĉaj revoj ankoraŭ falis kiel fuŝbakita meringo. Ĉu pro manko de talento? Tion mi ne volas kredi. La vero estas, ke la vivo devas malhelpi homajn revojn. Se ĉio estas glata, plaĉa kaj mirinda, tiam nenio estas mirinda. Mi estis destinita resti ordinarulo, kiu bakas ordinarajn, iom misajn kukojn. Mirakloj kaj mirindaĵoj estas la proprajoj de aliuloj, kaj mia rolo estas montri, ke mirakloj kaj mirindaĵoj ne apartenas al ĉiuj. Tiun rolon mi finfine akceptis. Tiuj, kiuj ne akceptas same sian sorton, tro multe revas aŭ tro malmulte laboras.

Mia kara Greta estis revema kaj mallaborema, kaj tial ŝi estis duoble ŝarĝita de grandaj esperoj por mirindaj transformiĝoj. Ŝi estis kelnerino en malluma drinkejo, iom dika kun malobeemaj haroj, sed tiuj trajtoj estis nur portempaj kaj baldaŭ forviŝotaj por pli spektakla vivo. Ŝi emis obsedi pri filmstelulinoj, riĉuloj, mondeventoj. Sed tamen mi amis ŝin, kaj ne nur dum ŝi tenis po kvin bierglasojn en ĉiu mano!

Ĉiun ĵaŭdon ni spektis filmojn kune. Ŝia plej amata heroo estis tiu kantisto-aktoro Daŝo Pavlovski, kaj mi akompanis ŝin al ĉiuj liaj filmoj, eĉ tiu kun la elefanto kaj la zumanta balailo. Kaj poste, se mi estis bonŝanca, ni promenis en la parko man-en-mane, kaj – eble – kiso! Jes ja, nia amrakonto estis tipa. Simplaj urbanoj – bakisto kaj kelnerino – fojfoje kun revoj pli grandaj ol la propraj vivoj, tamen trovis amon inter si. Sed mi ĉiam kredis, ke se Daŝo subite aperus, li povus ŝteli mian Gretan per buŝpleno da bemolaj notoj.

Iun fojon Daŝo preskaŭ venis al nia urbo. Mi kutime iris hejmen laŭ Vronski Prospekto, kie la kinejoj metis siajn afiŝojn. Mi devis raporti al Greta pri ĉiuj novaj filmoj, aparte tiuj de Daŝo. Iun vintran tagon troviĝis preskaŭ mirakla anonco. Grandaj verdaj literoj kriis: "Nur unu nokton: la miranda Daŝo Pavlovski prezentas spektaklon!" Mi rapidis al la drinkejo de Greta kaj trovis ŝin kuranta kun glasoj inter postulemaj klientoj.

"Greta", mi diris, senspire, "li venos, li venos."

"Kiu?" ŝi diris, ne rigardante miadirekten. "Pri kiu vi parolaĉas?"

"Daŝo Pavlovski! Li venos al la urbo. Nur unu nokton! Spektaklon!"

La glasoj el ŝiaj manoj falis planken kaj dispeciĝis. Kaskado de biero brilis en la duonlumo, sed eĉ la plej brila bierkaskado ne egalis la brilon en ŝiaj okuloj. La buŝo de Greta transformiĝis en larĝan rideton, kaj ŝi kaptis min inter siaj dikaj brakoj.

"Hooooooooooooooooo, Daŝo!" ŝi kriis kaj tiel forte brakumis min, ke mi komencis ploreti.

Ĉu mi nun menciu, ke mi ne povis elteni Daŝon Pavlovski? Lia voĉo estis terura, kaj li faris tute ridindan klinon per la ĉapelo dum ĉiu filmo. Liaj aktoraj talentoj ne meritis eĉ unu groŝon. Krome, liaj kantoj estis neniel interesaj – "Brulas en la koro mia / Brila por vi flamo. / Ĉu vi ne helpos mian ardon / Per via dolĉa amo?" – kaj aliaj stultaĵoj.

"Ni nepre iros, kara!" mi tamen diris. Ŝi ĵetis la brakojn supren, permesante min eskapi el la mortiga brakumo, kaj komencis danci en la drinkejo. Pro la amo – kaj nur pro la amo – mi ĵuris, je la vivo de nia unua naskoto, ke mi iros la venontan matenon aĉeti biletojn por la spektaklo.

Greta ne akompanis min al la teatro. "Vi scipovas tian simplan taskon, ĉu ne?" ŝi diris. "Mi devos ripozi, por aspekti freŝa."

Jam granda vico staris ĉe la teatra kiosko kiam mi alvenis antaŭ la sunleviĝo. Neniu aspektis freŝa. Kvietaj suspiroj kuris inter la aĉetontoj. "Ŝtelistoj ili estas! Nekredeble, ke kostas al mi cent groŝojn vidi Daŝaĉon!"

Mia koro haltis. Cent groŝojn? Mi apenaŭ havis dek du, precipe pro tio, ke antaŭ tri tagoj Greta kaj mi iris al la kinejo por trifilma programo, kaj poste manĝis po du fungajn pasteĉojn – ĉio, komprenble, el mia poŝo. La klukado de viroj ĉirkaŭaj pravigis mian timon. Ĉiu bileto por la spektaklo de Daŝo kostis kvindek groŝojn – semajna salajro! Mi eltiris ĉion el miaj poŝoj, sed la sumo ne sufiĉis por eĉ unu bileto. Morne mi forlasis la vicon kaj aŭskultis la grumblantajn aĉetintojn: "Cent groŝoj!"

La grumblantoj tamen estis la feliĉuloj. Ni, povruloj, havis pli malbonan sorton, ĉar ni devis konfesi niajn malsukcesojn al la amatinoj, kiuj restis hejme.

"Greta!" mi kriis.

Greta denove tordis mian brakon. "Kio, vi mizera povra ulo?"

"Greta, mi havas ideon!" Nun ŝi iom liberigis mian brakon.

"Ni povos eniri kaŝe", mi diris.

"Kaŝe? Ĉu ne malhoneste?"

"Nu, jes, sed estas Daŝo, nur unu nokto, spektaklo, kaj tiel plu."

Greta tuj iĝis amfrapita knabino, kaj ĉia zorgo pri moralo forfuĝis. "Kio estas la plano?" ŝi demandis.

"Mia kuzo Miko havas amikon, kiu laboras ĉe la teatro. Li povas enlasi nin, eble tra la malantaŭa pordo."

"Sed ni ne havos seĝojn. Oni jam vendis ĉiujn biletojn, kaj la gardistoj certe forpelos nin", ŝi diris.

Mi peris la dubojn al la amiko de kuzo Miko. "Sed ni ne havos seĝojn. Oni jam vendis ĉiujn biletojn, kaj la gardistoj certe forpelos nin", mi klarigis.

"Ĉu ŝi estas maldika?" respondis la amiko de kuzo Miko.

"Kiu?"

"Via virino", li diris. "Nur la virinoj volas vidi Daŝon. Mi ankoraŭ ne vidis viron, kiu lin povas elteni. Ĉu via virino estas maldika?"

"Ne, ne vere", mi diris.

"Ĉu ŝi estas dika?"

"Mi ne scias", mi respondis. "Ne, ŝi ne estas dika. Ne tre dika."

"Ĉu ŝi estas tiom dika?" li diris, tenante la manojn kvazaŭ braku-mante barelon.

"Ne, ne tiom dika."

"Ĉu ŝi timas mallumon?" li diris.

"Tion mi ne faros", diris Greta, pli forte tordante mian brakon, post kiam mi klarigis la planon.

"Kara, kara, mi jam donis al li dek du groŝojn, kaj li havas mian poŝhorloĝon kiel garantion kontraŭ la ceteraj. Ni ne povas rezigni nun. Ĉi tio estas la nura eblo!"

"La nura?" ŝi diris kun larmeto.

"La nura", mi diris.

"Nu, se mi devas kaŝe eniri plenplenan teatron kaj grimpi tra aer-fluejo super la scenejo kaj riski mian senmakulan nomon kaj tio estas la nura eblo vidi Daŝon Pavlovski, nu, mi faros!" Ŝi ĵetis la brakojn supren. Oni nun konsciu, ke tio estas kutima ago de triumfo ĉe ŝi. Kiam mi rimarkigis tion al Greta, ŝi respondis, ke oni havu karak-terizan agon – tiel oni estas rekonata en filmo, eĉ kovrite per amaso da ŝminko. Greta ĵetas la brakojn supren. Daŝo klinas sian ĉapelon. Mi forkuris por dorloti mian kompatindan brakon.

La vesperon de la evento Greta kaj mi vestiĝis solene kaj renkon-tis la amikon de kuzo Miko ĉe la malantaŭa pordo. Li montris al ni la celitan fluejon. Starante antaŭ miaj okuloj, kaj ne nur en la ofte flatema menso, Greta estis iomete pli dika, ol mi memoris, kaj enirigi ŝin en la fluejon ne estis facile. Konfesinde, ankaŭ mi ne malamas dolĉaĵojn, kaj mia eniro ne estis pli komforta.

Ni iom antaŭen rampis kaj konsciis, ke la amiko de kuzo Miko multe profitis de sia pozicio kaj de la malespero de malriĉuloj kiel mi. En la fluejo estis almenaŭ tridek aliaj ternantaj admirantinoj de Daŝo Pavlovski kun siaj koramikoj. Komuna ĝemo intermiksiĝis kun fivortoj kaj elĉerpaĵoj de koleraj konversacioj.

"Mi senbas min bre malbone", diris apuda voĉo. Mi ne tuj komprenis, ke estis Greta. Ŝi suferis pro la polvo, kaj ŝia voĉo ŝanĝiĝis.

"Mi bedaŭras, kara, sed eble kiam vi aŭdos Daŝon, vi sentos vin pli bone."

"Ho ve, mi ne eltenos. Mi baldaŭ vomos", diris alia voĉo, sed tiu voĉo ja sonis malsane – kaj tre proksime.

Ni atendis dum eterno. Greta kaj mi rampis ĝis aperturo en la fluejo, kiu ebligis al ni vidi la scenejon. Ŝiaj okuloj estis ruĝaj kaj akvoplenaj pro la polvo. Mi donis al ŝi mian poŝtukon.

Sube komenciĝis bruego, kaj la sono pli kaj pli kreskis. Marŝado de piedoj, aplaŭdado de manoj – aperis bone vestita viro sur la scenejo. Sed la kurteno ne estis malfermita, kaj la teatraj lumoj daŭre brilis.

"Ĉu estas li?" mi flustris.

"Mi ne sbias", diris Greta. "Mi ne bovas bidi bre bone."

"Ĉu helpos, se mi flankeniros iomete?"

"Ne, ne bere."

"Estimataj sinjoroj kaj sinjorinoj!" anoncis la viro. "Estimataj sinjoroj kaj sinjorinoj, mi havas gravan novaĵon!" La parolanto staris je la rando de la scenejo, kaj mi aŭdis ion timigitan en lia voĉo. Mi ne sciis, ĉu li estas nervoza aŭ ekscitita. "Estimataj sinjoroj kaj sinjorinoj, mi estas samtempe peranto de malbona novaĵo kaj de la plej miranda novaĵo, kiu iam atingis viajn orelojn. Unue, la malbona novaĵo: ĉi-vespere ne aperos Daŝo Pavlovski."

Grandan ĝemon eligis la tuta aŭskultantaro, kaj kvazaŭ unu frunto de malĝojo la tuta fluejo nun sulkiĝis. Greta ĉesis spiri sed post frapo sur la dorson ŝi rekomencis.

"Estimataj, mi petas! Ni havas ion multe pli mirindan por via plezuro ĉi-vespere. Vera spektaklo! La Oka Mirindaĵo de la Mondo! Estaĵo preter viaj imagoj! Donaco por l' okulo kaj l' orelo, malfermilo por viaj mensoj al la nekonata beleco de nia mondo! Mi certigas vin, estimataj, ke estos neniaj trompoj sur la scenejo ĉi-vespere. Ĉio, kion vi vidos, estas vero. Bonvenigu, mi petas, veran miraklon rekte el la paĝoj de Antikvo. La araboj en siaj fabeloj rakontas pri la sama mirindaĵo, kiun vi spektos nun, tuj! Bonvenigu la Kantantan Arbon de Miozotejo!

La parolanto aplaŭdis freneze, sed li estis sola. Post momento li ĉesis, klinis la kapon kaj kuris for. Pepado de la forrulataj kurtenoj eĥis en la teatra halo.

"Kio obabas?" flustris Greta.

"Mi ne scias … " mi komencis – sed tiam mi ekvidis ĝin.

Arbo staris sur la scenejo, alta je eble ses metroj. Nek estis grundo nek ujo – la radikoj kuris sur la planko gracioplene, kaj la arbo tiris sin ĝis la ĉefa lumo. La branĉojn la arbo mallevis kaj rektigis. Kaj komencis kanti stranga voĉo:

Aŭskultu, amikoj, rakonton
Pri amo simpla kaj dolĉa!
Du amantoj feliĉe kuniĝis
En mistero sorĉa!
Vidu knabon kun ama koro
Kaj grandaj anticipoj
Amindumi al egalo sia
Per rozoj kaj tulipoj.
Se ni kredas la fabelojn
En siaj okuloj trovis miron
Enamiĝinta paro
Kaj perdis foje la spiron.
Estas, karaj, la plej olda
Rakonto en la Kant':
La rakonto pri juna ino
Kaj ŝia arda amant'.

Mi rimarkis, citante nun la tekston el mia kapo, ke la kanto estas ŝajne nekantebla. Kie estas la ritmo, la takto? La voĉo ne estis aparte plaĉa, sed ĝi tute ne estis homa voĉo. Eble pro la strangeco ĝi ne plaĉis al mi. Se mi aŭskultus la arbon pli longe aŭ konus la tradiciojn de tiu ritmo-formo, mi pli multe ĝuus la kantadon.

Ial la melodion mia cerbo ne bone konservis. Verŝajne ĝi estis nenial notinda.

Sed tiom multe kontraŭstaras
Eĉ fabelon tre tre simplan –
Ĉu patrino tro zorgema
Aŭ ies vizaĝo malpimpa.
Aŭ eble io pli komplika
Malhelpas plenan amfeliĉon.
La viro sonĝas dek infanojn
Kaj la virino grandan riĉon.
Aŭ iu volas resti en kampara
Kora pac'
Kaj al l' alia tio estas
Pura agac'.
Ŝi volas sekvi la brilajn lumojn
De ambicio
Kaj la amanto ne havas ideon
Kaj diras responde nur "Kio?"

Je tiu momento mi aŭdis batalkrion, kaj duonmanĝita tomato flugis tra la aero. Mi ne scias, kiu manĝas tomatojn en teatro, sed jen estis ĝi – eksplodo de malseka ruĝa pulpo. La unuan frukton sekvis multegaj. Tomatoj, brasikoj, terpomoj, citronoj – ion ajn ĉemane la spektantoj ĵetis al la kompatinda arbo, kiu brave provis kanti alian strofon:

Jen la granda miraklo –
Amo ekzistas malgraŭ kriĉo,
Kaj la vera spektaklo:
El amo fariĝas feliĉo.

"Ni haku ĝin en dekmil pecojn!" kriis apuda kolera virino.

"Ne, bruligu ĝin!" kriis Greta.

"Jes, bruligu!" eĥis la tre malsana voĉo.

"Bruligu, bruligu, bruligu!" estis la refreno, kiun alprenis la loĝantoj de la fluejo. La amaso sube, momente konfuzita pro subita homa bruo el la ĉielo, aldonis sian koleron al la kreskantaj flamoj.

La kantanta arbo ĉesis kanti kaj eligis krieton. La folioj ŝanceliĝis, kaj ĝi komencis tiri sin for de la scenejo, lerte ĵetante radikon preter radikon. Rapide ĝi malaperis de la scenejo.

Iu jam tenis brulantan faskon da paperoj, kaj aliuloj faris torĉojn el pecoj da seĝoj, tapiŝo, io ajn bruligebla. Greta ŝovis sin el la fluejo, subeniris laŭ la ŝtuparo, kaj enpuŝiĝis en la teatran halon. Ŝi forprenis brulantan faskon el la mano de apuda knabo kaj kuris post la arbo, trenante min, kiel ĉiam, je la brako.

La homamaso verŝiĝis en la stratojn, serĉante la kompatindan arbon. "Ĉi tie!" kriis iu, kaj la amaso turniĝis laŭ Vronski Prospekto. Sed la arbo jam estis je la stratofino. Fulmo suprenŝvebanta el la torĉoj malhelpis la farton de Greta, kies pulmoj jam plendis pro la daŭra kurado.

"Greeeeta", mi plendis, ankaŭ sen spiro, "ĉu ni devas pluiri?"

"Kuru!"

Kiam la amaso atingis la urborandon, la plejparto de la torĉoj jam estingiĝis, kaj la arbo estis nur ombro en la distanco. La amasoj grumblis, disfalis kaj iris hejmen. Ilia kolero estis venkita de laco kaj la distanco. Greta havis pli da kolero ol aliaj, sed finfine ankaŭ ŝi malrapidiĝis kaj haltis. Triumfe, ŝi ĵetis la brakojn alten.

"Do restu for, aĉa trompisto!" ŝi kriis al la fuĝinta arbo. Pli kviete ŝi diris, "Kompreneble temas pri trompo. Daŝo neniam venos por mi."

Fine Greta premis mian manon, kaj ni kune iris hejmen laŭ la konata vojo.

∽

"Kaj tio estis mia plej proksima renkontiĝo kun Daŝo Pavlovski, dank' al Dio." Per tiaj vortoj mi finis mian rakonton al la enuigita aŭskultantaro – miaj genepoj.

"Avĉjo, vi tion rakontas tro ofte", diris la malgranda Mateko. "Ne estas interese. Kaj Avinjo Greta jam diris, ke la rakonto ne plaĉas al ŝi."

Anja aldonis, "Jes ja, ne plu rakontu tiun enuan historion. Rakontu pri la elefanto kaj la zumanta balailo!"

Parodibirdo

La urbestro fine decidis, ke la Parodibirdo ne estos forpelita el la urbo malgraŭ la multaj plendoj. Sukcesa kampanjo de la monhavantoj – profesoroj, mediprotektantoj, kristanoj – savis la birdon, sed ni, ordinaruloj, kies simplaj vivoj ne influis la urbestron, plej multe suferis. La profesoroj pledis por la literatura valoro de la Parodibirdo kaj argumentis des pli forte, ĉar ili ne savis la Satiroŝafon antaŭ jardeko. La mediprotektantoj proklamis la valoron de ĉiuj idoj de l' Naturo, eĉ la ĝenaj – la urbo ja ne procesas kontraŭ krabroj aŭ kretenoj. Kaj la kristanoj alte honoris la principon, ke neniu rajtas mortigi vivantan konscian estaĵon. Sed la Parodibirdo, mi opinias, havas nur instinkton, ne inteligentecon, kaj ĝia konscio estas nur krueleco.

Tiu verdikto ŝparis al la urbo la malfacilan demandon: kiel forpeli la birdon? Ĉu per ĉasistoj, sovaĝbestoj, bruoj? La Parodibirdo verŝajne ĝuus tiajn farsojn kaj ne ektimus ilin. Kaj kvankam estis nur unu Parodibirdo, kiu nin ĝenis, mi ne dubis, ke aperus aliaj – eĉ pluraj – se ni forpelus aŭ mortigus la nian. Tiukaze, eble estis preferinde reteni la unusolan Parodibirdon, ĉar ĝi ne povas ĝeni ĉiujn urbanojn samtempe.

Mi estas birdamanto – eble tiu titolo estas pli preciza ol ornitologo, ĉar mi ne estas profesiulo – kaj tial oni taksis stranga tion, ke mi kontraŭis kaj malamis la Parodibirdon. Kiel hobiisto mi havas neniun internan motivon konservi ĉiun specion nur pro tio, ke ĝi havas bekon kaj flugilojn. Plaĉas al mi nur la dolĉaj birdoj, kiuj buntas kiel floroj kaj pepas kiel tonoj de la fortepiano. En mia domo estas gamo da birdoj – tuta ĥoro, kiu gaje kantas imitante la horloĝajn sonorilojn. Mi tenas ilin en kaĝoj en mia laborĉambro, ĉar iliaj voĉoj estas pli korfeliĉigaj, ol iu ajn vaksaĵo de Edison. Mi estimas la mimbirdeton (al kies genro *Mimus* la Parodibirdo apartenas), sed al pingvenoj kaj strutoj mi havas nenian simpation, ĉar ili estas malgraciaj, raŭkaj birdaĉoj. Al la Parodibirdo, la plej raŭka kaj ĝena el ĉiuj birdoj … nu, la kara leganto verŝajne jam konas mian sintenon. Se oni kuirus ĝin en fraga saŭco, mi volonte manĝus.

La Parodibirdo je l' unua vido similas korvon. Eble tial ĝi plaĉas al la profesoroj, ĉar ĝi memorigas pri la fama usona poemo de Poe. Pri ties literatura valoro mi ne disputas. La nigraj plumoj de la Parodibirdo, se oni rigardas de proksime, havas olean ĉielarkan rebrilon. Tio estas signo de unika kapablo el inter ĉiuj membroj de la *Avis*klaso – la Parodibirdo, kiel kameleono, povas ŝanĝi sian koloron. Kiam la Parodibirdo ripozas, ĝi estas nigra, sed kiam ĝi ludas, ĝi povas ŝanĝiĝi al iu ajn koloro aŭ kolorkombinaĵo.

La Parodibirdo tamen uzas sian ŝanĝiĝkapablon ne por kamufliĝi, nek por allogi antaŭ la sekspariĝo, sed por ĝeni kaj moki. Mi vidis foje, ke ĝi prezentis sin flaviĝinte al juna edzino, kaj tiu kompatindulino tute ŝokiĝis – flava birdo, laŭ la popola kredo, signifas malfidelecon inter geedzoj. Amiko mia raportis, ke brunruĝa Parodibirdo nestis en la alta hararo de lia edzino kaj restis tie dum pluraj horoj. Post kiam oni forigis ĝin el tiu neoportuna loko, restis la kutimaj postsignoj de birda ĉeesto. (Fekaĵo, mi celas diri, kaj fekaĵo sen ajna interesa aŭ utila trajto.)

La Parodibirdo havas longan bekon kun nekutima kurbiĝo ĉe la ekstremo. Mi supozas, ke tio helpas ĝin pri alia karakteriza trajto. Kiel mimbirdeto, la Parodibirdo povas imiti kantojn de aliaj birdoj, kaj kiel papago, la Parodibirdo povas eĉ imiti aliajn sonojn – akvofluon de necesejo, fajfadon de trajno aŭ tekaldrono, eĉ homajn voĉojn. Sed malkiel mimbirdeto aŭ papago, la Parodibirdo povas spontane krei sonojn, eĉ se ĝi nur unufoje aŭdis ion similan. Ĝi neniam kreas pli ol unu-du frazojn en homa lingvo, sed tamen la profesoroj parolas pri mirindaĵoj de kreivo.

Mimbirdetoj imitas birdkantojn por natura bezono – nestoŝtelado – kaj mimbirdetoj en bestoĝardenoj imitas la sonojn de fotiloj kaj infana ridado, ĉar tiajn sonojn la birdetoj aŭdas tagon post tago, kaj tiujn imitaĵojn la vizitantoj en la bestoĝardeno rekompencas per frandaĵo. Papagoj reeĥas homajn voĉojn pro trejnado kaj deziro de sekvinberoj aŭ nuksoj. Sed la Parodibirdo ofte faras siajn imitojn por malicaj celoj, sen ajna evolucia avantaĝo aŭ eĉ espero de dolĉaĵo. Ĉe lageto en la afrikaj savanoj oni fojfoje aŭdas leonan muĝon, kiu forpelas gregon da gazeloj. Sed el la arbustoj venas ne sangosoifa karnovorulo, sed Parodibirdo. Tute ne necesas, ke la Parodibirdo forpelu la gazelojn por trinki – la gazeloj neniel minacas la birdon. En la urbo, la Parodibirdo same malplenigas trinkejon per imito de policaj sonoriloj kaj klaĉemaj edzinaj voĉoj. Multaj ridas kun la Parodibirdo, sed aliaj, kiel mi, koleriĝas pri la trudiĝo.

Estas preskaŭ senutile paroli pri la flugiloj, vosto kaj kruretoj de la Parodibirdo, ĉar ili ofte ŝanĝiĝas. La Parodibirdo povas kreskigi aŭ malgrandigi iun ajn parton de sia korpo laŭplaĉe, sed ĝi plej ofte ludas per la flugiloj, vosto kaj kruretoj. En la naturo tiu ŝanĝebleco povas esti la plej utila el ĉiuj ĝiaj kapabloj, ĉar per ĝi la birdo povus eskapi ĉasantojn, lasi ovojn en ege sekuraj lokoj kaj trovi manĝaĵojn en etaj fendoj. Sed la Parodibirdo ne uzas tiujn kapablojn en maniero kongrua kun la kutima ordo de la Naturo. Ĝi ne faras propran neston, sed transformiĝas por pariĝi kun aliaj birdospecioj. (Tial Parodibird-idoj estas maloftaj – ili rezultas nur el hazarda pariĝo de Parodibir-doj, kiuj ambaŭ kaŝas sin kiel kanarioj aŭ najtingaloj.) Manĝaĵon la Parodibirdo ne devas trovi en fendetoj. En la savanoj ĝi etendas sian kolon ŝajne nur por ĝeni la ĝirafojn – aparte la ĝirafidojn, kiam ili strebas kaj penas akiri iun dolĉan folion, kiun fulmrapide forŝtelas la Parodibirdo per terure streĉitaj kolo kaj beko. En la urbo la Parodi-birdo sufiĉe nutras sin per ŝtelitaj sandviĉoj kaj forĵetitaj panpecoj. Ni loĝantoj de la urbo emas forĵeti niajn manĝaĵojn, eĉ se ni ankoraŭ havas apetiton, spektinte la Parodibirdon tordi kaj ŝveligi sian kor-pon. La Parodibirdo profitas de nia naŭzo kaj ekmanĝas la forĵetitajn manĝaĵojn.

Zorga analizo de ĝia ostostrukturo prezentas …

Sed ĉi-punkte "Klak-klak-klak!" ĉe la fenestro interrompis mian kleran eseon. Mi ekhavis la senton, ke mia akademia esploro fariĝos realaĵo. Sur la ekstera fenestrobreto staris la Parodibirdo. Ĝi estis batinta la vitron per la beko kaj gratis sian flankon kiel kato. Mi esperis, ke tiu okupo forlogos ĝian atenton, kaj mi povos ignori la birdaĉon, sed denove ĝi pikis ĉe la fenestro. Tion ĝi faris ŝajne por instigi la enkaĝajn birdetojn en mia laborĉambro. La klaksonoj efektive rompis la harmonion de la birdkantado, kaj miaj birdetoj konfuziĝis. Ili silentiĝis, atendis.

"Ne, ne aŭskultu!" mi kriis, sed tro malfrue. La Parodibirdo eligis el sia damninda beko hurladon, kiu kombinis la raŭkan torturon de violono kun fajfa skrapado de tranĉilo kontraŭ metalo. La Parodibirdo ŝiris miajn orelojn kaj tiujn de miaj kompatindaj birdetoj, kaj la lastaj komencis imiti tiun kanton. Ho, kara leganto, eble tiu scenaro aspektas al vi pli humura, ol korŝira, sed vi bonvolu memori, ke mi estas hobiisto, kies nura ĝojo en la vivo estas ĉirkaŭi min per belaj kaj harmoniaj birdetoj. Kaj la Parodibirdo detruis mian zorgan laboron per unu raŭka kanto. Ĝi konfuzis mian harmonion kaj anstataŭigis ĝin per ĥaoso.

"Vi kantas bele!" aŭdacis diri la Parodibirdo, kaj mi klare rekonis … mian voĉon! Ĝi imitis min, por eĉ pli konfuzi miajn birdetojn. Mi kriis al miaj dorlotitaj birdetoj, ke ili ne atentu la terurajn lecionojn de la Parodibirdo – tiu nenion konas pri la kantoarto kaj celas nur moki kaj ĝeni, sed ne krei kaj harmonii.

Mi kriegis en la bruaĉo, kaj miaj kriegoj venigis mian edzinon, kiu ŝovis sian kapon en mian laborĉambron.

"Raŭkulo!" ŝi diris. "Kion vi celas per tiu kriado? Vi estas tiom terura, kiom tiu Parodibirdo." Ruĝflama sento ekbrulis sur miaj vangoj. Mi volis peli la aĉan birdon en la kuirejon, en grandan poton kun bolanta akvo.

La Parodibirdo klakfermis la bekon kaj ĝiaj vangoj kaj brusto pufiĝis. La kapo ekkreskis kiel balono ĝis peza sfero ŝanceliĝis sur la maldikaj kruretoj. Ruĝe brulis ĝiaj vangoj. Malfacile ĝi tenis tiun pozon – io emis eksplodi el la pompe ŝvelinta kapo. Ĉu eble mi estis ŝvelkapulo? Mi nur volis klarigi la Parodibirdon al la afabla leganto, kaj pro tio mi meritis tian mokadon? Diabla birdo! Subite la Parodibirdo elspiris torentojn de ridoj, kaj io simila al larmoj komencis guti el ĝiaj okuloj. Kolomboj kaj kanarioj akre pepadis, kaj mi sentis dekojn da etaj nigraj okuloj bekpiki min.

Sovaĝe mi batmalfermis la fenestron, kaj la Parodibirdo nur lastmomente savis sin de terura vundo. Tiu venĝo ne sufiĉis, kaj mi saltis el la fenestro, sakrante kaj kriante, por sekvi la birdaĉon.

"Edzo, frenezulo!" la edzino kriis post mi. "Lasu ĝin kaj revenu tuj!" Kvankam mi aŭdis ŝin, mi ne atentis.

La Parodibirdo ne ekflugis, nur saltetis laŭ la trotuaro, kvazaŭ ĝi promenus post gaja vespero en la klubo. Pro mia lama kruro mia galopo ne estis tre rapida, sed per ŝvito kaj peno mi alproksimiĝis al la Parodibirdo, svingis la manon kaj – nenion kaptis! Nur aeron kaj ŝvebantajn rubaĵojn. Mi sakris denove – kaj la Parodibirdo pli amuziĝis. "Vi kantas bele!" ĝi diris, denove per mia voĉo. Sed eĉ tio ne sufiĉis. Ĝi longigis iomete unu el la siaj kruroj por imiti mian paŝmanieron.

"Ĉu vi neniam lasos min trankvila?" mi kriis kiam ĝi denove eskapis miajn mallertajn mansvingojn.

Anhelante kaj lamante ni alproksimiĝis al la Placo Pavlovski. La loko estas populara inter junuloj, kiuj klinas sin kontraŭ la statuo de la Granda Pavlovski, hirtigas la harojn per la fingroj kaj pendigas rikanon sur la lipoj. Foje ili fajfas al preterpasantaj junulinoj. Se tiel junuloj okupas sin, mi feliĉas esti maljuna.

La Parodibirdo rimarkis la junulaĉojn kaj ĝiaj flugiloj ĉielarke ekbrilis. Tiu fenomeno ŝajnis ekscitoplena rideto. Fulmrapide la Parodibirdo flugis ĝis la kapo de la statuo kaj de tie rigardis siajn celatojn, kiuj fumis, trinkis ion el bruna botelo, kaj afektis duondormon. Mi

atendis, ke la Parodibirdo simple ellasus siajn ekskrementojn sur la
sentaŭgulojn, sed ĝi faris ion pli lertan. Ĝi tusis iomete, kiel aktoro
antaŭ grava monologo, kaj per fumoŝveba virina voĉo diris, "Saluton,
sinjoro. Ĉu vi povas ekbruligi mian cigaredon?"

La sentaŭguloj ŝanĝiĝis tuj. Ili anstataŭigis rikanojn per stultaj
ridetoj kaj duondormon per retiriĝemo. Ili rektiĝis, kiel instruis iliaj
patrinoj, kaj ĉiamaniere provis prezenti sin kiel bonkondutajn, mat-
urajn sinjorojn al la bela, alloga voĉo. La Parodibirdo preskaŭ krevis
pro ridado. Ĝiaj flugiloj rebrilis kiel piroteknikaĵoj. Vere, estis amuze,
kiel rapide ili forĵetis la afekton. Iuj preterpasantoj aplaŭdis la Paro-
dibirdon kaj partoprenis en la ridado. Sed mi paciĝis nur iomete – ĝis
punkto, kiu povigis min pli lerte plani. Ŝtelpaŝe mi alproksimiĝis
al la Parodibirdo, kiu, ankoraŭ ridante, forgesis pri mi, forgesis la
ĉasadon, forgesis salti. Per mansvingo surprize rapida, mi kaptis la
Parodibirdon ĉirkaŭ la kolon.

Ĝi baraktis, grakis kaj gratis, sed mi tenis ĝin forte. Tamen, ne
mortige forte! La Parodibirdo nun provis aliajn trukojn. Ĝi transfor-
mis sian kolon al longa sed tre maldika fadeno kaj provis elgliti tra
miaj fingroj. La fadeno-kolo atingis ses aŭ sep metrojn – la ceteron de
la Parodibirdo mi kvazaŭ trenis per tiu fadeno survoje al mia domo.
Nun la Parodibirdo provis la malan taktikon, plenblovante sian kor-
pon pli kaj pli granda, ĝis ĝi fariĝis pli granda ol korbo, kaj poste – ol
homo. Kiel balono ĝi komencis ŝvebi, kaj ĝia kolo preskaŭ malaperis
en la rondaĵon. Mi povis reteni ĝin per du fingroj. Kaj nun ĝi fariĝis
plene nigra, kiel senluna nokto, kaj subite blanka kiel lavita tolo, ree
nigra, ree blanka, tre rapide. Mi ne sciis, kion ĝi celis fari per tiu tru-
ko. Eble ĝi volis konfuzi min. Kiam ni eniris mian domon, ĝi provis
la lastan ruzon. Ĝi fariĝis peza kaj senmova, kiel pupo. Nur tiu truko
preskaŭ liberigis ĝin, ĉar dum momento mi timis, ke mi mortigis ĝin
kaj tial malfortigis mian tenon. Subite, la Parodibirdo baraktis, gra-
kis, preskaŭ eskapis … sed ĝustatempe mi trovis liberan kaĝon – for
de miaj aliaj impresiĝemaj birdetoj – kaj ŝovis la Parodibirdon en ĝin.
La Parodibirdo ĉesis kanti kaj sidis velkinta.

Tie ĝi restis dum plena tago, dum mi cerbumis. Simple forporti la Parodibirdon al iu kampara loko – krom esti granda ĝeno por mi, ĉar mi malamas la knaron de trajnradoj – ŝajnis nur mallongdaŭra solvo. Estus pli bone, se iu povus utiligi la rimarkindajn kapablojn de la Parodibirdo por la homa bono. Se ĝi povus imiti miajn birdetojn kaj kunkanti, ĝi estus valora birdo, sed mi memoris, kian ĥaoson ĝi kaŭzis antaŭe. Miaj birdetoj – ĉarmaj kaj naivaj – imitus la Parodibirdon, sed ne inverse. Sed eble oni povus instrui la Parodibirdon konduti pli bone. Lertaj patrinoj kaj psiĥologoj sukcesas regi eĉ la plej terurajn infanojn. Kaj mi estas lerta birdtrejnisto – aŭskultu la harmonion de pepado! Ĉu mi povus trejni la Parodibirdon?

Mi portis la kaĝon kun la deprimita Parodibirdo en la gastĉambron, kie estis neniu. Se oni ne scius, ke temas pri birdo, oni kredus la nigran amaseton en la kaĝo iuspeca sterko aŭ rubaĵo. Ĝi apenaŭ moviĝis kaj mi vidis nur la etan altiĝon kaj falon de ĝia brusto dum ĝi ŝajne malfacile spiris. Ho, jes! Mi forgesis nutri ĝin! Bovletojn da akvo kaj greno mi metis en ĝian kaĝon. La Parodibirdo esploris ambaŭ per la beko kaj iomete englutis. Mi metis belan, maturan fragon en la kaĝon apud la grenon. Tio multe pli plaĉis al la birdo. Ĝi manĝis ĝin per tri glutoj, kaj ĝiaj flankoj iom ruĝiĝis. Refortiĝinte, ĝi pretis por lecionoj. Stariginte mian gramofonon apud la kaĝo, mi ekludis sondiskon de birdosonoj, kiun oni surbendigis en nia bestoĝardeno. Dum dudek minutoj, mi kaj la Parodibirdo aŭskultis la kantojn de la kantobirdoj – rubekoloj, najtingaloj, pigoj, garoloj, kardinalbirdoj, kanarioj kaj melopsitakoj. Almenaŭ ni *aŭdis* la kantojn. Mi ne scias, ĉu la Parodibirdo aŭskultis aŭ atentis, ĉar ĝi nur fosis iomete en sia bovlo kun greno.

La sondisko finiĝis, kaj la nadlo siblis en la lasta kanaleto.

"Scscscscscsc", murmuris la Parodibirdo.

"Do, bone!" mi diris. "Ĉu vi pretas nun por la leciono?"

"Scscscscscsc", murmuris la Parodibirdo.

Mi metis la nadlon sur la komencon de la sondisko. La rubekolo ekkantis.

"Pep-popo-pep-pip!" mi diris.

"Pep-popo-pep-pip!" ĝi eĥis perfekte – sed ĝi eĥis mian fuŝan imiton, ne la kanton de la rubekolo. Mi rekomencis la ludadon sed mem ĉi-foje silentis. La Parodibirdo kantis perfekte, kiel vera rubekolo. La najtingalon, pigon, garolon, kardinalbirdon, kanarion, kaj melopsitakon ĝi ankaŭ perfekte imitis – eĉ kiam du aŭ tri birdetoj samtempe kantis. La Parodibirdo povas esti tre utila al birdamantoj, kiel mi. Multajn horojn ĉiutage mi prizorgis miajn birdetojn, kaj multajn jarojn mi kolektis ilin. Sed per unu Parodibirdo, oni povus anstataŭigi ĉiujn kantobirdetojn. La unuan lecionon mi taksis sukcesa, kaj mi rekompencis la Parodibirdon per dua frago, kiun ĝi tuj voris.

La venontan tagon ni transiris al la dua etapo de mia edukplano. Ĉe la muzikvendejo mi aĉetis aron da sondiskoj – Mozart, Beethoven kaj Brahms, kiuj pruviĝis dum multaj jaroj esti bonaj por la homa menso. La vendisto surpriziĝis, kiam li vidis miajn elektaĵojn. "Sinjoro, mankas ĉi tie birdsonoj!" Mi ne klarigis, ke la sondiskoj estis *por* birdo. Mia edzino estis feliĉa pro miaj aĉetoj. "Fine ni havas homan muzikon en la hejmo", ŝi diris. "Ĉiam mi devas aŭskulti la pepadon de viaj birdaĉoj. Vi devas kompreni, ke ili plaĉas ne al ĉiuj."

"La Parodibirdo plaĉas al neniu."

"Ĉiukaze, ne torturu la animalon", ŝi diris. "Ĝi estas sovaĝa, kaj vi doloriga ĝin per kaptado."

Mi kaj la Parodibirdo komencis la lecionon per sufiĉe malrapida pianludado de Brahms, kiun la Parodibirdo sukcesis ripeti frazon post frazo, kaj fine de la tago mi sukcesis eligi el la birdo ripeton de la tuta koncerto. Tio ja estas bona atingo, sed mi volis vidi ion pli kreivan. Birdoj ne ĉiam nur imitas sonojn – fojfoje ili kantas pro sia propra feliĉo aŭ bezono, sen imitata modelo. La Parodibirdo mem malbonfamiĝis ne pro simpla ripetado, sed pro mokado, kiu estas esence kreiva ago. Dum la silento de la vespero mi provis rekompenci signojn de kreiva spirito en la Parodibirdo, donante fragojn aŭ sekvinberojn kiam ĝi fajfis kelkajn harmoniajn notojn. Mi ekesperis, ke tiuj notoj florus en novan koncerton, sed la Parodibirdo nur gratis sian flugilon.

En la mateno ni provis operon de Mozart – rapida takto, kun violonoj kaj virinoj – sed ĝi estis tro komplika por la birdo. La kompatindulo kapturniĝis, provis ripeti unue la violonojn, sed meze ŝanĝis sian kanton al la voĉoj kaj perdiĝis. Ni turnis nian atenton al la ario de la tria akto. En tiu ĉi registrado la stelulino troe kantis, buĉis multajn frazojn kaj faris el la tuto fuŝaĵon. Oni eldonis la sondiskon pro ŝia renomo. Nur kelkaj laŭdis ŝian aliron al la materialo, aprezante freŝan interpretadon de malnovaj melodioj. Sed tiuj aprezoj ŝajnis al mi tromalfruaj pardonpetoj pro aĉa spektaklo. La arion mi sonigis dufoje, kaj la Parodibirdo sukcese ripetis ĝin per la voĉo de la stelulino. Sed ĝi nur ripetis – ĝi ne perfektigis la kantadon, kiel ĝi certe kapablus. Ĝi eĉ ne troigis nek mokis la kantistinon. Infano povus ŝin moki. Eble la Parodibirdo estis tro malfeliĉa por inventi, spriti aŭ ludi, kaj en sia griza kaĝo ĝi havis energion nur por sklave ripeti.

Tamen, liberigi la Parodibirdon mi ne intencis. Evidente la Parodibirdo, en la kampo de muziko, neniam fariĝos stelulo kaj restos nur kuriozaĵo – ne multe pli valora, ol gramofono, laŭ miaj esploroj.

Ĝuste tion mi diris al mia edzino. "Sed hieraŭ vi diris, ke la Parodibirdo povas esti tre utila al birdamantoj, kiel vi. Vi fanfaronis, ke per unu Parodibirdo oni povus anstataŭigi ĉiujn kantobirdetojn, kaj tial vi ŝparus multe da tempo. Ĉu vi ne plu interesiĝas pri tio?"

"Sed same oni povus aĉeti sondiskojn por aŭdi la birdojn. Kial oni ĉeestas koncerton en nia moderna epoko? Ne por refoje aŭdi la sondiskon, sed por aŭdi ion iomete novan. La Parodibirdo havas tiom malican inteligenton, eĉ kreivan spiriton, dum ĝi mokas. Ĝi ridindigis tiujn aĉajn junulojn en la Placo Pavlovski sen modelo. Mi nur volas, ke ĝi faru la samon por mi, sed eble tio estas nerealigebla."

La Parodibirdo daŭre sidis en sia kaĝo. Ĝi eĉ ne levis la kapon aŭdante sian nomon.

"Vi ignoras la talentojn, kiujn ja montras la birdo," diris la edzino. "Vi zorgas nur pri birdsonoj kaj muziko. Ĉu vi forgesis, ke la Parodibirdo povas ŝanĝi sian koloron? Kaj ŝanĝi la korpon? Ne, vi zorgis nur pri viaj planoj, vi birdamanto kun mallarĝa menso. Mi ne surpriziĝos, se vi volos baki la kompatindulon en dolĉan torton post kelkaj tagoj plenaj de aliaj malsukcesoj."

La Parodibirdo nun levis la bekon kaj faris iun patosoplenan brueton. "Ho, kompatindulo!" diris mia edzino. "Mi donos al vi fragon."

"Ne donu al ĝi fragon. Ĝi dikiĝos kaj ne volos labori."

"Samkiel vi", diris la edzino. La Parodibirdo pufiĝis, kaj mia edzino ridis pro la rondaj vangoj. "Ĝuste!" ŝi diris.

Evidente la Parodibirdo ne perdis sian spritecon malgraŭ la malliberigo. Sed tiun spritecon ĝi ne montris al mi. Ĝi volis savi la vivon, do ĝi faris la minimumon por pacigi min. Kaj ĝi ne mokis la arion pro tio, ke ĝi volis moki mian planon. Mi sentis, ke miaj vangoj ekbrulos pro kolero, sed mi provis retrankviliĝi, por ne doni al la Parodibirdo tro facilan celon.

La Parodibirdo neniam estos utila, ĝis ĝi lernos kiel bone konduti en la socio. Unue oni devus fari el ĝi ĝentilan kaj obeeman estaĵon; poste oni povus profiti de ĝiaj konsiderindaj talentoj por imitado. Ĝis tiam ĝi estos malbonkonduta knabo, kaj mi devos trakti ĝin kiel lernejestro, kaj prezenti al ĝi ne birdsonojn aŭ muzikon, sed verajn lecionojn pri bonkonduto.

"Matenon!" mi kriis, enirante la gastoĉambron je sunleviĝo. "Ni havos novan studprogramon, kaj vi faros ĝin perfekte, aŭ ni faros keksojn el via karno kaj supon el viaj ostoj." La Parodibirdo apenaŭ min rigardis, sed prizorgis iun jukon sub flugilo. "Atentu, aŭ vi estos manĝota!" Mi frapis ĝian kaĝon per bastoneto kaj komencis voĉlegi: "Abelujon ne incitu, amason ne spitu."

La Parodibirdo klinis la kapon kaj rigardis min, kvazaŭ konfuzita.

"Ripetu! Ĉu vi komprenas?" mi diris, kaj revoĉlegis la proverbon. La Parodibirdo ripetis. "La venonta!" mi diris. "Afabla vorto pli atingas, ol forto. Ripetu!" Ĝi obeis. "Agrabla estas gasto, se ne longe li restas." La Parodibirdo mallarĝigis la lipojn, kvazaŭ konsternita, kaj mia edzino, kiu tiutempe trapasis en la koridoro, faris la saman vizaĝesprimon.

Dum la tuta mateno ni sekvis tiun studprogramon, sed mi havis la ideon, ke kelkaj el la proverboj estas kontraŭdiraj. Tial dum la tagmeza paŭzo mi vizitis la muzikvendejon por aĉeti novan stokon da sondiskoj. Kelkaj aktoroj de la Urba Teatro registris infanfabelojn – ĉiuj kun klaraj lecionoj pri bonkonduto – kaj vendis ilin al gepatroj, por ke ili eduku siajn infanojn per la malpli streĉa metodo de la moderna epoko. Tiuj diskoj estis perfektaj por mia zorgato. Krome, mia gorĝo ne estis tiel alkutimiĝinta al la devoj de lernejestro, kaj mi lacis. La vendisto denove surpriziĝis pro miaj aĉetoj. "Ĉu via edzino naskis infanon?" li diris.

Mi sonigis la registradon de la fama rakonto *Orfiŝeto Renkontis la Bienistojn*, pri malriĉuloj kiuj ŝvitegas kaj laboregas sed ankoraŭ fajfas belajn kantojn. Tiun vesperon la Parodibirdo montris konsiderindan progreson. Ĝi iomete paŝis en sia kaĝo, skuis la flugilojn, kaj pepis en maĵora gamo.

La profesoroj verŝajne freneziĝus sciante, ke mi instruis al la Parodibirdo tiajn fabelojn. Ili trovus en Jonathan Swift aŭ Raymond Schwartz pli bonan modelon por la Parodibirdo. Mediprotektantoj koleriĝus, ke mi provis ŝanĝi la konduton de ido de l' Naturo. Sed kristanoj feliĉus, ke mi tiel poluris ĝian animon.

En la mateno la Parodibirdo aŭskultis kaj ripetis dufoje la fabelon pri la ĝentila reĝidino. Malkiel ŝi, ŝiaj pli aĝaj fratinoj ne salutis la patrinon, ne dankis la servistinojn por la tagmanĝo, ne staris rekte, ne lavis la manojn, kaj ne klinis sin antaŭ la reĝidoj. Sed unu el la reĝidoj estis la reĝo de la drakoj. Li formetis sian magian mantelon kaj voris la malĝentilajn reĝidinojn. Restis nur la ĝentila reĝidino, kiu edziniĝis al la reĝo de la drakoj kaj regis en gloro dum jarcento.

La Parodibirdo ŝajne aparte frandis la parton, en kiu la reĝo de la drakoj malkaŝis sin kaj voris la knabinojn. Kelkajn vortojn ĝi ne ripetis per la sama takto, kiun uzis la rakontanto, sed pli malrapide, pli peze. Tamen ĝi ne maltrafis la lecionojn de la fabelo. Mi donis al ĝi grandan fragon kiel rekompencon por la laboro, kaj ĝi afable klinis sin – eĉ etendis la flugilojn, kiel knabino etendas la randojn de la jupo kiam ŝi riverencas.

La lastatempaj ŝanĝoj multe impresis min. Mi decidis, ke la Parodibirdo montris sin preta eliri el la gastoĉambro. Ĝi certe ne taŭgus por mia laborĉambro kun la kantobirdetoj, sed meti ĝian kaĝon en la salonon ŝajnis nedanĝera.

"Mi estas feliĉa", diris mia edzino. "Kiam vi tenis la Parodibirdon en la fermita gastoĉambro, mi timis, ke vi ekkoleriĝus kaj denove minacus ĝin per kuirado. Fari supon el ĝiaj ostoj! Terure! Tion vi ne diru eĉ ŝerce."

En la salono, la Parodibirdo montris ĝojon, kiun mi ne vidis de post ĝia kaptiĝo. Ĝi imitis la pezajn, malregulajn ritmojn de miaj piedpaŝoj kaj perfekte distingis inter la "po-pok" de paŝoj sur la ligna planko kaj la "ŝuaŝuo" de paŝoj sur la tapiŝo. Plaĉis al mia edzino traíri la salonon per diversaj paŝmanieroj – kun ŝuoj, sen ŝuoj, rapide, saltante, glitante, piedpinte. La Parodibirdo rekonis ĉiujn nuancojn, kaj mia edzino raviĝis pro la bona amuzaĵo.

Kiam la horloĝo anoncis la horon, la Parodibirdo kunkantis harmonie kaj daŭrigis la melodion dum kelkaj minutoj. La pluvbatado kontraŭ la fenestroj estis fono por spektaklo – la Parodibirdo aldonis tondron, ventegon kaj kriadojn de bestoj en la ŝtormo.

Revenis ankaŭ ĝia kapablo ŝanĝi la formon kaj koloron. Mia edzino metis freŝajn florojn sur tableton, kaj la Parodibirdo mem fariĝis bunta bukedo, kun plumoj rozkoloraj, flavaj kaj purpuraj – ĝiaj kruretoj verdiĝis kiel tigoj. Kiam ĝi laciĝis de la koloroj, ĝi imitis la vazon – ĝi mallarĝigis siajn kapon kaj piedojn sed pufigis la bruston. Mia edzino elprenis pliajn vazojn. Unu estis alta kaj svelta, alia estis ronda kaj dika, tria estis moderna kaj farita el trianguloj. Ankaŭ tiujn la Parodibirdo imitis, kaj ĝi kaj mia edzino multe ridis kune.

Pro tiu amika rilato, la edzino decidis okazigi feston en nia domo, kaj la ĉefa gasto estu la Parodibirdo. Ŝiaj grandiozaj planoj maltrankviligis min. La Parodibirdo ja montris konsiderindan progreson – oni eĉ povus nomi ĝin bonkonduta – sed festo kun deko da ĉeestantoj estus granda tento. En la koncerna tago la edzino milmane purigis, bakis kaj aranĝis, kaj la Parodibirdo reeĥis tinton de la forkoj kaj susuron de la balailo. Ĝi ankaŭ ekfajfis gajajn kantojn, kaj la edzino pli ĝuoplene laboris pro la feliĉa melodio.

La gastoj alvenis akurate, kaj mi kun la edzino montris al ili nian novan akiraĵon. Multaj atentis pri la belaj nigraj plumoj, kiuj tamen havis iom ĉielarkan, oleecan rebrilon. Foje mi komencis klarigi pri la talentoj de nia dorlotbirdo, sed la edzino silentigis min.

Kiel ĉefpladon mia edzino preparis bifstekon, por ne maltrankviligi la Parodibirdon. Dum la vespermanĝo oni konversaciis kviete, kaj la Parodibirdo ne interrompis, nur mallaŭte kantis kelkajn popularajn melodiojn. Sed kiam alvenis deserto – fromaĝa fruktgelateno – la Parodibirdo fariĝis same ruĝa kaj kvadrata kaj vibriĝis iomete. Niaj gastoj ridegis, kaj kvazaŭ oni forprenis vualon, la festeno fariĝis gaja diboĉado. La Parodibirdo maldikiĝis kaj babilis soprane kaj sensence, kiel la fifama filino de nia urbestro. Poste ĝi faris parodion pri la urbestro mem. "Saĝe voĉdonu! Voĉdonu por mi!" ĝi diris, pompe promenante ĉirkaŭ sia kaĝo malgraŭ siaj mallongiĝintaj kruroj kaj plumpiĝinta brusto – nia urbestro ja aspektis iom kiel ovo. Delonge mi ne aŭdis la Parodibirdon tiel spontane imiti homajn voĉojn, kaj niaj gastoj rekompencis la arton de la Parodibirdo per ridegoj.

Sekvis laŭvica mokado de ĉiu gasto. "Nun min! Nun min!" estis la refreno. La gastoj viŝis ĝojlarmojn el siaj okuloj – ankaŭ mi ridis, ĉar la gaja spirito kaptis min. Mia edzino ricevis ĝentilan traktadon. La Parodibirdo kreskigis la okulharojn kaj trianguligis sian korpon por simili jupon, kaj ĝi kantetis kaj ridetis, demandante: "Ĉu vi bonfartas? Mi zorgas, mi zorgas." Ĉarma parodio – el certa vidpunkto eĉ flata. Nia festo daŭris longe post la noktomezo kaj finiĝis nur kiam la fonto de mokindaj personoj elĉerpiĝis. Laŭ mi, la festo estis granda sukceso – ne nur por ni kiel gastigantoj, sed ankaŭ por la Parodibirdo.

Kaj mi konsciis, ke kvankam mi ne kreis muzikan stelulon aŭ altvaloran artiston, mi almenaŭ kreis la perfektan solvon al la problemo de la Parodibirdo. Jam plurajn tagojn la Parodibirdo neniun ĝenis, ŝokis aŭ ridindigis malice. Jes, ju pli mi pensis pri la transformiĝo de la Parodibirdo, des pli kontenta mi estis. Mi devis montri mian sukceson al la urbestro.

La venontan tagon mi iris al la urbodomo por fari la inviton. La urbestro en sia oficejo laboris pri impostproponoj. "Ĉiuj volas purajn stratojn, sed neniu volas pagi. Kutimaj aferoj", li diris. "Ordinara homo estas nefeliĉigebla." Sed li mem feliĉiĝis, kiam mi klarigis pri la nova konduto de la Parodibirdo. Prefere oni ne maltrankviligu la Parodibirdon per vojaĝo al la urbodomo; la urbestro kun profesoroj, mediprotektantoj kaj kristanoj venu al mia domo, por vidi la progreson.

La urbestro konsentis veni kun la aliaj. "Konfesinde, mi feliĉas, ke vi sukcesis bridi ĝin. La Parodibirdo malpurigas la stratojn eĉ kiam ni sukcesas pagigi la urbanojn."

Alvenis reprezentantoj de la potencaj klasoj – ili ĉiuj intertempe ne forlasis siajn sintenojn, kaj kelkaj vere koleriĝis, kiam mi klarigis pri miaj lastatempaj edukaj sukcesoj.

"Ĉu vi ne ruinigis ĝian literaturan valoron per viaj naivaj lecionoj? Parodioj havas grandan socian valoron", diris la profesoroj.

"Ĉu vi ne premis vian volon sur idon de l' Naturo, kiu havas la rajton vivi en sia natura stato?" akuzis la mediprotektantoj.

"Kaj ĉu vi ne hontas, ke vi kontraŭis la planon, kiun Dio havas por ĉiu vivanta estaĵo? Ĝi ne povas esti alia, ol ĝin kreis la Eternulo." diris la kristanoj.

La urbestro memorigis pri la horo kaj diris, ke prefere ili mem vidu la rezultojn antaŭ ol debati kaj akuzi.

"Sinjoro urbestro", mi diris survoje. "Hieraŭ vespere la Parodibirdo faris tiel bonan imitadon de vi. Kaj ankaŭ de via filino! Vi certe ridus, se vi vidus. Eble la Parodibirdo farus denove ..." La urbestro palpebrumis, kion mi komprenis kiel signon, ke ne estis aparte plaĉa la mencio de lia filino. Mi silente esperis, ke la Parodibirdo sentos la streĉon kaj sin detenos de tro trafaj imitadoj.

Mi invitis ĉiujn en la domon kaj arigis ilin antaŭ la kovrita kaĝo. Per granda gesto mi forprenis la silkan kovrilon – neniu birdo! Nenio ajn! Malplena kaĝo! La Parodibirdo povas ŝanĝi formon kaj koloron, sed ĝi ne povas malaperi.

"Edzino!" mi kriis.

Ŝi aperis el la kuirejo kaj tremetis, kvazaŭ ŝokita.

"Kio estas, edzino?" mi demandis. Ŝi grincigis la dentojn kaj ŝovis akuzan fingron en mian mentonon. Ne pro ŝoko ŝi tremetis, sed pro kolero.

"Vi, vi – vi monstro! Vi sovaĝulo! Kion vi celis? Vi volis la kompatindulon mortigi, manĝi! Mi aŭdis, kiel vi minacis la birdeton. Baki en torton, fari supon el la ostoj! Mi sciis, ke iam vi freneziĝos kaj eksopiros al birda karno!"

"Pri kio vi parolas, sinjorino?" demandis la urbestro.

La edzino daŭrigis, citante min. "'Edzino, preparu la fornon!' vi diris. 'Edzino, boligu terpomojn kaj faru fragosaŭcon!' vi diris. 'Edzino, ni manĝos la Parodibirdon!' Tion vi diris al mi antaŭ dek minutoj. Tagojn vi edukis kaj dorlotis la Parodibirdon – ĉu nur por moligi ĝian karnon? Aŭ ĉu vi volis pruvi vian superecon, servante al tiuj birdprotektantoj ĉefpladon el Parodibirdo?"

La profesoroj, mediprotektantoj kaj kristanoj estis hororigitaj, kaj eĉ la urbestro rigardis min per malamikaj okuloj.

"Tiajn aferojn mi neniam diris, edzino. Vidu, mi venigis la urbestron kaj tiujn ĉi altrangajn sinjorojn al nia domo."

"Por bankedo, kun Parodibirdo kiel ĉefplado?"

"Ne, tute ne por bankedo!" Unu el la mediprotektanoj paliĝis, naŭzite. "Por vidi la Parodibirdon, feliĉan kaj vivantan!"

"Sed mi aŭdis vin", diris la edzino. "Mi venis el la kuirejo por protesti, sed vin mi ne trovis. Verŝajne vi iris por lavi la manojn aŭ akrigi la hakilon, mi ne sciis. La Parodibirdo tiel malgaje sidis en sia kaĝo – ankaŭ ĝi aŭdis vin! Kaj mi decidis fari ion kuraĝan. Mi malfermis la kaĝon, malfermis la fenestron, kaj la Parodibirdo forflugis! For de viaj nenaturaj apetitoj!"

"Sed edzino", mi diris, "ĉu ne estas klare, ke la Parodibirdo trompis vin? Ĝi imitis mian voĉon kaj uzis ĝin por diri tiajn kruelaĵojn."

"Klera plano", diris la profesoroj.

"Bona instinkto", diris la mediprotektantoj.

"Feliĉa beno", diris la kristanoj.

"Ne gravas, ĉu mi estis trompita aŭ ne. Ĝi meritis sian liberecon", diris la edzino.

Mi ne sciis, ĉu la Parodibirdo planis tiel eskapi ekde kiam mi unue metis ĝin en la kaĝon, aŭ ĉu ĝi nur profitis de subita ideo por trompi mian edzinon kaj regajni la liberecon. Ĉu ĝi havis momenton de transformiĝo, en kiu ĝi estis fakte pli bona kaj amika estaĵo, aŭ ĉu ĉio estis nur mokado de mia sincera volo plibonigi ĉies vivon? Efektive, mi, pli ol la edzino, estis trompita, sed …

Klak-klak-klak! – estis la sono ĉe la fenestro. Sur la ekstera fenestrobreto staris la Parodibirdo. Ĝi iomete ŝanceliĝis, tiom granda estis ĝia ĝojo. Popularan melodion ĝi ekfajfis, kaj tiam ĝi tusis, ridetis, kaj eligis longan, laŭtan, furzan sonon.

"Ho jes, tre bone, tre bone", mi murmuris. La profesoroj, mediprotektantoj kaj kristanoj premis reciproke la manojn por gratuli, ke la Parodibirdo restis post la kaptiĝo pli-malpli sama. Ili foriris per la malantaŭa pordo, por ne ĝeni la Parodibirdon ĝuantan paroksismojn de ridego. La urbestro restis por dividi kun mi botelon da brando.

Kune diskutante kaj ebriiĝinte, ni konstatis, ke la Parodibirdo ne bezonis komplikan ruzon por eskapi. Ĝi montris, ke ĝi povas fariĝi tre longa kaj maldika, kaj ĝi certe povus eliri tra la bariloj de la kaĝo. Sed ni ne povis kompreni do, kial la Parodibirdo restis dum pluraj tagoj, trasuferante miajn lecionojn kaj vespermanĝan feston. Ĉu pro konfuzo aŭ malsano? Aŭ ĉu ĝi vidis eblon por granda humiligo? Sovaĝa besto estas nebridebla. Parodibirdo estas nekuracebla.

Labirintoj

La Dommastro ordonis, ke mi faru labirinton en la ĝardeno. "Vizitantoj ne aprezas la ĝardenon", diris la Dommastro, "sed preterkuras ĝin survoje al bankedo aŭ lageto aŭ ombroj de la foraj montoj. Pro tio sencele perdiĝas ŝvito kaj peno. La labirinto malhastigu niajn gastojn", diris la Dommastro.

Mi volis komplezi al la Dommastro, sed tiaj aferoj estis fremdaj al mi. Dum jaroj mi prizorgis florbedojn, kiuj estis plantitaj de miaj prauloj, kaj flegis arbegojn, kies radikoj etendiĝis al la juneco de la Dommastro – eble eĉ pli longe, sed tion mi apenaŭ povis imagi. Nur kelkfoje mi komencis novan projekton en la ĝardeno. Por rara lilio, kiun la Dommastro alportis el la sudaj insuloj, mi kreis panoramon, kaj por la tombo de la Dommastrino mi aranĝis kronon el rozoj.

"Neniu paŭzas por admiri la liliojn de la sudaj insuloj", diris la Dommastro. "Neniu paŭzas por saluti mian edzinon."

"Ĉu mi kreu la labirinton ĉirkaŭ la lilioj aŭ ĉirkaŭ la tomboj?" mi demandis. La menciitaj vidindaĵoj troviĝis je kontraŭaj flankoj en la ĝardeno.

"Nek tiun, nek la alian", diris la Dommastro. "Platigu tiun gazonon, mortigu ĉion, kio troviĝas tie, kaj tie komencu vian laboron. Tiel mi ordonas!"

"Tial, sinjoro, mi kreos labirinton el arbustoj kaj arboj, en kiu oni povas meditante perdiĝi dum belaj tagoj."

"Kiel vi diris, tiel vi faru", diris la Dommastro kaj lasis min al la laboro.

Unue mi disŝutis venenon tra la gazono por mortigi ĉion, kiel ordonis la Dommastro. En la koto kaj sablo mi desegnis kurbajn liniojn laŭ plano, kiun mi trovis en libro de la 19a jarcento. Mi kreis unusolan serpentuman padon, kiu vagadis al la mezo kaj poste eliris. La simpleco de la serpentuma vojo plaĉis al mi, ĉar homoj povas trankvile vagadi sen frustriĝi. En la mezo mi aranĝis fontanon, benkojn kaj purpurajn florojn. Kiam la arboj kaj arbustoj plenis je folioj, mi anoncis mian sukceson al la Dommastro.

Okazis bankedo por festi la labirinton, kaj multaj ravaj junulinoj venis por meditante perdiĝi. La Dommastro sidis apud la fontano dum pluraj horoj kaj parolis kun la preterpasantoj, kiuj lin atingis, kaj muzikistoj ludis ĉirkaŭe. Kiam la festo finiĝis, la gastoj kaj la muzikistoj foriris, kaj mi revenis por akvumi la murojn. La Dommastro havis zorgoplenan mienon.

"Ĝardenisto, vi faris kompetente. Sed miaj vizitantoj ne multe pli longe restis, kaj mi dubas, ĉu ili revenos en la mateno. Via labirinto estas tro facila. Ŝajnas, ke ni devas sekvi alian padon."

Mi sentis korŝiron. Mia kreaĵo malplaĉis al la Dommastro. Tro haste mi konstruis la aferon, ĉar mi sekvis planon, konfesinde tre simplan. Mi montriĝis pigra, elektante tiun tro facilan laboron. Nun la pezo de mia malsukceso premis miajn ŝultrojn. Jes, devas esti alia pado – pluraj padoj, multege da vojoj.

"Tial, sinjoro", mi diris al la Dommastro, "mi kreos tre malfacilan labirinton – labirinton de serpentumaj vojoj, ĉiuj tutsimilaj. Anstataŭ unusolan padon al la mezo, mi kreos centojn, kiuj kondukos unu al la aliaj kiel nodo. Mi fosos subterajn vojojn kaj konstruos pontojn, por ke la padoj ne estu limigitaj je la tero. La kapoj de la vizitantoj plene turniĝu. La labirinto estos defio por eĉ la plej kleraj intelektuloj. Kaj se iu trovos la mezon – tiu devos eliri per eĉ pli malfacila vojo."

"Kiel vi diris, tiel vi faru", diris la Dommastro kaj lasis min al la laboro.

Ĉi-foje mi studis plurajn tekstojn, kiujn mi trovis en la libraro de la Dommastro. Mi faris modelojn el ligno kaj ŝnuro kaj studis ilin de ĉiu angulo. Mi elektis arbustojn laŭ denseco kaj simileco, forĵetante tiujn, kiuj montris flavan folion aŭ unikan kurbiĝon de la trunko. Mi forigis ĉiujn florojn kaj ĉiujn ŝtonojn, kies ŝajna ĥaoso tamen povus signi aŭ memorigi la vojon. En la mezon mi metis nur etan oraĵon. Mankis benkoj, ĉar mi ne volis, ke vizitantoj refreŝiĝu antaŭ ol komenci la eskapon. Kiam la labirinto estis plenkreska kaj inter ĝiajn murojn envenis preskaŭ nenia lumo, mi anoncis mian sukceson al la Dommastro.

La Dommastro disdonis biletojn al la labirinto tra ĉiuj dancejoj kaj drinkejoj en la apudaj vilaĝoj, kaj pendigis afiŝojn tra la ĉirkaŭaj regionoj por reklami la novan defion. La malferman tagon li anoncis per piroteknikaĵoj kaj korusoj.

Gastoj venis amase kaj eniris la labirinton. Mi gvatis ilin, por pli bone aprezi mian sukceson. Miaj gvatitoj estis patrino kaj filino, ruĝharaj kaj maldikaj. La filino havis flavan rubandon en la hararo kaj trenis sian patrinon je la mano. Ili kuretis kaj ridis dum supre eksplodis la piroteknikaĵoj. Pasis minutoj plenaj je entuziasmo, sed poste estis muroj, anguloj, kaj kapturniĝo. La patrino kun filino plu kuris sed ne plu ridis, kaj post ĉiu nova aleofino kaj rondiro al nenio la filino pli forte premis sin al la flanko de la patrino. Io susuris apude – povas esti alia gasto, aŭ eble besteto kiu venis de alia parto de la ĝardeno. La filino kriis, kaj la patrino ekkaptis ŝin en la brakojn kaj kuregis. Mi ne povis sekvi ilin. Preterpasis min aliaj gastoj, kiuj same timoplene kaj senzorge kuradis ĉien. Sovaĝe, kiel bestoj.

Kiam la mateno venis, neniu troviĝis en la labirinto. La Dommastro trovis min ĉe la elirejo de la labirinto.

"Ĝardenisto, vi faris kompetente. Sed miaj vizitantoj trakuradis la labirinton kaj ne paŭzis por aprezi mian ĝardenon. Oni ekscitiĝis pro la problemo kaj ne bremsis sin. Ili povus esti en kaverno, aŭ kurantaj inter ŝtonaj aŭ metalaj muroj. Mankas unikaĵoj en via labirinto, kaj tial ĝi fariĝis fonto de paniko kaj timo. Kie la raraj lilioj de la sudaj insuloj? Kie la tombo de mia edzino?"

Mi sentis indignon. Mi intence forigis ĉiujn unikaĵojn por krei serpentumajn padojn, ĉiujn tutsimilajn. Ĉiujn florojn kaj ŝtonojn mi forĵetis por krei labirinton malfacilan, por ke neniu tro haste traglutu ĝin. Multege mi laboris, sed mi ne gajnis la aprobon de la Dommastro pri miaj laboroj. Mi ekhavis la senton, ke la afero de la labirinto estas truko – la Dommastro jam scias la solvon, sed kaŝas ĝin de mi. Li starigas por mi obstaklojn – kial? Ĉu por vidi, kiel lerte mi ilin superas?

"Tial, sinjoro", mi diris al la Dommastro, "mi kreos labirinton plenan je unikaĵoj. Mi plenigos ĝin per obstakloj, kiuj malrapidigos la vojon. Malantaŭ ĉiu angulo troviĝos rivereto sen ponto aŭ fendo en la tero, kiun oni devos transsalti. Serpentoj kaj insektoj kurados sub la piedoj de la gastoj, kaj odoraĉoj atakos ilin senĉese. Mi kreos mallumajn tunelojn kaj krutajn ŝtuparojn, kiujn oni devos trapasi. Mallonge, ĝi estos defio tiom granda, ke gasto povos ĝin trasuferi nur post longa penado. Tial vi retenos viajn karajn gastojn."

"Kiel vi diris, tiel vi faru", diris la Dommastro kaj lasis min al la laboro.

Mi aranĝis liveradon de diversaj venenaj plantoj. El la tropikoj mi mendis grandegan floron, kiu odoris kiel putranta karno. La murojn de la labirinto mi kovris per dornoj, kaj sur la teron mi ŝutis akrajn ŝtonetojn. Per ĉiuj rimedoj mi faris malplaĉan, malamatan, naŭzan lokon, en kiu la tempo ne rapide forglitas.

La Dommastro malfermis siajn pordojn al vizitantoj. Alvenis malmultaj, kiuj volis provi la labirinton. Jam fifame diskuris en la regiono. Tiuj, kiuj venis, eniris nur je kelkaj metroj, ĝis la unua kotoplena kaj dornoŝirmita fendego, kaj retroiris, elirante tra la enirejo. Infanoj ploris, kaj olduloj rigardis la Dommastron kun malestimo. Post kiam ĉiuj estis for, la Dommastro sidigis min apud sin.

"Ĝardenisto, vi faris kompetente. Sed via labirinto forpelas homojn, ne allogas kaj malhastigas ilin. Eĉ se la labirinto sukcese kaptus vizitantojn, ĝi estus al mi malplaĉa. Mia ĝardeno ne estu hejmo de sufero kaj doloro."

Mi sentis koleron. Denove alia truko! Li sciis, ke la labirinto fiaskos. Sed li permesis al mi malŝpari tempon kaj forton; li ŝajnigis min malkompetenta. Li ne helpis en la laboro kaj ne donis konsilojn, krom svagaj kritikoj de miaj antaŭaj provoj. La Dommastro metas min en propran labirinton, el kiu ne eblas sukcese eliri. Mi vagadas blinde, katenita de la muroj, kiujn li starigis.

"Sinjoro, ĉu vi bonvolus klarigi konkrete kion vi volas kaj kiel mi povos tion realigi?"

"Vi parolas, ĝardenisto, kvazaŭ mi estas cerbo kaj vi estas mano. Sed vi ne pravas, ĝardenisto. Mi dungas vin pro via cerbo kaj pro via mano."

Sed tio ne estas justa. Se gastoj ne venas kaj ne restas por ĝui la ĝardenon, nur la Dommastro estu kulpa. Mi devis fari ion, kio montros lian mallertecon kaj igos lin ridinda – samkiel li montris min ridinda per siaj obstino kaj ŝanĝemo. Jen mi ekhavis ideon.

"Tial, sinjoro", mi diris al la Dommastro, "mi kreos labirinton, kiun neniu povas solvi. Tio nepre allogos amason da vizitantoj, kiuj volos mem provi. Klarigi pli nur malkaŝos miajn sekretojn antaŭtempe. Sed reklamu ĝin amase, ĉar ĝi estos mirindaĵo."

"Kiel vi diris, tiel vi faru", diris la Dommastro kaj lasis min al la laboro.

Mi forbruligis la labirintaĉon kaj platigis ĝian antaŭan lokon. En la mezo de tiu malplena kampo mi metis stangon, kiu signifas la celon. Ĉirkaŭe mi kreskigis rondan plantomuron, tiel altan, kiel tri plenkreskuloj. La plantoj kreskis dike kaj dense por krei solidan barilon kontraŭ ĉiu enpenetro. En tiu ĉi muro mankis enirejo kaj elirejo. Ne necesis fari komplikajn padojn aŭ dornokovritajn defiojn ene. La labirinto estis neirebla, kaj tial nesolvebla!

Sciante nenion pri mia ruzo, la Dommastro luis vagonojn, kiuj diskuradis en la regiono por disdoni flugfoliojn. Li pendigis afiŝojn en ĉiu lernejo. Ĵonglistoj rondkuris por laŭdi la novan labirinton, kaj belaj junaj kantistinoj prikantis la labirinton je ĉiu stratangulo.

La anoncita tago venis, kaj grandega homtumulto amasiĝis por vidi la labirinton, kiu kuŝis sub granda vualo. Orkestro ludis, kaj du psiloj distris infanojn. Oni manĝis dolĉaĵojn kaj grasaĵojn. Finfine, la Dommastro petis min leviĝi. Tion mi ne antaŭvidis. Mi estas ĝardenisto, ne impresario, kaj mia malforta voĉo ŝanceliĝis.

"Sinjoroj kaj sinjorinoj," mi diris, "mi kreis tiun ĉi labirinton. Ĝi estas nesolvebla. Eĉ la plej kleraj homoj en la mondo ne povos solvi ĝin. Eĉ la plej famaj kaj potencaj homoj, niaj Grandaj Aleksandroj, ne povos solvi ĝin. Mi esperas, ke vi restos longe por provi fari tion."

Mi svingis la manon, kaj servistoj fortiris la grandan vualon. Homoj kuris laŭ la rando, iuj dekstre kaj aliaj male, serĉante la enirejon. Ili tiom surpriziĝis, kiam ili renkontiĝis je la alia flanko! Koleraj vortoj direktiĝis kontraŭ la Dommastro. Kelkaj seriozmienaj uloj, kiuj portis paperon, krajonojn, kompasojn kaj ŝnurvolvaĵojn, ĉirkaŭis la Dommastron kaj faradis malĝentilajn akuzojn. Aliaj kraĉis kaj sakris.

Mia plano ridindigi la Dommastron estis sukcesa sed sensuka. La Dommastro eltenis la vortojn de la kriantoj kaj respondis nur per manpremoj kaj kapskuoj. Li ne kliniĝis nek ruĝiĝis – li ne devis, ĉar li ne kulpis pri la fiasko. Tiun respondecon mi portu, sed li ne flankeniris por lasi la amasojn trovi min.

Subite ekkriis virino: "Kie estas mia etulo? Kie estas mia infano?"

"Jen!" diris iu, kaj montris al la muro de la labirinto. La infano iel trapuŝis la densajn branĉojn kaj trairis la muron. La patrino provis sekvi, sed la truo estis tro malgranda. Aliaj ĉeestantoj komencis palpi ĉe la muro, sed ili sukcesis eltiri nur lignerojn kaj foliojn.

La Dommastro aperis kun tondilego kaj tranĉis la branĉojn. Rapide aperis fendo, kaj la patrino trasaltis ĝin por rekapti la filon.

Tiu ĉi okazaĵo mildigis la atmosferon ĉirkaŭ la labirinto, kaj la koleraj amasoj fariĝis senvivaj. Ili foriris unuope, laŭ diversaj padoj, piedpremante la gazonon kaj florbedojn. Post kiam ĉiuj estis for, la Dommastro alparolis min.

"Ĝardenisto, vi faris kompetente", nur tion diris la Dommastro.

"Sinjoro", mi diris al la Dommastro, "kial vi ne diras al mi la solvon por la defio? Bonvolu desegni la planon, kiun vi havas en via menso, kaj mi kreos la labirinton precize laŭ via ordono."

"Ĝardenisto, mi mem ne konas la solvon. Se mi konus planon por perfekta labirinto, mi verkus dikan libron kun ĉiuj paŝoj, kiujn mi volas, ke vi sekvu. Sed ne ĉio povas esti planita antaŭtempe. Enirinte labirinton, ĉu oni havas planon? Ĉu oni tuj scias, kien iri, kiujn padojn sekvi? Tute ne! Oni devas erari, venante al seneliraj ekstremoj kaj returnante al la ĝusta vojo."

"Do, vi permesas al mi erari? Por ke mi lernu?"

"Permesi al vi erari signifus, ke mi povas antaŭvidi eraron. Sed mi ne povas", diris la Dommastro. "Se mi antaŭvidus la malsukcesojn, mi avertus vin kaj provus instrui al vi, kiel ilin eviti. Ĉar viaj malsukcesoj estas ankaŭ miaj. Ni kuniras, ĝardenisto – vi kaj mi sekvas padojn kune, kaj fojfoje montriĝas, ke ni elektis la malĝustan padon en nia labirinto de labirintoj."

Mi sentis … malpeziĝon. Mi atendis, ke li kriados kontraŭ mi, eble vokos la policon por forporti min kiel trompiston kaj friponon. Almenaŭ li maldungos min, kaj mi devos forlasi la ĝardenon. La labirinto restus ĉiam la sama, neniam ŝanĝiĝante, ĉar nenies manoj provus novajn ideojn por reteni vizitantojn. Rapide la labirinto refariĝus sovaĝa, soleca tero.

Post ĉiuj miaj trukoj, planoj kaj provoj nur mi kaj la Dommastro daŭre revenadis al la labirintoj, tagon post tago, por konstante renovigi ilin. La labirintoj sukcesis reteni nin sed ne amason da vizitantoj. Kaj tiu sukceso ŝuldiĝas ne al la meritoj de la labirintoj, sed al la ŝanĝoj. Vizitantoj reaperas pro la ŝanĝoj – por ĉiu nova labirinto.

Jen, mi trovis la solvon – kiel krei labirinton, kiun neniu povas solvi.

"Tial, sinjoro, mi kreos novan labirinton. Kaj ĝin mi transformos la postan tagon, kaj la postan. Pontoj aldoniĝos kaj malaperos. Muroj staros kie iam estis gazono, kaj herbaĵoj kreskos senlime kie iam estis nur dornoj. Kaj de tempo al tempo mi bruligos la tuton por rekomenci de la tero! Fojfoje la labirinto estos plezura sperto, kun arboj kontraŭ suno kaj pavilonoj kontraŭ pluvo. Eble oni trovos rarajn liliojn de suda insulo. Sed fojfoje la labirinto estos streĉa, plena je obstakloj kaj malhelpoj, kiuj tamen pelos niajn vizitantojn konkeri ilin, finfine sin trovante apud la tombo de via edzino, kun ŝia krono de rozoj. Ĉu la vizitantoj ploros aŭ ridos – ne eblas scii. Sed ĉiukaze ili revenos por sperti la novajn ŝanĝojn. Kaj se mi prilaboros la labirinton de labirintoj dum la cetero de mia vivo, mi ne laciĝos."

"Kiel vi diris, tiel vi faru, ĝardenisto", diris la Dommastro. "Jen la ĝardeno, kiun ni kultivos kune."

Fiŝhepatoleo

Kiam dum libera momento Henriko pensis pri ĉio, kion donis al li la afabla Dio, li estis plej feliĉa pro sia pajloĉapelo. Li feliĉis ankaŭ pro siaj filinoj, bieno, bovoj kaj edzino, sed nur la pajloĉapelo neniam malobeis, senĉese laboris kaj ĉiam restis kvieta. Tamen estus malsaĝe fanfaroni pri la pajloĉapelo aŭ laŭdadi ĝin dum festa vespero en la taverno. Ĉiu bienisto havas pajloĉapelon – tamen aĉetitan, ne manfaritan! Neniu komprenus la strangan feliĉon de Henriko pri la obeemo kaj laboremo de ĉapelo. Rezulte Henriko malofte menciis la plej karan havaĵon, sed babilis pri aliaj fanfaronaĵoj – ĉefe, la relativaj dikecoj de la filinoj, la edzino kaj bovinoj.

Iun fojon Henriko, revenante de tagmeza diservo kun sia familio kaj ŝvitante sub senkompata suno, renkontis ĉaron tiratan de kvar blankaj ĉevaloj. La ĉevaloj kaj veturisto portis orajn ĉenojn; la viro en la ĉaro surhavis dikan surtuton el luksa ruĝa ŝtofo. Ankaŭ liaj vangoj estis ruĝaj pro la varmega vetero, kaj li ŝvitis kiel sklavo. Henriko havis la impreson, ke la viro bakiĝas en la propra haŭto, kaj la aromo ne estis alloga.

"Ho, humilaj gesinjoroj!" diris la viro. Lia ĉaro haltis apud tiu de Henriko kaj lia familio. "Gesinjoroj, vi havas ĉi tie mortigan veteron! Vi eltenas nur per via pajloĉapelo, ŝajne. Ĉu vi ne donos la vian al mi? La ombro estos plaĉa por mi dum mia longa vojaĝo."

"Estas neeble, sinjoro", diris Henriko kaj pluiris. Al la viro, ĉaro, kaj ĉevaloj li ne donis plian rigardon.

Post kiam la familio atingis kurbiĝon de la vojo, lia edzino Anita riproĉis Henrikon. "Ĉu vi ne memoras? Kiu montras bonkoran amikecon, tiu ricevas riĉan rekompencon! Tiu sinjoro povus esti feo, aŭ anĝelo…"

"Mi dubas", diris Henriko.

"Almenaŭ li havis bonajn vestaĵojn, kaj liaj ĉevaloj kaj servisto portis orajn ĉenojn. Se li donus al vi oran ĉenon kontraŭ via stulta ĉapelaĉo, ni povus manĝi bifstekon."

"Kara Anita, ni bredas bovojn. Ni laŭplaĉe manĝas bifstekon."

"Kara Henriko, tio estas nur diraĵo. Manĝi bifstekon, trinki vinon, kudri per ora fadeno..."

"Pli plaĉas al mi la ĉapelo, ol vino", diris Henriko.

La sekva jaro por Henriko estis malfekunda. La tritiko malabundis en la kampoj, kaj la bovoj maldikiĝis. Ĉe la tablo malofte aperis bifsteko – certe malpli ofte, ol preferus Henriko. Eĉ pli terure, la plej juna filino gravediĝis pro unu el la dungitaj sentaŭguloj, kaj Henriko estis devigita aranĝi nupton kaj pagi doton. La suma fakturo estis duoblo de la jara salajro de la sentaŭgulo.

"Vi vidos, kiel mi pravis pri la anĝelo!" diris Anita al Henriko. "Se vi donus al tiu vian pajloĉapelon, li sendube donus al vi nekalkuleblajn riĉaĵojn en tiu ĉi vivo kaj en la sekva. Sed nun Dio punas vin pro via avaremo." Henriko ekpensis, ke eble ŝi pravas.

Kun tiaj grizaj pensoj Henriko ekiris al la proksima vilaĝo kun magra vagono da tritiko. Kiel pagon li ricevis tre malmulte, ĉar en aliaj kampoj la tritiko bonege kreskis. Kiam Henriko paŭzis en la taverno por sensoifiĝi, oni eĉ laŭdis la neordinare bonan rikolton kaj samtempe plendis pri la malaltaj vendoprezoj, kiujn kaŭzis la fekunda jaro. Kompatinda Henriko! Nur manpleno da kupraj moneroj sonoris en lia poŝo dum li iris hejmen.

Kaj survoje li vidis vagonon tiratan de du grizaj ĉevaloj. Stiris ĝin dika kaj ŝvitanta viro, kaj eĉ de malproksime Henriko aŭdis liajn sakraĵojn pro ĉiu malglataĵo en la vojo. Sur flanko de la vagono estis pentritaj literoj "Ŝiŝnarfne-Varoj!" Se eblas kompreni ion ajn de tiuj vortoj, oni povas kompreni nur, ke la vagono estas migranta vendejo, kaj la gvidanto estas plej verŝajne vendisto.

"Hej, ĉevaloj! Haltu!" diris la vendisto kiam li renkontis Henrikon. "Sinjoro, estas evidente, ke vi havas unuarangan pajloĉapelon. Eĉ de mia alta sidejo, sur la vagono de la plej bonprezaj kaj utilaj varoj en la tuta mondo, mi vidas, ke via pajloĉapelo estas obeema, laborema kaj kvieta ĉapelo, manfarita kaj amata. Ĉu vi permesus, ke mi vidu ĝin?"

Momente Henriko hezitis, sed li memoris la jaron de malbenoj, kiujn li suferis pro sia antaŭa rifuzo. Denove rifuzi invitus sorton eĉ pli malbonan. Do, li konsentis doni la ĉapelon.

"Jes, unuaranga ĉapelo", diris la vendisto. "Utila por multaj celoj. Oni povas pasigi du horojn rakontante pri la uzoj de la pajloĉapelo, kaj ĝia lerta konstruado kaj alta kvalito duobligas ĝian valoron."

Henriko feliĉis en sia koro aŭdi tiujn vortojn, kaj la vendisto daŭrigis, "Tian ĉapelon mi treege volus havi, ne nur pro la suno. Dankon, ke vi permesis, ke mi vidu ĝin". La vendisto redonis al Henriko la ĉapelon. "Hura, ĉevaletoj! Antaŭen!"

Sed Henriko kaptis la bridon de unu el la ĉevaloj. "Nu, sinjoro, se la pajloĉapelo estas utila al vi, mi volonte donos ĝin."

La vendisto ridis. "Ĉu vere volonte, sinjoro? Vi scias, ke la rakontoj pri malavaremo estas troigitaj. Nur tre malofte oni trovas, ke senhejmulo estas anĝelo, aŭ ke kotokovrita krimulo fakte estas kaŝita reĝo."

"Ne pro esperoj pri rekompenco mi ofertas la ĉapelon", diris Henriko. "En la lasta jaro mi suferis vivon plenan de teruraĵoj dum ĉie ĉirkaŭ mi estis prospero. Mi ne volas, ke iu kulpigu mian avaremon, se miaj suferoj daŭros plian jaron. Tial mi proponas al vi la pajloĉapelon, se ĝi utilos al vi kaj se ĝi donos ombron al via frunto dum via vojaĝo."

La vendisto akceptis la ĉapelon kaj tuj surmetis ĝin sur la kapon. "Mi dankas plenkore, kara kampara amiko kun malmultaj groŝoj en la poŝoj. Vi ne atendas rekompencon, sed ni trompos la esperojn de iu – eble via edzino? – se vi revenos hejmen sen ĉapelo kaj sen ajna repago, krom balzamo por via konscienco. Bonvolu atendi momenton kaj zorgi pri la ĉevaloj, dum mi esploros en la vagono."

Henriko staris maltrankvile antaŭ la ĉevaloj, kiuj bezonis neniun prizorgadon. Baldaŭ la vendisto reaperis.

"Unue mi pensis pri skatolo da Faraona Faruno, sed tiam mi rememoris, ke oni kreskigas la tritikon por tiu marko ĝuste ĉi tie. Eble vi havas malmulton en via vivo, sed almenaŭ vi havas la plej freŝan farunon, kvankam ne en tiel bela skatolo. Due mi pensis pri sonoriloj, kiujn vi povas pendigi sur la kolojn de viaj bovoj, kaj tiel vi facile trovos ilin, se ili malaperos. Tamen tiu donaco povas esti doloriga, se vi jam devis vendi aŭ manĝi viajn bovojn. Kaj trie mi pensis pri tiu ĉi belega akvokruĉo. Oni faris ekspozicion pri tiaj kruĉoj, ĉu vi ne scias? Sed tiuj artaĵoj verŝajne ne havas utilon por vi. Do, fine mi elektis por vi – pardonon, por via edzino – rekompencon, kiun ŝi nepre taksos bonega gajno por vi kaj via tuta familio." La vendisto donis al Henriko verdan botelon. "Malfermu, flaru!"

Henriko flaris. Frapis liajn nazotruojn terura odoro de fiŝo.

"Fiŝhepatoleo", diris la vendisto. "Ĝi estas tre nekutima varo. Nur malofte mi povas akiri ĝin, kaj eĉ pli malofte mi vendas botelon en la urba vendejo, kiu ofertas la plej karajn trezorojn de miaj esploroj. Por vaganta kuriozisto kiel mi, havi vendejon en la urbo estas nepre. Vi komprenas, ke en la povra kamparo oni interesiĝas nur pri vivnecesaĵoj, sed en la urbo oni trovas aĉetanton por io ajn."

"Ĉu vi opinias, ke mi povas vendi la fiŝhepatoleon ĉi tie?" demandis Henriko.

"Tio estas malfacila", diris la vendisto. "Se mi povus vendi la fiŝhepatoleon, mi aĉetus la propran pajloĉapelon, per moneroj, kiel ordinarulo. Sed kial vi malfeliĉas? Fiŝhepatoleo kiel tiu ĉi estas raraĵo, preskaŭ magia afero. Se vi kaptus acipenseron kaj premus ĝian hepaton, vi ricevus similan fluidaĵon, sed ĝi ne havus la interesajn povojn, kiujn havas tiu ĉi fiŝhepatoleo."

"Ĉu vi povas klarigi?" diris Henriko. "Se ne ĝenas vin."

"Oni diras, ke klarigoj post la aĉeto estas senutilaj", diris la vendisto. "Pli utile estas trovi novan klienton. Sed tamen mi klarigos. Ĉu vi iam aŭdis pri la insula fiŝo? Fiŝego, vere, kiu dum jarcentoj dormas sur la marsurfaco kaj similas al insulo. Eble ĝi estas baleno aŭ kelonio – ambaŭ ŝajnas al mi pli versimilaj ol fiŝo – sed la araboj nomas ĝin 'insula fiŝo' en siaj rakontoj. Ĉiukaze, tre malofte la insula fiŝo vekiĝas kaj serĉas pariĝon. Vi mem facile imagas, ke pariĝo por tiaj estaĵoj estas malfacila. Ne nur pro tio insulaj fiŝoj estas solecaj kaj ege raraj. Se okazas pariĝo, post kvindek jaroj naskiĝas insulfiŝido. La infano estas tiel granda, kiel ŝipo, sed malforta kaj sendefenda, kaj lertaj ĉasistoj povas kapti ĝin per retoj kaj mortigi per harpunoj. Do el la hepatoj de tiuj mortigitaj fiŝidoj oni faras tiun ĉi fiŝhepatoleon. Mi supozas, ke oni povas fari la oleon ankaŭ el la hepato de plenkreska insula fiŝo, sed tio similus minlaboron en tre malstabila minejo – tranĉante la haŭton por elpreni la hepaton, la ĉasanto riskas, ke la insula fiŝo subakviĝos! Verŝajne tamen pli interesas vin la uzo de tiu oleo, ĉu ne? Mi tuj klarigos. Uzu guteton – necesas nur unu guteton! – kaj vi povos paŝi sur akvo. Jen ĉio."

"Ĉu vere?" diris Henriko.

"Mi ĵuras je Dio kaj la patrino, ke mi diras la veron. Mi gajnus nenion se mi mensogus al vi."

"Sed tio estas miraklo, Biblia miraklo!" diris Henriko. "Jesuo paŝis sur akvo, kaj liaj kunuloj miregis. Kaj vi ne povas vendi tiun ĉi oleon en la urbo al viaj riĉaj klientoj?"

"Ili preferas pokalojn en la formo de kranioj, aŭ pentraĵojn de nudaj feinoj seksumantaj kun floroj. Objektojn, kiujn oni povas diskuti dum festeno. Paŝado sur akvo ne estas aparte interesa al ili, kaj la okazoj por paŝi sur akvo en urbo estas malabundaj."

"Ĉu la povo longe daŭras?"

"Kelkdek minutojn", diris la vendisto. "Vi povos transiri riveron aŭ modestan lagon. Maro verŝajne estas tro vasta. Vi devus havi hepaton, kiu produktus la oleon, sed vi ne estas insula fiŝo! Ha-ha! Sed nun la botelo estas via. Mi esperas, ke vi trovos bonan uzon por ĝi! Vi ŝajne estas klera homo, kaj mi ne dubas, ke al vi botelo da fiŝhepatoleo estos pli utila, ol pajloĉapelo." La vendisto okulumis al la suno. "Ho, sed estas malfrue! Mi devas esti jam en Frukthaveno antaŭ noktiĝo.

Hura, ĉevaletoj! Antaŭen!" La vendisto, portanta la pajloĉapelon, forstiris la "Ŝiŝnarfne-Varoj!"-vagonon trans la vojkurbiĝon.

La nuda kapo de Henriko jukis, kaj Henriko gratis ĝin por pli bone pensi. Pajloĉapelo estas pajloĉapelo, sed paŝi sur akvo – jen afero malpli kutima. Tamen ĝi ne estis ora ĉeno aŭ blanka ĉevalo, kaj la edzino Anita certe dirus malkuraĝigajn vortojn se ŝi scius, ke Henriko interŝanĝis la pajloĉapelon kontraŭ botelo da fiŝhepatoleo. Ŝi memorigus pri la riĉulo en la ĉaro – certe li rekompencus per io pli valora! Tial Henriko decidis fari trompon. Li kaŝos la fiŝhepatoleon, sed nur ĝis la momento, kiam li trovos iun taŭgan uzon por ĝi, kaj tiam la edzino estos mirigita kaj danka. Por ne aperi ĉe ŝi nud-kape, Henriko aĉetis malbonan pajloĉapelon de unu el siaj dungitaj sentaŭguloj.

Henriko trovis Anitan en la kuirejo, kie ŝi platigis paston. En ŝiaj manoj platigilo povas esti mortigilo. "Kara edzo", diris la edzino, "kie estas via kara pajloĉapelo?"

"Kara Anita, tiu ĉi estas la sama ĉapelo, kiun mi portis sur la povra kalva kapo dum jardekoj. Mia amata ĉapelo, kiun mi faris per la pro-praj manoj."

"Se vi pravas – hontu, ĉar tiu pajloĉapelo estas tute aĉa."

Sed tiujn ĉi vortojn Henriko ne povis elteni. "Kara edzino, vi nen-ion diru kontraŭ la amata pajloĉapelo. Ĝi estis reĝo de pajloĉapeloj – tiu ĉi pajloĉapelo estas neniaĵo, fuŝaĵo. Ĝi ne taŭgas eĉ por la kapo de sentaŭgulo, sed nun mi bezonas ion por mia kalva kapo." Henriko demetis la ĉapelon, eble por emfazi la kalvecon de la kapo, sed eble pro honto pri la plene fiaskinta trompo, kiu daŭris nur kelkajn minu-tojn. Li klarigis pri la vendisto kaj pri la pajloĉapelo, kaj la okulojn li fermis preta por kulpigo kaj batado.

Sed Anita ne batis lin. "Almenaŭ tiu botelo estas pli interesa, ol via pajloĉapelo. Vi amis tiun stultaĵon pli, ol vian edzinon kaj la filinojn. Mi feliĉas, ke vi fordonis ĝin. Vi ne plu suferos la pekon de malhumileco. Kiu iam aŭdis pri homo, riĉiĝinta pro pajloĉapelo? Ĉi-foje vi ne ofendis anĝelon, do nia sorto povas nur pliboniĝi."

Henriko timis, ke ŝiaj mildaj vortoj estis trompo. Li ne malfermis la okulojn, sed grincigis la dentojn.

Anita malfermis la botelon kaj flaris la enhavon. "Certe estas fiŝaĵo! Ĉu vi gustumis ĝin?"

"Ne", diris Henriko, kiu nur duone malfermis la okulojn.

"Ni iru." Kaj Anita kun Henriko iris al la bovpaŝtejo. Bariloj ĉirkaŭis la paŝtejon de tri flankoj; la kvaran flankon baris lageto. La bovoj povis trinki el la lageto, sed ĝi estis sufiĉe profunda por malebligi eskapadon. "Nu, kiel funkciigi la oleon? Ĉu vi ne demandis la vendiston?"

"Li ne bone klarigis", diris Henriko. "Io pri insulaj fiŝoj kaj feinoj seksumantaj kun floroj. Li parolis tre rapide. Eble oni glutas la oleon?"

Anita trinkis gluteton kaj ŝia vizaĝo tordiĝis. "Kia naŭzaĵo! Mi esperas, ke vi pravas." Per unu piedo Anita tuŝis la akvon kaj por momento la geedzoj havis grandajn esperojn, sed – plop! – ŝia ŝuo malaperis sub la akvo kaj la ŝtrumpo malsekiĝis.

"Provu pli grandan gluton", diris Henriko.

"Sensencaĵo. Grandaj glutoj neniigus nian tutan stokon." Bovo alproksimiĝis al la alia flanko de la lago. Ĝiaj hufoj plaŭdis en la akvo, kaj ĝi klinis la kapon por trinki. "Kio, se ni provus ŝmiri guteton da oleo sur la ŝuojn?" diris Anita. "Tion vi faru, ĉar miaj piedoj jam estas malsekaj."

Henriko metis du gutojn da fiŝhepatoleo sur ambaŭ ŝuojn kaj metis tremantan piedon super la akvosurfaco.

"Estu kuraĝa!" diris Anita. "Ne timu la akvon. Vi ne estas solviĝema sukeraĵo."

Henriko mallevis la piedon, kaj stranga repuŝo venis de la akvosurfaco. "Ho, ho!" La alian piedon li metis sur la akvon kaj faris du aŭ tri paŝojn al la mezo de la lageto. La bovo, kiu trinkis je la alia flanko, levis la kapon kaj muĝis pro konsterniĝo. Henriko, paŝon post paŝo, atingis ĝin kaj karesis ĝian kapon.

"Nepre anĝelon vi renkontis", diris Anita. "Ne trompiston aŭ mensoganton. Ni fariĝos riĉaj, kara edzo!"

Henriko dancetis sur la akvo, kuris al la edzino por doni al ŝi kiseton, poste al la bovo por doni al ĝi brakumon. Tian superfluon da feliĉo Henriko ne sentis delonge. Li ridis kaj kantis, kaj la bovo denove muĝis.

"Vi staru tie, ĝis ni scios, kiom longe la fiŝhepatoleo daŭros", diris la edzino. "Tio estos grava informo por ni, se ni volas profiti." Anita foriris al la domo kaj rekomencis sian laboron en la kuirejo. Post dudek ses minutoj aperis en la kuirejo ankaŭ Henriko, malseka de la kapo ĝis la piedoj.

En la sekva tago Henriko kaj Anita ekiris al la plej proksima vilaĝo. Dumvoje ili revis pri riĉaĵoj. Henriko tuj pensis pri ĉapelo – pli precize, silka ĉapelo kun duonmetra ruĝa plumo kaj samkolora rubando, kaj blankaj gantoj, kaj servisto por teni ĉion kiam Henriko estas laca.

Tia revado estis malsatiga, kaj baldaŭ la duopo haltis apud rivereto. Maljunulo duondormis apud fiŝkaptilo, kies ŝnuro senefike flosis en la akvo. Fiŝkaptilo ekŝajnis al Henriko tre eksmoda maniero fiŝkapti. Henriko metis du gutojn de la fiŝhepatoleo sur la piedojn kaj ekpaŝis sur la rivereton. La fluo de la rivereto – ne tre rapida, sed pli forta, ol la stagnanta bovlageto – faris la akvosurfacon iom glita, sed per zorgaj paŝoj Henriko atingis la mezon de la rivero. Malrapide li metis la manon en la akvon. Fiŝo kaŭranta malantaŭ la roko, anticipante nur la kutimajn ruzojn de la homo, surpriziĝis senti la fingrojn de Henriko. Sed en tiu momento la avantaĝo de Henriko finiĝis. La fiŝo forglitis – kaj forglitis ankaŭ la piedoj de Henriko, kiu – plop! – falis en la akvon. Li ja ne ŝmiris fiŝhepatoleon sur la tutan korpon.

Sed por ne senutile malsekiĝi, Henriko provis kapti fiŝon malantaŭ alia roko, kaj alia, kaj alia. Ĉiam la fiŝoj glitis for el inter liaj fingroj.

Se mi havus la pajloĉapelon! li pensis. Kia bona reto ĝi estus! El la lerte plektitaj pajleroj neniu fiŝo povus eskapi.

Fine Henriko estis ĝisoste malseka kaj laca, kaj la piedoj komencis sinki en la akvo, kvazaŭ Henriko staris en profunda koto. Li revenis al la tero, kie la edzino sidis en ombro de arbo kaj manĝis de bastoneto rostitan fiŝaĵon. "Edzino, kie vi akiris fiŝaĵon?"

"La maljunulo, kiu fiŝkaptis, donis ĝin al mi pro via amuza spektaklo en la rivereto. La unua enspezo!"

Henriko sidis kaj ekmanĝis. "Oro ĝi ne estas, sed oron oni ne povas manĝi." En la ombro de arbo, manĝante ion bongustan, Henriko estis kontenta. Oni ne povas esti tute malkontenta pro freŝe rostita fiŝo.

Kiam ĉiuj fiŝostoj restis senkarnaj, Henriko kaj Anita pluiris al la vilaĝo. Tri sakrantaj junuloj tiris boaton el la rivero por fari riparojn.

"Edzino, jen bona ŝanco!" diris Henriko. "Ni povos fariĝi boatriparistoj."

"Se ni volas riĉiĝi", diris Anita, "ni devas uzi la fiŝhepatoleon pli kreive. Alie ni ŝvitos tiom multe, kiom ni ŝvitis en la kampoj. Faru laŭplaĉe, sed revenu kun oro aŭ pardonpeto."

Henriko alproksimiĝis al la junuloj kaj ofertis helpon pri la boatriparado. "Vi ne devos treni ĝin el la akvo. Mi povos fari la riparojn dum la boato ankoraŭ sidas en la rivero. Kaj la sumo estos tre modesta. Vi ripozos, kaj mi riparos." Henriko fieris pro sia nova vendema parolmaniero.

La junuloj akceptis la proponon kaj sidiĝis sur rokon dum Henriko refoje ŝmiris kelkajn gutojn da fiŝhepatoleo sur la ŝuojn. Li uzis iom pli, ol antaŭe, esperante eviti similan farson. Henriko ekprenis martelon kaj elpaŝis sur la akvon. Aŭdiĝis tamen neniuj surprizokrioj, ĉar la lacaj junuloj jam ekdormis. Spite al tio, Henriko kliniĝis por komenci la riparadon. Sed liaj manoj ne povis enakviĝi por atingi la boatprofundon. Li provis, penis, sed de la akvo estis stranga repuŝo.

Tiam Henriko konsciis, ke ankaŭ liaj manoj estis ŝmiritaj per per la fiŝhepatoleo. Kompreneble! Li ja ne ŝmiris la oleon sur siajn ŝuojn per la dentoj. Henriko viŝis la manojn sur la pantalonon, kaj nun li iom pene povis subakvigi ilin. Sed tio ne multe helpis la aferon. Estis malfacile vidi la damaĝitajn partojn de la boatofundo, kaj marteli estis neeble, pro la malhelpo de la akvo.

Henriko staris sur la rivero kaj cerbumis pri la problemo. La suno pikis lian kalviĝantan kapon, kaj nur unu afero penetris lian kapon – ke pajloĉapelo ŝirmus lin kaj helpus al lia sunbakita cerbo solvi la problemon.

Liaj piedoj komencis sinki antaŭ ol li sukcesis trovi manieron ripari la flosantan boaton, kaj alveninte al la bordo, Henriko vekis la junulojn. Li devis konfesi, ke li ne kapablis ripari la boaton, malgraŭ sia oleo. La junuloj tusis, gratis la kapojn, kaj revenis al sia malfacila laboro treni la boaton sur la bordon. Henriko estis tro embarasita por peti almenaŭ unu rustitan moneron.

Anita levis palpebron kiel demandosignon, sed Henriko ne havis groŝon por doni al ŝi, kaj li ne pretis pardonpeti. Ili daŭrigis laŭ la vojo, kaj post nelonge alvenis al la vilaĝoponto. Por transiri oni devas pagi la pontimposton, kaj longa vico de patrinoj kaj vendistoj staris antaŭ unusola dika oficisto, kiu kolektis la tarifon. Ĉiu malamis la pontimposton, sed kion fari? Oni devas transiri.

Sed Henriko tuj ekpensis alternativon. Per sia magia oleo, li portos homojn trans la riveron kaj tiel oni evitos la pontimposton.

"Ĉu ne bona plano, edzino?" li diris.

"Almenaŭ ĝi ne estas tiom komplika, kiom boatriparado", ŝi respondis.

Henriko alparolis la lastan personon en la vico, kiu estis kurbiĝinta avino kun korbo plena de pomoj. "Avino", li diris, "mi povas konduki vin trans la akvon pli rapide kaj malpli koste, ol tiu dikulo kaj lia pontimposto."

"Aĥ, ĉu?" ŝi diris. "Povas esti bonaĉeto. Mi malamas tiun dikulon. Kie estas via boato?"

Henriko rakontis pri la oleo, sed dum li klarigis, la vico antaŭeniris, kaj la avino nun staris ĉe la kapo.

"Dankon, sinjoro", ŝi diris, "sed mi jam atendis en la vico sufiĉe longe – la atendado ne estu sencela!"

"Mi profitos de via oferto", diris blankbarbulo en flava ĉapelo.

Flava ŝtofo estis tre moda kaj altekosta en tiu epoko, kaj la mantelo de la blankbarbulo havis krome orumitajn randojn. "Ĉu sufiĉas duongroŝo kiel tarifo?"

La sumo estas tre malgranda, sed Henriko akceptis ĝin, ĉar ĝis nun li neniom elspezis krom rostita fiŝaĵo. Eble unu sukcesa transiro inspiros aliajn klientojn. Henriko turnis la dorson al la blankbarbulo, kiu surgrimpis ĝin kaj forte prenis Henrikon ĉirkaŭ la kolo. Henriko volis krii, aŭ plendi, aŭ peti la pasaĝeron liberigi lin iomete, sed Henriko ne povis bone spiri, nek paroli. Liaj piedoj subiris en la akvon, kaj ondetoj plaŭdetis kontraŭ liajn maleolojn. Momente Henriko timis droni, sed liaj piedoj finfine trovis ekvilibron, kaj paŝon post malfacila paŝo Henriko ektransiris la riveron.

"Rapidu, rapidu!" diris la surgrimpinta blankbarbulo. "Ni jam malfruas."

Henriko provis hasti, sed hasta paŝo estis mispaŝo – li stumblis, glitis, kaj ambaŭ viroj troviĝis inter fiŝoj kaj markreskaĵoj. La multekosta flava ĉapelo forflosis pro la kuranta akvo.

"Stultulo, stultulo!" kriis la blankbarbulo. "Alta prezo por aĉa komplezo."

Ambaŭ renaĝis al la bordo. La patrinoj kaj vendistoj sur la bordo taksis la tutan aferon amuzega, sed la impostisto ne ridis.

"Ĉu vi havas permesilon por tiu ĉi agado?" diris la impostisto.

"Mi ne sciis, ke mi bezonas permesilon", diris Henriko, skuante la kapon por sekigi ĝin.

"Do, evidente vi ne havas permesilon. Fakte, du permesilojn vi bezonas. La unua estas por nova komerca entrepreno. La dua por konstruado."

"Konstruado? Sed mi konstruas nenion!"

"Vi konstruis ponton, per viaj piedoj. Portempa ponto. Aŭ almenaŭ vi agis pontece en via entrepreno. Ĉiukaze, la permesiloj estas iom multekostaj, sed la punoj pro laboro sen permesiloj estas eĉ pli grandaj. Bedaŭrinde mi devas skribi al vi fakturojn por la permesiloj kaj por la punoj." La impostisto enmanigis al Henriko helflavajn paperojn kun oficialaj stampoj.

La edzino Anita prenis la fakturon kaj kaŝis ĝin inter la mamojn, kie ĉiuj gravaĵoj malaperadis. Ŝi faris malaproban sonon per la lango.

"Nun, ĉu vi pretas aŭskulti min?"

"Diable, edzino, kial mi fordonis mian amatan ĉapelon?" diris Henriko, preskaŭ plorante. "Ĝi estis tiom bela, tiom lerte farita kaj utila kaj obeema! Ĝi ĉiam troviĝis sur mia kapo; ĝi estis konstanta amiko kaj kunlaboranto."

"Silentu, knabo!" diris Anita. "Vi similas al infano, kiu priploras amatan ludilon. Nun aŭskultu. Se ni volas riĉiĝi, ni devas uzi la fiŝhepatoleon pli kreive. Ĉu vi neniam ĉeestis karnavalon aŭ foiron?"

"Efektive, ne. Mi laboris en la kampoj kun mia amata pajloĉapelo."

"Tial vi ĉiam elektas la plej ŝvitoplenan vojon!" diris la edzino. "Ni devas ĉi tie okazigi spektaklon. Reŝmiru viajn ŝuojn per la fiŝhepatoleo kaj iru sur la akvon."

Henriko estis tro laca kaj malfeliĉa por kontraŭstari, do li refoje oleumis la ŝuojn. Li iomete bedaŭris, ke ankoraŭ restis preskaŭ la tuta botelo. Henriko pensis, ke eble li uzu ĝin pli libere por mallongigi la farson. Li staris en la mezo de la rivero, ne plu mirigite.

"Edzo, faru ion amuzan!" la edzino flustris al sia edzo.

"Kion?" li respondis.

"Nu, dancu!"

"Mi ne povas danci, kaj krome estas danĝere. Ĉu estus bona spektaklo, se mi enfalus la akvon kaj malsekiĝus?"

"Edzo, tio povas esti bona komedio."

"Edzino, eble vi dancu kaj mi reklamu", diris Henriko. Sed ŝi ne atentis lin.

"Venu! Venu!" kriis Anita al ĉiuj. Kaj kelkaj venis, ĉar viro staranta sur la rivero ja estas io nekutima. Multaj jam vidis lin dum li provis porti la blankbarbulon, sed alvenis ankaŭ aliaj pro la vokoj de Anita.

"Kion vi pagus por renkonti tian talentoplenan personon?" kriis

Anita al la kreskanta spektantaro. Henriko saltetis kaj ekkantis kamparan melodion, ĉar li sentis la pikantajn okulojn de la nesufiĉe amuzitaj spektantoj.

"Ĉu tri orajn monerojn vi pagos?" diris Anita. "Certe, kaj eĉ pli! Sed ni proponos al vi rabatitan prezon: du oraj moneroj kaj tri kuprajoj! Nur hodiaŭ!"

"Edzino, vi sonas kiel marĉandisto", diris Henriko dum kantopaŭzo.

"Oni devas marĉandi", ŝi flustris al sia edzo. "Homoj respondas al marĉando."

"Venu!" ŝi kriis ree al la kolektiĝanta homamaso. "Kiajn demandojn vi faros al tiu lerta akvopaŝanto? Kion vi povos lerni de li?"

"Ĉu temas pri truko? Trompo?" diris junulino el la homamaso. "Vitra planko sub la akvo? Flosantaj ŝuoj?" Murmuroj kaj grumbloj venis de la aliaj gejunuloj.

"Truko? Trompo?" diris Anita. "Kompreneble ne. Ni estas honestaj kristanoj. Ni tute ne scias, kiel fari tiajn trompojn – malkiel vi, kara fraŭlino, kiu ŝajnas havi kapon plenan de ruzaj trompoj!"

"Do, kiel li sukcesas paŝi sur la akvo?" indigne respondis la junulino.

"Temas pri ... magio!" diris Anita.

"Jes, sorĉa arto!" diris Henriko. "Abrakadabro!"

Mirigitaj enspiroj aŭdiĝis de la homamaso. Sorĉistoj delonge forestis en la tuta lando, depost kiam la kristana registaro enkondukis severan imposton pri la necesaj ingrediencoj por sorĉtrinkajoj.

"Ĉu vi ankaŭ divenas per manplatoj?" petis virino. "Aŭ per jetkuboj?"

"Ĉu vi legas la kartojn, aŭ ĉu vi divenas per tefolioj aŭ fajreroj?" petis viro.

"Ĉu baldaŭ pluvos, sinjoro sorĉisto? Ĉu tro pluvos?"

"Kiel aspektos mia edzo?" diris knabino kun oraj haroj.

"Ĉu mia rikolto estos granda? Ĉu vi povas kuraci mian verukon? Ĉu vi scias, kiel resanigi la bovinojn, kiujn venenis mia najbarino?" kriis diversaj voĉoj. Anita ridetis, sed Henriko sentis kapturniĝon.

"Venu el la rivero, sinjoro sorĉisto!" kriis la amasoj. "Ni pagos por via arto, sed ne malŝparu ĝin per akvopaŝado. Faru magion pli interesan kaj utilan!"

"Diru, kiel aspektos mia edzo!" diris la knabino denove.

Sed kion Henriko povus fari? Ĉu inventi ion? Ĉu konfesi la trompon? Kia teruro! Henriko volis eskapi sub la larĝan randon de la pajloĉapelo, sed la suno nur pikis lian kalvan kapon, samkiel la postulemaj rigardoj de la homamaso. Ho, la kara pajloĉapelo, kiu neniam malobeis, senĉese laboris, ĉiam restis kvieta kaj neniam kondukis lin laŭ farsa vojo al mensogoj kaj trompoj!

"Ĉu tamen nigra magio?" diris virino el sub blanka kapuĉo. Ŝi krucosignis sin, kaj same faris la homamaso. Tiuj, kiuj postulis aliajn pruvojn de la sorĉa arto silentiĝis. Sorĉado estis neŭtrala afero, sed nigra magio – ho, terure! "Mi neniam vidis bonan sorĉiston, kiu tiel fanfaronus pri iu akvopaŝkapablo", daŭrigis la kapuĉulino. Henriko ektimis.

Sed Anita ŝanĝis sian mienon por respondi al la facilanima homamaso. "Ne, ne temas pri magio. Tio estis mensogo, kaj mi pardonpetas. Mi estas mortemulo kaj pekulo, samkiel vi. Sed nun mi vidas, ke vi pretas por la vero. Paŝi sur akvo estas … miraklo!" Nun ĉiuj en la homamaso krucosignis sin. "Vi memoras, kiel Nia Sinjoro paŝis sur la akvo kaj kvietigis la ondojn. Vidu la miraklon de la simpla kamparano, kiu kapablas same paŝi sur la akvo."

Henriko pensis, ke tiu ĉi nova fanfarona mensogo estis eĉ pli terura, ol la blagoj pri magio kaj sorĉarto. Se Tiu punis Henrikon pro avaremo – kiam li ne donis la pajloĉapelon al la anĝelo, kiu ŝajnigis sin riĉulo – des pli terure Tiu punos lin nun!

"Edzino, necesas fini la farson tuj!" flustris Henriko al Anita.

"Kiajn anĝelojn ni nun ofendas! Ne estas sufiĉe da pajloĉapeloj en la tuta mondo por pacigi ilin, aŭ por ŝirmi niajn kapojn kontraŭ fulmotondro kaj pluvo el ranoj!"

"Ĉu vi estas sanktuloj, anĝeloj?" diris la kapuĉulino. "Venu, kuracu miajn dolorajn verukojn!"

"Ĉu mia edzo estos bela, ditimanta kristano?" diris knabino.

"Kompatu min kaj miajn infanojn, sanktuloj! Resanigu la bovinojn, kiujn venenis mia najbarino!"

"Venu el la rivero, sinjoro anĝelo!" diris la homamaso. "Faru miraklon pli interesan kaj utilan!"

"Edzo, nun ni pretas rikolti, riĉiĝi!" flustris Anita al sia edzo. "Donu al mi iun ujon – oni pretas donaci al miraklofarantoj kaj ni devas kolekti!" Por tio la pajloĉapelo estus perfekta. Sed kompreneble ĝi mankis.

"Kia ĥaoso estas ĉi tie?" sonis forta voĉo el la homamaso. La kunpremitoj dispartiĝis por malkaŝi la vilaĝan pastron. Li havis altan blankan ĉapelon kun ora kruco – vidante la pastron oni povis pensi nur pri la ĉapelo, ĉar ĝi estis tre impona. Henriko forgesis pri la danĝero kaj admiris la ĉapelon. Ĉu multaj metiistoj prilaboris ĝin? Ne, devas esti nur unu genia artisto, kiu ade kaj ame fasonis la ŝtofon, kudris la ornamaĵojn, skulptis la krucon. Mirinde, ke la artisto kapablis fordoni sian artaĵon! Se Henriko tiel laborus pri ĉapelo, li certe retenus ĝin kaj portus ĝin en la kampoj, por beni la dungitajn sentaŭgulojn per vera vidindaĵo.

"Denove mi demandas, kia ĥaoso estas ĉi tie?" diris la buŝo el sub la impona ĉapelo. "Ĉu iu kuraĝas respondi?"

"Anĝeloj venis por montri al ni miraklojn!" diris la kapuĉulino.

"Mi dubas", diris la pastro. "Plej ofte temas pri trompistoj, kiuj nur volas riĉiĝi per la kredemo de simplaj vilaĝanoj. Veraj sanktuloj kaj miraklofarantoj tuj rekonus viron de Dio. Ĉu viaj anĝeloj riverencos al mi?"

Anita levis la randojn de la jupo kaj kliniĝis, laŭ la plej ĝentila kampara maniero. Henriko rapidis el la rivero sur la bordon, kliniĝis antaŭ la pastro, kaj provis levi la ĉapelon, same laŭ la plej ĝentila kampara maniero. Sed liaj fingroj tuŝis nur la kalvan kapon.

"Ĉu vi ne levos la ĉapelon por riverenci al viro de Dio?" diris la pastro.

"Sinjoro pastro, mi ne havas ĉapelon", diris Henriko.

"Des pli malbone! Kiel vi povas riverenci, se mankas al vi ĉapelo por levi?"

"Sinjoro pastro, mi ne scias", diris Henriko.

"Kaj krome, vi estas tute malseka. Se via miraklo estas akvopaŝado – nu, vi ne tre bone regas ĝin, ĉu ne?"

"Sinjoro pastro, mi ne..." provis respondi Henriko, sed la vilaĝo jam aliĝis al la partio de la pastro.

"Ĉu vera miraklofaranto ne riverencus al pastro de Dio?" diris la pastro. "Tiu neniel montras respekton. Eble ili estas ne miraklofar-antoj, sed nigraj sorĉistoj."

"Tiu kalvulo jam parolis pri sorĉado – tio estas, nigra magio!" diris la kapuĉulino.

"Jes, certe ne anĝeloj", diris la maljunulo, kiun renkontis Henriko kaj Anita kiam li fiŝkaptis apud la rivero, "Mi vidis ilin fuŝe fiŝkapti. Nia Sinjoro estis bonega fiŝisto; ĉiuj miraklofarantoj estas bonegaj fiŝistoj. Tion atestis la Biblio."

Henriko aŭdis en iliaj voĉoj la sonon de flagrantaj torĉoj kaj la tintadon de akraj pikiloj. "Prefere ni forkuru, edzino", li diris en ŝian orelon, kaj ŝi kapjesis.

"Karaj vilaĝanoj!" diris Anita, trovante malgraŭ timo sonoran voĉon. "Vi lerte travidis la teston, al kiu Nia Sinjoro submetis vin. Vi ne trompiĝis per la facilaj mirakloj de du anĝeloj, senditaj de Nia Sinjoro, por testi vin. Kaj nun, ni foriros, benante vin je la ĉielo!"

La homamaso turnis sin al la pastro por interpretado: "Kion fari, sinjoro pastro?"

"La testo estas", diris li, "ke vi permesas trompistojn en via vilaĝo. Kaptu la diabletojn! Punu ilin!"

Henriko kaj Anita ekkuris kiel leporoj. Ekpreninte la edzinon ĉirkaŭ la talio Henriko per superhoma forto levis ŝin super la kapon. Henriko kuris, kuris al la rivero – la akvo estis spongeca kaj repuŝema, sed ĝi subtenis lin kaj la kriantan edzinon. Kara fiŝhepatoleo! Dank' al ĝi ili sekure kaj ne tre malseke atingis la alian bordon.

La homamaso provis sekvi. Sed la pontimposto malardigis la ĉasemon de multaj. Granda grupo provis transiri la riveron per boato, sed la pezo de la homoj minacis la boaton, kaj la posedanto rifuzis debordiĝi. Kaj aliaj eniris la riveron por naĝi, sed la akvo estis malvarma, kaj kiam akvo enfluis iliajn botojn, la lastaj sekvantoj rezignis pri la ĉasado. Eĉ la pastro turnis sin al aliaj aferoj.

Baldaŭ Henriko kaj Anita trovis sin sur sekura vojeto al la hejmo. Sed Henriko ne povis trankviliĝi. "Ĉu vi vidis, edzino?" kriis Henriko. "Kiaj malfeliĉoj atendas nin! Malbenoj de vilaĝanoj, malsukcesoj en ĉiuj entreprenoj, malsekeco kaj malfeliĉo!"

La edzino Anita komencis bati la frenezan Henrikon ĉirkaŭ la orelojn. Li kriis kaj provis tiri la ĉapelon suben kiel kaskon, sed – terure! – la pajloĉapelo mankis. La kompatinda Henriko suferis la batojn de la edzino ĝis ili alvenis hejmen.

"Sed malgraŭ via stulteco, edzo, mi kredas, ke vi pravas", diris Anita. "Kion ni faru pri via aĉa oleo? Mi komencas kredi, ke ĝi estas malbonaĵo, kaj ke tiu vendisto estis La Malamiko. Ĉu vi faris interŝanĝon kun la diablo? Kiajn stultaĵojn!"

"Edzino, la oleo ne estas kulpa. Viaj ideoj insultis la vilaĝanojn, kolerigis la pastron kaj ofendis la anĝelojn. Vi estas La Malamiko!"

"Edzo, se vi la unuan fojon aŭskultus min kaj donus vian ĉapelon al tiu unua anĝelo, la dikulo en la ĉaro tirita de blankaj ĉevaloj, ni neniam suferus tiajn malbenojn. Ni eble ĝuus riĉecon kaj la dankon de l' ĉieloj."

"Edzino, kial vi estas tiom certa, ke tiu estis anĝelo? Blankaj ĉevalo, oraj ĉenoj kaj luksa ŝtofo ne estas la kutimaj akompanaĵoj de sanktuloj."

"Ne gravas. Eble li estis riĉulo, dankema pro nia helpo, kaj riĉulo estas tiom grava, kiom sanktulo." Anita skuis la polvon el la jupo kaj brosis la harojn per la fingroj. "Kara edzo, faru, kion vi volas. Mi okupiĝos pri la vespermanĝo." Ŝi malaperis en la domon, lasante Henrikon tute sola.

Denove Henriko sopiris al la pajloĉapelo, kiu neniam malobeis, senĉese laboris, kaj ĉiam restis kvieta. Kaj tiun ĝojon li facilanime fordonis por tiu ĉi odoraĉa oleo, kiu alportis nur ĥaoson kaj malbenon. Kial? Ĉar la edzino havis ideojn pri kaŝitaj sanktuloj, kaj li havis esperojn pri profito. Kia perfido al sia amata amiko, la pajloĉapelo!

Tiu malgaja penso preskaŭ plorigis Henrikon. Li iris al la bovpaŝtejo kaj al la lageto, kiu estis parto de la barilo ĉirkaŭ la paŝtejo. Bovinoj lekis la nigran akvon per nigraj langoj. Botelo da fiŝhepatoleo, eĉ mirakla fiŝhepatoleo, ne estas pli utila aŭ kara, ol la simpla pajloĉapelo. Henriko faris sian plejan eblon por utiligi la fiŝhepatoleon, sed ĉiam estis malhelpoj kaj ĝenoj. Li ne fariĝis riĉa aŭ benata – male, li estis preskaŭ mortigita. Simpla plano tiel facile devojiĝis al farso kaj malpieco! Por homo kiel Henriko, tio estis ne-tolerebla. Prefere li mortu en la akvo kaj lasu tiun ĉi vivon, plenan je trompoj kaj teruroj.

Kaj Henriko ĵetis sin en la lageton por droni, ĉar droni ja estas simple. Sed eĉ tio fariĝis farso. La ŝuoj, tro ofte ŝmiritaj per fiŝhepatoleo, ensorbis tiom multe da ĝi, ke ili rifuzis subakviĝi. Same ne sinkis la manoj, kiuj ekde la unua renkontiĝo kun la fiŝhepatoleo ne havis bonan lavadon. Henriko flosis kiel korko en la malpura lageto.

"Diable!" Henriko kriis, kaj la bovinoj muĝis pro lia kolera sakraĵo. Kial ĉiam malhelpoj? Lasu al senesperulo droni – tiu ne bezonas la vivsavadon, kiun provizas la fiŝhepatoleo. Sed ne estis solvo. Henriko ne povus droni. Li eliris el la lageto, jam tute malseka, kolera, kaj viva.

"Iru en la inferon, vi aĉaĵo!" Henriko ĵetis la botelon en la lageton. Sed la botelo same ne povis sinki – ĝi rompiĝis kontraŭ la akvo kiel vitro kontraŭ brika muro, kaj la fiŝhepatoleo disetendiĝis laŭ la akvosurfaco. La krepuska suno lumigis la ĉielarkajn kolorojn de la oleo, kaj vitraj fragmentoj de la botelo briletis ore kaj purpure.

"Iom stinka ĉielarko, tamen", diris Henriko ŝajne al la bovinoj. Ili muĝis kaj lekis ĉe la akvo malsukcese. Io repuŝis iliajn langojn.

Henriko sopiris al sekaj vestaĵoj kaj vespermanĝo. Post ambaŭ li sentis sin pli homa.

"Edzino, tiu oleo savis mian vivon", diris Henriko al sia edzino. "Tion eĉ pajloĉapelo ne povus fari. Almenaŭ bone finiĝis la afero."

En la mateno, kiam Henriko leviĝis por rekomenci la vivoritmon, la bovinoj mankis. Vico de malsekaj hufosulkoj komenciĝis ĉe la lageto, kiu fariĝis ponto pro la disverŝita fiŝhepatoleo. Henriko ekkuris, sekvante la hufopadojn, sed tro rapide ili fariĝis helaj kaj konfuzaj, kaj la spuroj estis plene perditaj ĉe la ĉefvojo. La bovinoj disiris al ĉiuj anguloj de la mondo.

Henriko staris en la mezo de la vojo kaj gratis la kapon, ĉar nur tio restis por fari. Ĉio alia estus vana! Centoj da vagonoj preterveturis, centoj da ĉevaloj kaj veturigistoj rapidis laŭ la vojo al bieno aŭ vilaĝo, diservo aŭ ponto, por pagi impostojn aŭ riverenci pastron. Neniu atentis Henrikon, kies okuloj pleniĝis de larmoj. Al li mankis eĉ pajloĉapelo por kovri la vizaĝon.

Jen unu vagono haltis! Ĝin tiris magra azeno, kaj la veturigisto portis maldikan, ŝiritan robon, Lia barbo estis griza kaj malpura, sed lia vizaĝo estis serena kaj benata. Tiu salutis Henrikon.

"Sinjoro", diris la sanktulo, "mi petas vin, prenu mian pajloĉapelon. Vi bezonas ĝin pli ol mi."

Meduzet'

Anna malamis la maron – tre nekutima sinteno en nia familio. Pro tio, ke duontaga ekskurso al la proksima plaĝo kostis neniom, Panjo ĉiun belveteran semajnfinon inter aprilo kaj septembro preparis sandviĉojn kaj enaŭtigis nin. Mi ŝatis naĝi ĝis la buoj kaj plonĝi al la sabla fundo serĉante konkojn kaj glatajn ŝtonojn. Panjo restis en la malprofunda akvo por pli bone vidi Annan, aŭ sidis sur la plaĝo kaj lasis la ondojn kirliĝi inter ŝiaj piedfingroj. Kaj Anna sidis sur la varmega sablo, tusis kaj plendis.

Kutime Anna estis la eta ombro de Panjo. Ŝi ĉiam helpis baki la kuketojn por festotagoj kaj kantis amuzajn kantojn kiuj ridigis Panjon, dum mi emis resti en mia dormoĉambro kaj ŝajnigi min okupata de hejmotaskoj. Nur pri la maro Anna estis malbonhumora. Ŝi scipovis naĝi, sed la ondado en la maro teruris ŝin, kaj la fiŝetoj naĝis tro proksime, kaj markreskaĵoj gluiĝis al ŝiaj kruroj – mallonge, la maro naskis en Anna puran naŭzon. Mi proponis, ke ni lasu Annan hejme kiam ni vizitis la maron. Sed Panjo tiun ideon forte neis – tiel juna knabino ne restu sola – kaj eĉ Anna tremetis, ĉar ŝi ankoraŭ timis la bestaĉojn, kiuj vivis en la ŝranko, kaj kredis je la magia povo de Panjo regi tiujn bestaĉojn per lulkanto kaj taso da akvo. Do ĉe la maro Anna plej ofte fosis en la sablo for de la akvo. Nenion ŝi serĉis krom distron.

Iun someron Panjo aĉetis por la kompatinda Anna "flosflugilojn" – plastajn rondaĵojn, kiujn infano portas sur la brakoj por teni sin en la akvo. "Ili helpos vin ne timi la ondojn", diris Panjo. "En la baseno vi naĝas kiel salikoko!"

"Sed la baseno ne odoras kiel morta fiŝo", diris Anna. Tamen la venontan semajnfinon Anna surmetis la flosflugilojn, ĉar Panjo promesis aĉeti al ŝi ion bongustan se ŝi bonkondutos. Pinĉante la nazpinton, Anna enakviĝis. Panjo flosis apude, tenante ŝiajn manojn.

La akvo estis plaĉe varma, Anna devis konfesi, kaj ĝis nun ne vidiĝis ŝlima markreskaĵo.

Subite Anna ekkriis kaj renversiĝis en la akvo. Momente baraktis la brakoj kaj kruroj, sed subite ĉio ĉesis. Ŝia kapo malaperis sub la akvo. "Ŝi ne spiras", diris Panjo inter plorsingultoj, trenante la kompatindulinon reen al la plaĝo. Sekvis teruraj momentoj de plena silento, kaj Panjo tremetis kvazaŭ ŝin tuŝis io malvarma. Mi volis plori, kaj gapantoj ĉirkaŭis nin. Anna sterniĝis sur la sablo, kaj Panjo premis ŝian bruston – unu, du, tri, unu, du, tri. Kaj tio efikis! Anna tusis forte kaj komencis spiri. Tuj ŝi eligis kriegon.

"Mia kruro!" ploris la infano. Tie troviĝis mallarĝa purpura vundo – postsigno de meduza tentaklo. En la hospitalo oni donis al Anna injekton kontraŭ la veneno. La vundo ne estis grava, verŝajne de juna meduzo. Sed por infaneto, eĉ eta vundo povas esti danĝera. Hejme Panjo kuŝigis ŝin en la liton kaj sidis zorgoplene dum la ĉielo mallumiĝis.

Dum la nokto Anna sonĝis pri meduzo, kiu naĝis antaŭ brile blua fono. Ĝi havis ruĝan korpon kun miloj da tentakloj longaj kiel Anna mem. Al Anna ŝajnis, ke la meduzo enspiris kaj elspiris – je la elspiro la korpo fariĝis ege mallarĝa, kvazaŭ linio, kaj je la enspiro ĝi pufiĝis ĝis larĝo egala al la longo. La metamorfozo vekis unue teruron en Anna. La ideo, ke iu povas tiel rapide ŝanĝiĝi forte skuis ŝin. Sed en la sonĝajn pensojn de Anna venis la ideo, ke la meduzo similas al pluvombrelo fermiĝanta kaj malfermiĝanta, kaj tio elvokis rideton ĉe la dorma buŝo.

Panjo rimarkis la rideton kaj sentis pli da trankvilo pri la kara infano. Ŝi kisis ŝian frunton.

La venontan matenon estis grize kaj pluvis, sed en la ĉambro de Anna brilis blua lumo. Mi vidis la lumon elradiantan de sub ŝia pordo sed ne enrigardis, timante veki Annan dum ŝi bezonas dormadon. Eble vizitis ŝin lumradianta kuracanta anĝelo – ĉiukaze ne indas interrompi la okazaĵon. Post kelka tempo mi aŭdis la voĉon de

Anna kaj frapis ĉe la pordo. Ene mi vidis, ke Anna parolas al malgranda meduzo, kiu elradias bluan lumon kaj ŝvebas en la aero antaŭ Anna. La meduzo ne eligis iun ajn sonon – ĝi simple ŝvebis en plena trankvileco.

"Ĉu ne unuarange?" ĉirpis Anna. "Mi renkontis ŝin pasintnokte, kiam ŝi venis pardonpeti pro la vundo. Kiel afable! Kaj mi kredis, ke kiam mi vekiĝos ŝi foriros, kiel Mirlando por Alico, sed mi devigis Meduzeton promesi, ke ŝi restu almenaŭ ĝis la matenmanĝo, por ke ŝi renkontu vin kaj Panjon."

Panjo enŝovis la nazon en la dormoĉambron kaj krietis pro surprizo. Ŝi trifoje profunde enspiris kaj elspiris, kaj laŭte kalkulis ĝis dek (jen ŝia kutima maniero trankviliĝi post io streĉa). Tio ŝajnis efika, ĉar Panjo bone ekregis sin dum ni prezentis nin al Meduzet'. La tentakloj iom leviĝis kiam ni salutis, kaj mi havis la senton, ke tio estas afabla gesto en la maro. Anna demandis, "Panjo, Meduzet' estas malsata. Ĉu ŝi povas resti por la matenmanĝo?"

"Kara, mi ne scias, ĉu via febra sonĝo manĝu kun ni", diris Panjo.

"Mi ne sonĝas!" diris Anna. "Ankaŭ vi povas vidi Meduzeton!"

"Nu, ni ĉiuj spertis la premon de la hieraŭaj eventoj", diris Panjo. "Porti mian karan filinon al hospitalo – estas terure! Eble la meduzo estas ia komuna halucino."

Meduzet' sekvis Annan al la kuirejo, kie Panjo jam pretigis ovojn kaj ŝinkon. Diris Panjo al mi: "Bonvolu verŝi plian tason da oranĝa suko kaj preni aldonan teleron." Ĉiuj sidiĝis, krom Meduzet', kiu ŝvebis super sia telero kaj tentaklumis la frititajn ovojn kaj ŝinkon. De tempo al tempo ŝi prenis peceton da manĝaĵo kaj enŝovis ĝin tra nevidata faŭko. Dum pluraj momentoj la peceto estis videbla en la blua meduzkorpo, antaŭ ol ĝi dissolviĝis.

Panjo tusis por interrompi la malĝentilan gapadon kaj demandis min, pri kio mi lernos morgaŭ en la lernejo. Mi nur murmuris ion pri matematiko kaj volis reveni al la ovoj, sed Anna peris de Meduzet' demandojn. Kia matematiko? Algebro. Ĉu malfacile? Ne tre. Ĉu longe mi studis algebron? Ĉu matematiko plaĉas al mi pli, ol aliaj studoj? Kion opinias la aliaj studentoj en mia klaso pri algebro? Anna riproĉis Meduzeton pro la troa scivolemo, kaj Meduzet' retiriĝis iomete. Per Anna ŝi faris komplimenton al Panjo pro la manĝaĵo.

"Ne tiel bone oni manĝas en la maro", diris Anna.

"Komprenele, kara", diris Panjo. "Ĉu vi kaj kaj via febra sonĝo volas viziti la kuraciston post la matenmanĝo? Se jes, mi aĉetos por vi ion bongustan ĉi-posttagmeze."

"Tio devas esti duoble bona, ĉar hieraŭ vi promesis al mi ion bongustan se mi kuraĝus naĝi en la maro, kaj mi kuraĝis, sed ĝis nun vi aĉetis nenion por mi!"

Mi atendis, ke la meduzo foriros antaŭ la vizito al la kuracisto – scienco certe fortimigos tiun ĉi fantazion. Sed Anna diris, ke Meduzet' volas vidi tiun kuraciston kaj konstati, ĉu ŝi estas febra sonĝo ankaŭ por li. La kuracisto longe palpis Annan kaj studis ŝian vundon sub lupeo dum Meduzet' ŝvebis ĉirkaŭ Anna kaj interesite sekvis la okazaĵon. "Ne tiel bone oni kuracas en la maro", diris Anna. Fine la kuracisto deklaris, ke temas pri sana knabino kaj sana meduzo, kvankam iom nekutimaj.

Panjo demandis, ĉu povas esti komuna halucino, eble pro ekscitiĝo aŭ laborpremo. La kuracisto diris, ke li ĵus revenis de ferio dum kiu li multe malstreĉiĝis. Tial estas malverŝajne, ke ankaŭ li spertis komunan halucinon pro ekscitiĝo aŭ laborpremo. "Tamen, kara sinjorino, mi konsilas, ke vi trinku duonglason da ruĝa vino ĉiutage."

"Ĝis malaperos la meduzo?" demandis Panjo. La kuracisto gratis la nazon. Reveninte al la aŭto, Panjo demandis, ĉu Anna eble volas sidi sur la antaŭa seĝbenko kun ŝi. Ĝis nun Anna neniam rajtis sidi sur la antaŭa benko, kaj tio devis esti honoro. Anna tamen diris, "Mi preferus la malantaŭan kun Meduzet'. Eble la fratino volas?" Sed por mi sidi antaŭe ne estis nova – jam kelkajn jarojn mi estis sufiĉe aĝa.

Hejme Panjo vokis Annan en la kuirejon. "Ĉu vi volas helpi min pri la kuko por via avino? Postmorgaŭ ŝi aĝos sesdek du!"

Anna nee skuis la kapon. "Mi kaj Meduzet' iros al la biblioteko."

"Kara, mi ne povas porti vin kaj vian febran sonĝon al la biblioteko. La kukon ni devas baki, kaj … "

"Vi ne devas, Panjo. Mi rajdos la biciklon."

"Sed estas danĝere! La stratoj estas aŭtoplenaj … "

"Panjo, mi ne estas infano! Mi zorgos pri la stratoj kaj ĉio estos bona! Meduzet' helpos."

"Vi ne rajtas iri. Bonvolu elpreni la ovojn kaj buteron el la fridujo."

Anna forkuris en sian dormoĉambron kun Meduzet' kaj laŭte fermis la pordon. La bruo efikis al Panjo kiel pistolpafo.

Tiun posttagmezon Panjo sidis en mia dormoĉambro kaj longe parolis. Mi volis legi sed sentis la devon de bonkonduta filino aŭskulti. "Ĉu vi kredas, ke estas danĝere? Ni preskaŭ perdis Annan hieraŭ", ŝi ploretis. "Kio okazus, se tiu meduzaĉo denove vundus ŝin, eĉ hazarde?"

Mi diris, ke ĉi tiaj strangaĵoj neniam longe daŭras. Se temas pri komuna halucino, ni ĉiuj baldaŭ malstreĉiĝos, kaj se temas pri iu miraklo, nu, mirakloj estas nur portempaj, kaj se temas pri iu enpuŝiĝo el la fabela mondo, indas memori, ke ĉiu oldulo kun enormaj flugiloj finfine forflugas, kaj ĉiu malaperinta nazo regluiĝas al la ĝusta vizaĝo. Mi lernis pri tio en mia kurso pri literaturo.

"Kion vi diras, infano? Nazoj kaj flugiloj?" Panjo sulkigis la brovojn.

Lunde Anna petegis Panjon skribi klarigon pri la komuna halucino al s-ino Hanigan, la lerneja instruisto. S-ino Hanigan grumblis pri la manko de skribotabloj, sed fine permesis, ke Meduzet' restu en la klasĉambro. Rikardo, kiu sidis apud Anna (kaj tial apud Meduzet'), forte plendis, ke li havas alergion kontraŭ ĉiaj marestaĵoj, ke la blua lumo, kiun elradias Meduzet', ĝenas liajn okulojn, kaj ke io odoraĉas. Sed tiu Rikardo jam tro multe kriadis pri alergio kontraŭ kreto, do s-ino Hanigan ne aŭskultis liajn plendojn, kaj Meduzet' provis malfortigi iom sian bluan lumon, kaj la odoraĉon oni forigis kiam Rikardo malkovris, ke li ne forĵetis sandviĉon, kiun li alportis por tagmanĝo la pasintan semajnon. Dum la paŭzo Anna estis ĉirkaŭita de scivolemuloj. La knaboj volis vidi la vundon, kaj la knabinoj demandis: ĉu estis timige en la hospitalo, kaj ĉu ŝi timis, ke ŝi mortos, kaj ĉu Panjo aĉetos por ŝi ion bongustan, ĉar ŝi tiel bonkondutis dum la afero? Nur Rikardo demandis pri Meduzet': kion manĝas Meduzet', kaj kio interesas ŝin? Anna diris, ke Meduzet' manĝas ovojn kaj ŝinkon kaj interesiĝas pri algebro. La respondoj kontentigis la scivolemulojn kaj ne elvokis pliajn demandojn.

Vespere brosante la dentojn mi aŭdis Annan. "Meduzet', vi ne foriros, ĉu? Bonvolu, bonvolu resti, almenaŭ unu tagon plu! Panjo ekŝatos vin, mi certas."

Panjo, kiu sidis ekster la dormoĉambro kaj aŭskultis ĉion, komencis plori ree. "Kaj kio, se la meduzaĉo denove atakos mian karulineton?" ŝi diris. "Estas maldece kaj kontraŭnature, ke meduzo restu inter homoj."

La venontan matenon Panjo ŝtele enrigardis en la ĉambron de Anna. Meduzet' ankoraŭ ŝvebis apud la lito, kaj Anna dormis trankvile kun rideto sur la vizaĝo. La saman bildon vidis Panjo la sekvan matenon, kaj la postsekvan. Tiam Panjo decidis, ke eble ŝi ignoru Meduzeton dum la tuta tago, sed eĉ post tio, Meduzet' akompanis Annan ĉien. Mi neniam vidis ilin disaj eĉ je du metroj. Estis kvazaŭ Anna estis anstataŭaĵo por akvo – ekster la influo de Anna, Meduzet' ne povus vivi.

Post kiam Anna kaj Meduzet' englutis la matenmanĝon kaj forkuris, Panjo alparolis min. "En via fabelo, kiel oni forigis la oldulon kun enormaj flugiloj?"

"Li foriris propravole, post kiam li ne plu estis utila."

"Nu, tio neniam okazus. Kio alia?"

"Foje kiam la geknaboj plenkreskiĝas la magiaj vizitantoj malaperas." Panjo neis. "Aŭ ili eksopiras la hejmon, aŭ konsciiĝas, ke nia mondo ne akceptas ilin, aŭ ili mortas savante ies vivon."

Panjo dankis min kaj komencis lavi la telerojn.

La postan semajnfinon Panjo proponis al ni familian ferion al la maro. Tio ege malfeliĉigis Annan, kaj eĉ la blua lumo de Meduzet' iom paliĝis kiam la familio enaŭtiĝis. "Estas simple ne dece", flustris Panjo al mi, "ke Meduzet' ankoraŭ ne foriris. Gasto estas kiel fiŝo – ambaŭ baldaŭ komencas odoraĉi, kaj hazarde tiu ĉi gasto *estas* fiŝo."

"Meduzo ne estas fiŝo", mi diris. "Ĝi estas senvertebra."

Ĉe la maro, Anna petis la flosflugilojn. "Karulineto, flosflugiloj estas por infanoj", diris Panjo. "Vi ne estas infano, ĉu?"

Anna indigniĝis kaj rigardis al Meduzet'. La duopo eniris en la akvon sen flosflugiloj. Timeme Anna naĝis iom post iom pli foren de la plaĝo, kaj malaperis sub subita ondo.

Panjo tenis la spiron. Ĉu Anna estas en morta danĝero? Ĉu la stranga estaĵo oferas sin por savi ŝian vivon?

La ondo disiris en dekmil blankajn gutojn laŭ la sabla strando, kaj Anna reaperis ridante kaj aplaŭdante, kaj Meduzet' ankoraŭ ŝvebis apud ŝi. "Panjo, vi pravas, estas multe pli amuze sen tiuj infanecaj flosflugiloj! Vidu, mi povas naĝi ĝis la profundo!" Je tiu momento mi vidis en Panjo nek malesperon nek akcepton, sed rezignon.

Dum la venontaj monatoj la vivo hejme kaj en la lernejo plene kutimiĝis al Meduzet'. Anna laciĝis de konstanta demando-perado, do ŝi akiris por Meduzet' plumon kaj paperon. Dum longaj horoj la duopo ekzerciĝis en manskribado; fine Meduzet' scipovis skribi eĉ kursive. Meduzet' finis la lernejan jaron kiel gasto, sed kiam la nova jaro komenciĝis, ŝi estis enregistrita kiel oficiala studento. Ŝi havis bildon en la lerneja jarlibro.

Mi trarigardas la familiajn fotoalbumojn kaj vidas Meduzeton en ĉiu bildo, en kiu aperas Anna: ĉe la Kampara Foiro, ĉe la avino en la Sudo, eĉ ĉe la fino de la universitato, kiam ambaŭ – Anna kaj Meduzet' – diplomiĝis pri marbiologio. Nun la nedisigeblaj amikinoj – oni povus diri *fratinoj*, sed Anna kaj Meduzet' rilatas multe pli intime unu al la alia, ol al mi – partoprenas sciencajn esplorojn en la

Suda Pacifiko. Panjo provas telefoni al ili almenaŭ ĉiumonate, sed la konversacioj estas mallongaj kaj suprajaj. Ege malofte ili venas viziti nin, kaj nur je Kristnasko ni ricevas leteron kun la eleganta manskribo de Meduzet'.

El la Taglibro pri la Okcidenta Vojaĝo

Post kiam ni eliris el la vilaĝo de la dukapuloj, ni iris norden, sekvante la riveron Oĉahoĉe – "la riveron de glacio". La nomo ŝajnis al ni stranga, ĉar la vetero en tiu ĉi parto de la lando estas milda, kaj ni ne povis imagi, ke glacio iam flosus en la rivero Oĉahoĉe. Glacio estas transportata ducent mejlojn el la nordo kaj konservata en grotoj. "De kie venas tiu nomo?" ni petis nian gvidanton. Li diris simple "baniĝantaj junulinoj".

Por kompletigi mian taglibron, mi petis la plenan rakonton – kun ĉiuj detaloj pri la baniĝantaj junulinoj. Nia gvidanto emfazis, ke temas pri "lunulinoj", ne "junulinoj". Ĝis la fino de sia vivo li havis malfacilaĵojn pri nia lingvo.

Nia gvidanto klarigis per malrapida voĉo, kvazaŭ li parolis al infanoj. Lunulinoj venas kompreneble de la luno, kiu estas farita el glacio. Tio estas memevidenta. La suno estas varma kaj donas varmon al la tago; la luno estas malvarma kaj frostigas la noktan aeron. Se oni sidas ekstere dum somera tago, oni sentas pikadon de varmegaj radioj sur la kapo; se oni kuŝas ekstere dum la nokto, oni sentas malvarman elspiron. Matene restas roso, kiu estas la fandiĝintaj kristaloj de la lunlumo.

De tempo al tempo, la lunulinoj venas al la tero per sia kaŝita vojo apud la rivero Oĉahoĉe, kie ili banas sin. Kial? Por amuzo, esploro, saniĝo, refreŝiĝo. Same oni refreŝigas fiŝon, kiu estis konservita inter glacio kaj pajlo. Por la lunulinoj bani sin estas frandaĵo, ĉar pro la malvarmo mankas kuranta akvo sur la luno. La lunulinoj ridegas, plaŭdas, lasas la akvon tragliti siajn harojn, kaj poste ili kuŝiĝas sur la rokoj por sekiĝi, ĉar ili mortus de malvarmumo se ili revenus al la luno kun malseka haŭto.

Estis iom da senco en la sovaĝaj ideoj de nia gvidanto. Verŝajne niaj prauloj havis similajn nociojn. Scienco kaj teknologio ankoraŭ forbalaas la polvon de malnovaj superstiĉoj, eĉ inter ni, kleruloj. Ekzemple, ni nun scias, ke malgraŭ la kredoj de sovaĝuloj, kuranta akvo troviĝas sur la luno. Niaj modernaj teleskopoj vidas kanalojn, tra kiuj la akvo fluas. Tion ni provis klarigi al nia gvidanto, sed li insistis pri la lunulinoj kaj diris, ke li montros al ni ilian banlokon.

Sibley, la profesoro, avertis nin pri la grekaj legendoj, en kiuj soldatoj, esploristoj aŭ ĉasistoj hazarde malkovras la banlokon de diino. Pozitivaj rezultoj maloftas. Plej ofte la soldatoj fariĝas porkoj aŭ saloturetoj. Sed Sibley jam montris sian timemon. La kara leganto memoru, kiom li freneziĝis apud la ŝtonaj kapegoj. Krome, estas certe, ke la lunulinoj de tiu ĉi regiono neniam surgrimpis Olimpo-monton.

Anslow estis tro entuziasma pri la lunulinoj, kaj mi devis averti lin denove kontraŭ malpiaj pensoj.

Mi ne volis prokrasti nian nordan iron, sed nia gvidanto klarigis, ke nia vojo pasas proksime al la banloko, kie estas krome bela aro de dolĉaj pomujoj. Ne pro scivolemo sed pro komplezemo mi konsentis.

Duontagon ni iris norden sekvante ĉaspadon inter pinoj, kiu kondukis nin for de la rivero Oĉahoĉe. La tereno fariĝis pli kaj pli kruta, sed la montoj restis dense arbokovritaj. Eĉ post tagmezo la suno ne facile trapenetris la folioplafonon, kaj ni daŭrigis plurajn horojn sen bezono refreŝiĝi.

Iom post la tria nia gvidanto montris al ni mallarĝan padon, kiun ni devos sekvi suben, reen al Oĉahoĉe kaj la banloko. Ĝi kondukis nin tra mallarĝa valo. La falintaj arbotrunkoj donus perfektan kaŝlokon al malamiko, se iu celus embuski nin. Sed mi ne elprenis la pafilon, ĉar nia gvidanto jam montris, ke li estas fidinda kaj perceptema. Li ne kondukus nin al pereo, ĉar li jam dividis panon kun ni.

La pado sekvis la fundon de la valo, kaj mi surpriziĝis, ke mankis obstakloj. Branĉoj ne baris nian vojon, kaj neniuj ŝtonoj kuŝis subpiede. La afero estis nur kuriozaĵo, ĝis ni rimarkis ponteton super mallarĝa fendo. Dudek paŝojn for, ŝtuparo helpis al ni malspreniri deklivon. Mi tre surpriziĝis trovi tiajn artefaritaĵojn en la sovaĝa arbaro. Nia gvidanto klarigis, ke la lokaj triboj prizorgas la padon kaj riparas la pontetojn kaj ŝtupojn kiam necesas, sed la artefaritaĵoj mem estas antikvaj. Kiam prema sekeco kaj sufoka varmego alvenas al la lokaj triboj, tio estas signo, ke io baras la padon al la malvarma rivero. Junuloj venas por faciligi la vojon de la refreŝigaj ventoj kaj akvoj. Sibley rimarkis, ke la ŝtonoj estas riveraj – rondaj kaj glataj. Eble ŝtormaj ventoj pelas akvon el la rivero kaj en la valon, li diris. Sed tiajn ŝtormojn, kiaj povas ŝanĝi la fluon de rivero, mi vidis nur en Rusio, kiam la maraj blovoj repuŝas la riveron Neva.

Post nelonge ni aŭdis la plaŭdan kuron de akvo, sed subite, ŝtona muro baris la padon.

La ekzisto de la muro kaj la barita pado ne kongruis kun la kredoj pri varmego. Antaŭe mi pensis, ke la sovaĝula menso ne kapablas vidi tian malkongruecon, sed dum tiu ĉi vojaĝo mi lernis, ke la religioj kaj superstiĉoj de la sovaĝuloj ofte estas surprize komplikaj kaj havas klarigojn por multaj ŝajnaj problemoj. Nia gvidanto pensis pri la afero kaj diris, ke verŝajne la muro fariĝas trairebla dum necesaj momentoj. Alie la malvarmaj ventoj blovus ade kaj farus frostovalon el la tuta regiono.

La ŝtonoj en la muro estis dense amasigitaj por krei barilon dikan je kelkaj futoj kaj altan nur kvar aŭ kvin futojn. La muro etendiĝis ambaŭdirekte ĝis la fino de nia vidpovo, kaj nia gvidanto diris, ke ĝi sekvas la riveron je pluraj mejloj. Sibley emfazis, ke tia muro estus utila por haltigi inundojn, sed la afero ŝajnis al mi pli militaspekta. Tamen sperta militisto ne konstruus tian muron apud rivero, ĉar la rivero mem estas natura barilo al invadantoj.

Ni demandis nian gvidanton, ĉu li rajtas iri trans la muron. Li skuis la kapon nee, sed Anslow jam transsaltis ĝin kaj vekriis pro malbona surteriĝo. Sur la alia flanko de la muro troviĝis malprofundaj truetoj, sufiĉe grandaj por unu kuŝanta homo. Ni ne vidis ilin antaŭe, ĉar ili troviĝis tuj apud la muro, en ĝia ombro. La truetoj pli klare pruvis mian supozon pri la milita celo de la muro. En tiaj truoj soldatoj povas kaŭri inter sagopafadoj aŭ atendi ĝis malamikoj transsaltos la muron kaj tiam piki ilin de malantaŭe. En multaj truoj ni trovis malnovajn bluajn tolaĵojn. La blua koloro estis neatendita, ĉar mankas al la sovaĝuloj la bezonataj kolorigiloj. Sibley konservis specimenon.

Kelkajn paŝojn trans la muro troviĝis larĝaj plataj rokoj kaj finfine la rivero mem, kiu en tiu ĉi loko vastiĝas kaj malprofundiĝas. Anslow deprenis la botojn, ĉar li volis bani la piedojn, sed nia gvidanto metis sian manon sur la frunton – gesto, kiu signifas en la sovaĝula idiomo "ne fari". Anslow ruĝiĝis kaj plendis al mi, ke la funguso, kiu infektis liajn piedojn, bezonas regulan banadon. Mi silentigis lin kaj diris, ke prefere li banu la piedojn per akvo el sia propra akvujo. Ofendinte nian gvidanton, ni pereus en la sovaĝa arbaro.

Nia gvidanto montris al ni la pomujojn, kiuj troviĝis sur la permesata flanko de la muro. Ni ĉiuj rikoltis la maturajn fruktojn de la malaltaj branĉoj. Anslow kuraĝis grimpi pli alten – liaj piedoj ŝajne ne multe ĝenis lin. Dum ni plenŝtopis niajn pakaĵojn, la vespero enŝteliĝis. Pro la densaj arboj kaj la profunda valo, la krepuska suno rapide malaperis el la ĉielo kaj lasis nin en kreskanta malhelo.

Mi ordonis, ke ni starigu la tendojn kaj vespermanĝu. Nia progreso estis nekontentiga. Mi diris, ke morgaŭ ni ne flankeniros por pomoj aŭ superstiĉoj, sed kun duobla rapideco sekvos la ĉaspadon norden.

La lunulinoj okupis niajn pensojn denove dum ni kuiris vespermanĝon kaj malpakis la lankovrilojn. Nia gvidanto distris nin per unu el la sovaĝulaj mitoj. Li rakontis pri la malpermesita amo inter lunulino kaj indiĝeno, kiu nomiĝis Adakote. Neniam ili povus kunvivi en paco inter siaj popoloj. Do, ili konstruis loĝdomon en la altaj montoj, kiuj en somero similas la valon de la indiĝeno kaj en vintro similas la glacian lunon. Oni vidas la tombojn de li kaj de la rave bela edzino se oni sekvas la militvojojn trans la valo. Rave bela edzino! Tiu penso lumigis niajn sonĝojn – krom por Sibley, kiu havis la unuan deĵoron.

Kelkajn horojn poste li vekis min por mia vico, kaj mi prenis la gardodevon dum la aliaj dormis. La steloj kaj la luno estis apenaŭ videblaj malantaŭ la folioj kaj branĉoj. Malvarma vento blovis de la rivero, do mi kaŭris malantaŭ la muro. Sed aŭdiĝis neatendita bruo de la alia flanko, kvazaŭ plaŭdado en la rivero. Mi levis la okulojn super la rokojn.

La rivero estis plene lumigita de pala lunlumo. Junulinoj baniĝis kaj naĝis en la kuranta akvo. Mi klare vidis ilin, ĉar ili estis nur dek paŝojn for. Unue mi rimarkis iliajn harojn, kiuj estis longaj kaj blankaj. Ilia haŭto estis blublanka, kaj ŝajnis des pli pala pro la lunlumo. Ankaŭ iliaj lipoj estis bluaj. Mi atendis vidi bluajn okulojn, sed iliaj okuloj fakte estis malgrandaj kaj tute nigraj (fakto, kiun mi povis konfirmi poste). Iliaj oreloj estis nekutime longaj – tri poleksojn pli longaj, ol normalaj, kaj iliaj nazetoj estis suprenturnitaj, kiel tiuj de kunikloj. La vizaĝtrajtojn oni ne povis nomi fajnaj aŭ rafinitaj, sed iliaj graciaj movoj kompensis la strangecon de iliaj vizaĝoj.

La lunulinoj jam estis nudaj, kaj iliaj bluaj roboj kuŝis sur la riverbordo. Mi devas konfesi, ke mi permesis kelkajn malĉastajn pensojn eniri mian kapon. La kara leganto bonvolu pardoni, ke mi frandis la vidaĵon, ĉar delonge nia ekspedicio estis for de la gracia beleco, per kiu la civilizita koro nutras sin. Dum niaj vojaĝoj ni renkontis plurajn virinojn el inter la sovaĝuloj, sed iliaj malfacilaj vivoj faris ilin fortaj kaj dikbrakaj. Fojfoje tiuj sovaĝulinoj estis belaj, sed neniam graciaj – nur ripozo kaj facileco kreas gracion. La ludantaj lunulinoj memorigis min pri pacaj, senzorgaj horoj. Kvankam la malvarma aero ankoraŭ blovis de la rivero, mi sentis en la koro iun varmecon, kiel dum refreŝiga printempa tago. Sibley certe parolus pri grekaj nimfoj, kaj ĝuste tial mi ne volis veki lin aŭ la aliajn. Nimfoj apartenas nur al mitoj, al sonĝoj de solecaj ŝafistoj.

La lunulinoj jen flosis en la rivero, lasante la akvon ĉirkaŭi ilin, jen leviĝis kaj postkuris unu la aliajn, ridante senvoĉe, per sono simila al susurantaj folioj. Iliaj malsekaj piedfrapoj kontraŭ la rokoj faris pli da bruo, ol ilia ridado.

Unu el la lunulinoj ne partoprenis la kuradon. Ŝi restis sub la akvo kaj nur malofte turniĝis por kapti iun ŝanĝon en la akvofluo. Mi ne povis vidi, ĉu ŝi estis pli maljuna, ol la aliaj. Pli kaj pli ŝi altiris mian rigardon. Mi raviĝis pro la klino de ŝia kapo kaj ŝultroj. El ĉiuj lunulinoj, ŝi ŝajnis al mi la plej saĝa. Foje, mi havis la senton, ke ŝi vidis min, sed mi ne estis certa. La okuloj de la lunulinoj ne estis same perfidemaj, kiel la niaj.

Sibley dirus, ke mi estis ensorĉita, kiel Odiseo. Anslow dirus, ke ili frostigus mian koron, antaŭ ol mi fandus iliajn.

Lunulino klinis sian kapon al la saĝulino por aŭskulti ion, kion mi ne aŭdis, kaj turnis sin al la muro, al mi. Ŝia blublanka haŭto rebrilis per akvogutoj kaj lunlumo. Mi kuŝiĝis senmove, premante min al la muro, por ke neniu povu vidi min en la ombro. De la alia flanko mi aŭdis spiradon kaj snufadon. La lunulino provis trovi min per sia nazo. Ju pli ŝi alproksimiĝis, des pli malvarma fariĝis la aero kaj la tero. Kaj jen ŝi estis tuj trans la muro, kaj la muro mem fariĝis kvazaŭ glacio, kaj mia spiro estis peza blanka nubo.

Mi akre enspiris tra la grincantaj dentoj. Tion certe la lunulino aŭdis per la grandaj oreloj. Tamen la snufado iomete pluiris kaj ĉesis. Mi kuraĝis rigardi super la muro, kaj mi vidis ŝin ensalti la akvon per risortaj kruroj. Mi ne scias, kial mi ne estis malkovrita. Povas esti, ke mia odoro estis tro fremda al la lunulinoj.

Kaj unu post la alia la lunulinoj finis sian baniĝadon kaj kuŝiĝis sur la ĉebordaj rokoj. Aliaj helpis al la saĝulino leviĝi kaj kuŝiĝi. La akvogutoj glaciiĝis sur iliaj vizaĝoj aŭ glitis de la mola haŭto kaj frakasiĝis sur la rokoj. En la lunlumo akvo fariĝis kristalo. Horojn ili sekiĝis en la malseka nokto.

Finfine ĉiu remetis sian robon – ĉiu, krom la saĝulino. Ŝi ankoraŭ ne malfermis la okulojn. La aliaj palpis ŝian frunton kaj flaris ŝin. Unu eĉ pinĉis la orelpintojn, sed tiu renkontis malaproban sonon de la aliaj lunulinoj. Ili komprenis, samkiel mi, ke la saĝulino mortis.

Ŝian robon la lunulinoj uzis por vuali ŝian vizaĝon, kaj la kadavron ili levis per komuna forto. Mi atendis, ke ili portos la mortinton hejmen per sia kaŝita vojo. Sed ili metis ŝin en unu el la malprofundaj truetoj apud la muro – sen kanto, sen preĝo, sen ploro. La lunulinoj malaperis trans la rivero.

Falantajn soldatojn oni lasas sur la batalkampoj nur pro urĝa bezono. Se eble, oni portas kamaradojn al la hejmo por la enterigo. Iam mi opiniis, ke lasi mortinton sur fremda tero estas sovaĝa ago, kiu apartenas nur al la plej primitivaj kulturoj sen religioj aŭ tradicioj. Sed dum niaj aventuroj, mia opinio ŝanĝiĝis. Se mi falus dum la ekspedicio, mi petus nian gvidanton enterigi min apud rivero, aŭ sur montopinto. Tiel mi povus alrigardi al la hejmo de fore kaj kompreni ĝin pli bone.

La luno pendis en la ĉielo; ĝia lumo estis duonvualita de arboj kaj folioj.

Mi atendis ĝis mi aŭdis nenion krom la kutimajn sonojn de la naturo – venton, akvon, ronkadon de miaj kunuloj, krieton de strigo. La sorĉaĵo rompiĝis, kaj mi kuraĝis transiri la muron. Mi volis espori la kadavron de la mortinto, ĉar ĝi estis unika okazo lerni pri la lunulinoj. Krome la taglibro bezonis kompletigon.

Mi deprenis la bluan robon de ŝia vizaĝo. Ŝia haŭto estis malseka, kvazaŭ ŝvitokovrita. Ŝiaj vangoj estis rozkoloraj, kaj ŝiaj lipoj estis ruĝaj. Mi tuŝis ŝian frunton kaj sentis varmecon. Dum momento mi havis esperon, ke ŝi ankoraŭ vivas. Sed ŝi estis lunulino, ne homo, kaj ŝi estis kreita ne el karno, sed el glacio. Jen estis klare: homoj fariĝas palaj kaj malvarmaj dum ili kuŝas en la sino de morto; lunulinoj rozkoloriĝas, varmiĝas, kaj forvaporiĝas. Ŝi degelis antaŭ la tagiĝo. Fine restis sur la folioj nur blua robo kaj salaj rosogutoj.

Baldaŭ Sibley, Anslow kaj nia gvidanto vekiĝis. Ni matenmanĝis frititan salporkaĵon kaj freŝajn pomojn, kaj poste ni direktis niajn paŝojn al la nordo. En la tagoj, kiuj sekvis mian renkontiĝon kun la lunulino, mi relegis multajn paĝojn de mia taglibro kaj faris plurajn korektojn.

Akvoturo, Akvokruĉo

Kiam mi vizitis la urbeton Sudangulo, mi veturis ne laŭ la ĉefa aŭtovojo, sed laŭ polvoplena kaj zigzaga vojo, kiu serpentumis tra la kampoj. La pejzaĝo estis preskaŭ netuŝita dum la lasta jarcento – mankis telefonfostoj, elektrodratoj, kaj stratlampoj. Eĉ la pavimo ŝajnis antikva. Ĉio ĉi tre plaĉis al mi, ĉar mi ne amas la metalojn kaj kolorojn de la moderna epoko. Plej rava estis vico de imponaj malnovaj domegoj, kiuj subite aperis apud la malzorgata vojo. Ili estis veterbatitaj kaj ŝajne neloĝataj, sed iam ili estis grandiozaj kaj pompaj. Kolonoj kaj ŝtuparoj ornamis la eksteraĵojn, kaj la tegmentoj estis altaj kaj pintaj. Oni uzis luksajn konstrumaterialojn – feron, ŝtonon, brikon, multekostajn fremdajn lignojn. Tiaj domegoj neniel hontindus eĉ en la plej arogantaj sudusonaj urboj – Charleston aŭ Savannah. Kia mistero, ke ili troviĝis tamen en la mezo de kamparo, apud malzorgata vojo.

Tuj malantaŭ la domegoj estis alia vico de domoj. Tamen, tiuj domaĉoj estis mizeraj, senvaloraj – preskaŭ ruinoj. La nefarbitaj lignaj muroj estis grizaj kaj kurbiĝintaj, kaj truoplenaj tolaĵoj farse rolis kiel tegmentoj. Mankis vitroj en la fenestroj. Altaj kreskaĵoj baris la pordojn. La naturo jam duone reprenis la domojn en la teron.

Kiam mi haltis en Sudangulo, mi demandis pri la domegoj kaj domaĉoj. La dejoranto ĉe la benzinvendejo respondis per rikano. "Ili estas la domoj de la vojaĝantoj", li diris.

Fakte li diris "ciganoj" sed li ne celis tiun malfeliĉan eŭropan popolon. Prefere estus elekti pli ĝeneralan terminon.

"Ĉu la domegoj kaj domaĉoj ambaŭ apartenas al la sama grupo?" mi demandis.

Sekvante la kutimon de tiu landoparto, la dejoranto respondis al simpla peto per plena historio.

La vizaĝoj kaj parolritmoj de la vojaĝantoj estis nedistingeblaj de kamparaj sudusonanoj, sed iliaj koroj tute malsamis, kvazaŭ ili estis faritaj el polvo kaj vento, ne el karno kaj sango. La urbetanoj unue renkontis la vojaĝantojn kiam oni konstruis en Sudangulo akvoturon. Dum jaroj kelkaj familioj pledis por tia turo, ĉar la plej proksima rivero serpentumis tra malalta tereno, kaj oni povis venigi fluantan akvon en la domon nur per multekostaj kaj nefidindaj pumpiloj. Aliaj familioj kontraŭis la konstruadon kaj klarigis, ke la multekostaj kaj nefidindaj pumpiloj kutime nomiĝas "infanoj", kies edukiĝo inkluzivas akvoportadon. Akvoturo moligus ties piedojn kaj velkigus la brakojn. Oni interkonsentis nur kiam multaj pli aĝaj infanoj estis vokitaj al la milito kaj restis por porti akvon nur infanoj malsanaj kaj inaj.

La urbetanoj dungis kompanion el granda urbo por konstrui la akvoturon. Hogsbat, la reprezentanto de la kompanio, proponis por la akvoturo plurajn projektojn, ĉiuj kun la celo pligrandigi la tantiemon. Unue li proponis turon, kiu havis la formon de grandega sfero kun mallarĝa stango el brilanta ŝtalo polurita kiel arĝento. Tiun ekstravagancon la popolo rifuzis. Poste Hogsbat proponis akvoturon en la formo de persiko, la plej valora kreskaĵo en la regiono – "tia akvoturo estus bona reklamo por la regionaj industrioj!", diris Hogsbat – sed ankaŭ tion la urbetanoj rifuzis. Hogsbat tiam prezentis projekton de akvoturo kun ridanta vizaĝo, por ke ĝi estu feliĉigo por la tuta urbeto. La urbetanoj finfine koleriĝis pro tiuj ludoj – ili ne estis tiel naivaj, kiel opiniis Hogsbat – kaj elektis la plej simplan kaj malmultekostan akvoturon, kiun la kompanio povis konstrui. Eĉ farbadon la urbetanoj rifuzis.

"Sed vidu", diris Hogsbat, "la vento portas salon de la maro, kaj via akvoturo forrustiĝos, se vi ne farbos ĝin." Li diris la veron, sed la urbetanoj ne kredis lin. Apudaj urbetoj ne lasis siajn akvoturojn esti farbitaj – ĉu la urbetanoj de Sudangulo estas pli naivaj, ol la loĝantoj de Clarkesville?

Hogsbat devis resti en Sudangulo por gvidi la konstruadon, sed li ne plu zorgis eĉ pri bazaj ĝentilaĵoj. Li ne troviĝis en la halo apud la preĝejo dum la komunaj dimanĉaj manĝadoj, sed okazigis apud sia tendo-dometo diboĉajn vesperojn. Sentaŭguloj kun buŝharmonikoj kaj bierboteloj vizitis lin. Tamen la akvoturo ekkonstruiĝis. De la betonaj piedoj kreskis ŝtalaj kruroj. Sur tiun skeletan korpon estis metita ronda kapo. Sur ĝia haŭto troviĝis pustuloj de ŝraŭboj kaj cikatroj pro la konstruado.

"Ĉu vi certas, ke vi ne volas farbi ĝin?" demandis Hogsbat lastan fojon. "Nun ĝi estas junulino sen ŝminko – la naturo ne konsentas, ke oni vidu ĝin tiel, kun la makuloj kaj cikatroj."

Sed la urbetanoj denove rifuzis. Ne plaĉis al ili la metaforo – ŝminko estas nedeca por junulino.

La akvoturo estis finita du semajnojn antaŭtempe. Hogsbat kun siaj diboĉuloj forkuris tuj. Ili ne ĉeestis la festenon, kiun la urbetanoj aranĝis. Por modesta kaj sufiĉa akvoturo, la urbetanoj okazigis modestan kaj sufiĉan feston. Oni bakis kelkajn kukojn. La urbetestro parolis mallonge. La preĝeja ĥoro kantis. Kaj poste ĉiuj iris hejmen kaj banis sin per akvo, kiu alvenis sen penado de pumpiloj aŭ infanoj.

Dum pluraj monatoj la urbetanoj vivis trankvile en la ombro de sia akvoturo. Sed post nelonge la salaj ventoj komencis ronĝeti ĝian nudan eksteraĵon. Rusto makulis ĝian haŭton. Kiam la aŭtunaj ŝtormoj alportis venton kaj pluvegon el la maro, la akvoturo kriis kvazaŭ timigita. Ĝi ŝanceliĝis pro ventoblovoj. Telegramoj al la kompanio kaj al Hogsbat restis neresponditaj.

Venis novaĵo, ke en apuda urbeto la akvoturo difektiĝis kaj kolapsis. Inundoj ruinigis kampojn kaj dronigis tri kokinojn kaj ŝafinon, kiu naskis la tri plej lastajn gajnintojn en la agrikultura foiro. En alia urbo aperis fendego en la turo, kiu entenis melason. Melaso kun valoro de dek mil dolaroj fluis el la turo tra la stratoj. La ĉefa kaŭzo en ambaŭ katastrofoj estis la sala vento kaj manko de farbo.

Teruro ekkaptis Sudangulon. Oni bezonis tujtuj farbi la akvoturon.

Sed neniu estis sperta pri tiaj komplikaj aferoj. Farbi akvoturon ne estas kiel farbi domon. Oni bezonas ŝnuron, altajn ŝtupetarojn, grandajn penikojn kaj aliajn ekipaĵojn. Krome, oni bezonas kuraĝajn laboristojn, al kiuj estus komforte pendi en la aero, sed urbetano estis ĉiam pli feliĉa kun siaj kalkanoj en la mola tero.

Kvazaŭ kiel respondo al preĝo alvenis la vojaĝantoj. Karavano de ruldomoj rulis en la urbeton. Ili estis farbitaj per helaj koloroj kaj ornamitaj per pentraĵoj. Hedero pentrita per longaj graciaj movoj de penikoj sekvis la randojn de la tegmentoj, kaj super la pordoj kaj fenestroj estis violetoj. Eĉ en la mezoj de la radoj estis pentritaj sunoj, pomoj, erinacoj.

Urbetanoj kolektiĝis por gape rigardi al la novalvenintoj. La buntaj ruldomoj incitis la infanojn, kiuj kantis strofojn el laboristaj kantoj; la gepatroj ĝemis, fajfis, tusis. Sed el la ruldomoj aperis ne monstroj aŭ stranguloj … simple homoj. Multaj el la vojaĝantoj havis barbojn, kio pensigis la junajn urbetanojn pri siaj avoj kaj la maljunajn urbetanojn pri si mem. La vojaĝantinoj portis buntajn ĉapeletojn, kiuj similis al la dimanĉaj ĉapeletoj, kiujn portis la piaj urbetaninoj.

La vojaĝantoj proponis siajn servojn al la urbetanoj. Ili farbos la akvoturon per bonkvalita farbo, kiu estis jam ĉemana kaj malmultekosta. Dum siaj vagadoj la vojaĝantoj jam faris similajn servojn por pluraj aliaj urbetoj kaj akiris iujn spertojn pri la afero. Iliaj viroj ne tiom ligiĝis al la tero kaj ne timis la altecon de la turo. La koston la vojaĝantoj prezentis tuj, kaj la urbetanoj, komprenenble, akceptis la proponon.

Tiun vesperon fajroj eklumis en la kampo sub la akvoturo. La lastaj vizitantoj okazigis diboĉajn vesperojn, kaj la urbetanoj timis frenezan muzikon kaj ebriiĝon. Sed el la tendaro de la vojaĝantoj venis nur la kraketado de la fajroj, mallaŭtaj fajfoj de flutoj kaj kelkaj maljunaj virinaj voĉoj. La urbetanoj mem faris pli da bruo dum la dimanĉaj diservoj.

En la mateno, la ruldomoj estis plenaj je industrio. La viraj vojaĝantoj grimpis la akvoturon kun potoj kaj penikoj, kaj dum la farbado ili riparis kelkajn lokojn, kie la sala vento formanĝis gravajn subtenilojn kaj ŝraŭbojn. La vojaĝantinoj sidis en la ombro de la akvoturo kaj marteladis.

Iuj urbetanoj ĉirkaŭis la vendejon kun malvarmaj kokakolaĵoj kaj kapjesis kontente unu al la aliaj. Neniu plu timis subitan inundon de akvo aŭ sukosaŭco. Dum ili trinkis, paro da junaj vojaĝantinoj venis al la urbeta puto. Ĝi estis polvokovrita kaj barita, ĉar neniu uzis ĝin ekde la funkciigo de la akvoturo. La vojaĝantinoj forprenis la fermilon, per la malnova sitelo ĉerpis akvon kaj verŝis ĝin en siajn akvokruĉojn. Sed kiaj akvokruĉoj! Tiel belajn ujojn la urbetanoj neniam antaŭe vidis. Samkiel la ruldomojn, la akvokruĉojn de la vojaĝantoj kovris belaj pentraĵoj inspiritaj de l' naturo. La formo de la akvokruĉoj mem estis gracia kaj energia, kiel brako de virino.

Granda aro da mirigitaj urbetanoj sekvis la knabinojn al la ruldomoj. Plej mirige estis, ke la urbetanoj tiom profunde raviĝis. Artaĵoj ne estis abundaj aŭ ofte aprezataj en Sudangulo. Kutime la plej belaj plugiloj kaj ĉevaloj estis tiuj, kiuj plej efike laboras.

La vojaĝantoj afable montris siajn havaĵojn al la urbetanoj – la vojaĝantinoj fieris pro siaj kreaĵoj. Jen malgrandaj akvokruĉoj, por ke malgrandaj manoj povu ĉerpi akvon dum plenkreskuloj laboras. Jen barelsimilaj, por la distancoj inter riveroj. Jen profundaj, por teni fruktojn kaj legomojn freŝaj. Jen malprofundaj, por lavi. El la nigraj fundoj de ĉi-lastaj la pentritaj fiŝoj kisis la respegulojn de la lavantoj. Tute ĉarme.

La urbetanoj proponis al la vojaĝantoj interŝanĝojn – viandon, legomojn, metalaĵojn – sed la vojaĝantoj ne volis fordoni la akvokruĉojn. Ĉiu akvokruĉo havis sian rolon, kaj la vojaĝantoj ne portis ekstrajn akvokruĉojn en la malgrandaj ruldomoj. Kvankam la vojaĝantoj kaj la urbetanoj parolis samlingve, eĉ samakcente, la vojaĝantoj ne komprenis, kial la urbetanoj volas havi akvokruĉojn.

Ĉu la urbetanoj ne konstruigis akvoturon por ne plu devi porti akvon en akvokruĉo? Ĉu ne bela pura akvo fluas rekte en la domojn? Ĝenis ilin, ke la urbetanoj ne uzus la akvokruĉojn por … porti akvon.

"Ĉu vere vi pagos por tiaj kruĉoj?" demandis la vojaĝantoj.

"Tre volonte!" diris la urbetanoj.

"Do, eble esplorinda entrepreno," diris la vojaĝantoj. "Venontfoje ni havos kruĉojn por vi."

La urbetaj metiistoj sekvis la liniojn de la desegnaĵoj per avidaj fingroj kaj okuloj. Sed tiuj formoj kaj floroj kaj folioj ne estis tiel facile lerneblaj.

La vojaĝantoj finis sian laboron ĉe la akvoturo, kaj tiun vesperon la urbetanoj okazigis dankfestenon. Ĉiuj virinoj de Sudangulo bakis kukojn laŭ malnovaj receptoj. Knabinoj kolektis sovaĝajn florojn el la kampoj por ornami la tablojn. Tiuj, kiuj iam studis muzikan instrumenton, portis ĝin al la festeno kaj ludis, eĉ se mankis sperto. La bruo estis tre granda, sed malmultaj plendis. En la mateno la fruleviĝintoj en la urbeto vidis la polvon de la lastaj ruldomoj je la horizonto.

Dum jaro la metiistoj en Sudangulo provis kopii la akvokruĉojn, sed mankis al ili la fluecaj formoj kaj pentrista lerto. La vojaĝantinoj sekvis longan tradicion, kiun ne havis la urbetanoj. Monaton post monato aperis en la vendejoj misformitaj vazoj. Ŝrumpintaj kuvoj kolektis akvon sub tegmentofendoj. Mispentritaj floroj sur supbovloj ne tiel impresis la dommastrinojn, kiel la memorataj akvokruĉoj de la vojaĝantoj.

Do estis kun plezuro, ke la urbetanoj rimarkis la dispeciĝantan farbon sur la haŭto de la akvoturo, kaj ili ĝojis kiam forta frosto faris fendetojn. Post nelonge revenis la ruldomoj, kaj post la ruldomoj estis trenitaj vagonoj kun akvokruĉoj pretaj por aĉeti.

Prezo por la riparado de la akvoturo estis senzorge aranĝita, kaj la urbetanoj komencis aĉetadi la akvokruĉojn. La farbitaj floroj kaj folioj ankoraŭ ne estis plene sekaj sur kruĉo, kiam urbetano eltiris ĝin el la manoj de vojaĝantino-artistino kontraŭ saketo da ŝparitaj moneroj. Sur manĝotabloj aperis belegaj vazoj, kaj sur fenestrobretoj staris vicoj de la akvokruĉoj. Najbaroj militis per ekspozicioj.

Ankoraŭ estis tikla problemo por la vojaĝantoj, ke la urbetanoj tamen ne uzis la akvokruĉojn por la kutima celo – tio estas, porti akvon de loko al loko. Foje aro da vojaĝantinoj alvenis al la puto kaj renkontis tie urbetaninojn, kiuj ĉerpis akvon per siaj aĉetitaj akvokruĉoj sed tuj verŝis la akvon reen en la puton. Mirigite la vojaĝantinoj demandis la urbetaninojn, kion ili faras. La urbetaninoj respondis per altaj laŭdoj pri la perfektaj arkoj, kiujn faras la elverŝata akvo. Kaj post kelkaj minutoj la urbetaninoj metis la malplenajn kruĉojn sur la kapojn kaj foriris parade, perfekte paŝante en bela vico.

Sed tio ne estis la nura enigmo por la vojaĝantoj. Pro siaj diversaj laboroj kaj ŝparemo la vojaĝantoj jam havis sufiĉe da mono por siaj ĉiutagaj bezonoj. Aldoniĝis al tiuj sumoj la novaj kaj neatenditaj enspezoj pro la akvokruĉoj. Iliaj ruldomoj estis lastatempe riparitaj kaj iliaj vestaĵoj faritaj el nova ŝtofo. Do, kion fari kun la mono?

Dum varma posttagmezo, kiam la laboro pri la akvoturo ne estis prema, kelkaj vojaĝantoj alvenis al bienmastro kaj aĉetis tri hektarojn je kelkaj mejloj for de la urbeto. Ĉe la urbeta vendejo ili aĉetis segilojn, najlojn, ĉarumojn, kaj martelojn. La ruldomoj translokiĝis el sub la akvoturo en la aĉetitan kampon. Tie ili ekkonstruis domojn.

Neniu memoris, kial precize la vojaĝantoj decidis konstrui domojn. Certe ili ne volis enhejmiĝi. Kvankam nespertaj pri domoj, la vojaĝantoj estis kompetentaj ĉarpentistoj. La novaj domoj similis al la ruldomoj – kvadrataj formoj, malkrutaj tegmentoj, maldikaj muroj. Sed eĉ kiam la domoj estis pli malpli finitaj – krom la detaloj kaj dekoraĵoj, kiuj karakterizas la arton de la vojaĝantoj – ili ne translokiĝis el la ruldomoj.

"Pro kio konstrui domon, se oni ne loĝas en ĝi?" demandis la urbetanoj.

"Kial aĉeti akvokruĉon, se oni ne bezonas porti akvon?" respondis la vojaĝantoj.

Nelonge poste granda trajno el Augusta al Greenville haltis en Sudangulo. Tiaj trajnoj portis komercistojn kaj societanojn al diversaj
eventoj. Nek Augusta nek Greenville estis sufiĉe grandaj por subteni
siajn proprajn festsezonojn, kvankam la urbetanoj parolis pri ambaŭ
urboj kvazaŭ pri Londono kaj Parizo. La knabinoj de Sudangulo
ĉiam salutis la preterpasantajn trajnojn per delikataj mansvingetoj,
ne per la plenbrakaj salutoj, kiujn ili uzis inter si. Eĉ la knaboj, metinte verdiĝintajn monerojn sur la relojn, ĝentile demetis la ĉapelojn
antaŭ la pasaĝeroj.

Sudangulo ne estis laŭplana haltejo por tiaj trajnoj. Temis pri
meĥanika fuŝo. La kaldronego de la trajno rompiĝis. Ĝi ne eksplodis,
sed la difekto estis tiom granda, ke la trajno devis halti dum kelkaj
horoj kaj atendi meĥanikiston el Augusta. La urbetanoj ne malŝparis
tempon. La preĝeja ĥoro prezentis himnojn dum la pastro iradis de
vagono al vagono kun la ora monpleto. Knabinoj en siaj dimanĉaj
roboj vendis florojn al la pasaĝerinoj kontraŭ kuprajoj, kaj knaboj
poluris ŝuojn kaj botojn.

Eĉ la vojaĝantoj partoprenis la tujan foiron. Ili venis kun siaj
akvokruĉoj plenaj de malvarma akvo el la profundo de la puto. La
soifantaj pasaĝeroj bonvole plenigis la manetojn de la infanoj per
moneroj. Sed estis pli da entuziasmo pri la akvokruĉoj mem. La
damoj volis havi ilin por ĉetablaj dekoracioj dum la aŭtuna sezono.
La komercistoj volis havi ilin por vendi al aliaj damoj, kiuj nun ne
estis en la trajno. Hazarde ĉeestis ankaŭ profesoro pri arto. Li priskribis la akvokruĉojn kiel belegajn ekzemplojn de usona popola arto kaj
volis akiri kelkajn por la muzeo ĉe la universitato. La nombro da
aĉetantoj tujtuj superis la kvanton de haveblaj akvokruĉoj. La prezoj
rapide altiĝis, kaj aperis monbiletoj kun multaj ciferoj.

Fajfegis la trajno denove. Ĝia kaldronego estis riparita kaj replenigita el la akvoturo, kiu nun estis preskaŭ malplena. La profesoroj, damoj, kaj komercistoj mansvingis kaj petegis per laŭtaj voĉoj, ke oni faru pli da kruĉoj. Baldaŭ venos alia trajno, kiu faros specialan halton en Sudangulo.

Tiun vesperon la urbetanoj ne havis akvon en siaj domoj. Restis iomete da akvo en la akvoturo, sed la premo ne sufiĉis por pumpi ĝin en la domojn. Unuafoje dum kelkaj jaroj la infanoj de la urbeto aperis ĉe la puto, apud la vojaĝantoj, por ĉerpi akvon per la belaj kruĉoj.

Kelkaj tagoj ne sufiĉis por fari multajn novajn akvokruĉojn, do kiam alvenis deko da kaleŝoj el Augusta, la prezoj denove estis altaj. Aĉetantoj konstante alvenis, kaj la vojaĝantinoj estis okupataj la tutan tagon per farado, bakado kaj pentrado. Sed farado de akvokruĉoj estis laboro nur virina. La viroj, fininte la farbadon de la akvoturo en Sudangulo kaj ne povante veturi al aliaj urbetoj, prilaboris siajn hobiajn domojn. Modestaj muroj iĝis muregoj, kaj el tegmentoj elkreskis gablofenestroj kaj turoj. Fojfoje patro kaj filo prilaboris malsamajn domojn sed poste ligis ilin per arkadoj. Baldaŭ brikoj anstataŭis lignon. Multaj domoj estis malkonstruitaj ĝis la tero kaj poste rekonstruitaj per novaj materialoj aŭ laŭ pli koheraj formoj.

Eĉ en tiuj brikaj domoj la vojaĝantoj ne loĝis. La ruldomoj ankoraŭ estis iliaj hejmoj, sed delonge la radoj sinkis en la koton. La vojaĝantoj ne vojaĝis, pro amaso da klientoj kaj farenda laboro. Tamen la ruldomoj devis iomete adaptiĝi al tiu nova vivoritmo. Pro nova naskiĝo aŭ geedziĝo la vojaĝantoj konstruis aldonojn al la ruldomoj. Sed tiuj novaj ĉambretoj ne havis proprajn radojn. Ili staris sur la tero. La lignaj muroj estis nepentritaj kaj ĉe la anguloj ne renkontiĝis rekte. Herboj kreskis supren por firmteni la ruldomojn; la ruldomoj enprofundiĝis suben por firmteni la teron. Oni nomis ilin ruldomoj nur pro tradicio.

Sudangulo apenaŭ atentis la transformiĝon de la domegoj kaj domaĉoj, ĉar ankaŭ la urbetanoj estis tre okupataj pro la alfluo de vizitantoj. La restoracio havis rekordan klientaron, kaj ĝiaj posedantoj alkonstruis portikon kun dek novaj tabloj. Aĉetantoj de la akvokruĉoj, dum ili estis en la kamparo, volis sperti kamparan etoson, do la urbetanoj agordis siajn gitarojn kaj strebis rememori la malnovajn kamparajn melodiojn. La restoracio servis pleton post pleto kun truto kaj kaĉo, ŝinko kaj brasiko, kaj omletoj el freŝaj ovoj kaj fromaĝo. La preĝejo ricevis pere de donacoj novan turpinton. Geknaboj vendis florojn kaj poluris botojn kaj tiel perlaboris monerojn por dolĉaĵoj kaj ludiloj.

Granda ĝojo venis iun brilan tagon. Oni anoncis, ke la ŝtata registaro faris novan oficialan mapon, kaj Sudangulo aperis kiel urbetopunkteto. Antaŭe ĝi eĉ ne meritis mencion, ĉar ĝi estis oficiale nur "loko por la popolnombrado", kiu signifas, ke la loko estas grava nur por la lokuloj. Punkteto sur la mapo signifas, ke la loko havas signifon por iu grava eksterulo.

En la sama jaro estis eĉ pli grava novaĵo. La ŝtata muzeo decidis starigi ekspozicion pri la akvokruĉoj. Oni mendis de la vojaĝantoj centojn da akvokruĉoj ne nur por la ekspozicio, sed ankaŭ por vendi en apudaj butikoj. La vojaĝantinoj plenŝtopis plurajn vagonojn per siaj akvokruĉoj. Pluraj el la akvokruĉoj estis elstaraj ekzemploj de la arto, sed tre multaj estis malgrandaj, misaj, kaj tro haste faritaj. La tempo ne permesis, ke ĉiu estu majstroverko.

Memoru, ke la akvokruĉoj estis faritaj nur de virinoj! La viroj havis nenion por fari dum tiuj frenezaj monatoj, krom okupiĝi pri siaj hobiaj domoj. Kolonoj kaj arkadoj kreskadis, kaj oni aldonis grandajn, pompajn fenestrojn speciale menditajn en la ĉefurbo. La elspezitaj sumoj estis altaj, kaj la domegoj fariĝis tre imponaj. Kiel artaĵoj kelkaj preskaŭ egalis la akvokruĉojn.

Kiam la ekspozicio malfermiĝis, ĝi estis ĉiuflanke laŭdata kun entuziasmo. Venis ne nur la sociaj altuloj, sed ankaŭ membroj de pli malaltaj sociaj tavoloj, kiuj volis partopreni la ŝikan etoson. Aperis geknaboj el la bazlernejo, patrinoj kun suĉinfanoj, kaj plendantaj edzoj. Kaj, subite, la akvokruĉoj ne plu estis raraĵoj malkovritaj en la manoj de sovaĝa popolo en la sovaĝaj randoj de la usona civilizacio. La akvokruĉoj staris sur ĉiu fenestrobreto kaj en ĉiu tabloarangô. Ĉiu mezklasulo ŝajne havis plurajn akvokruĉojn. La societulinoj

186

priskribis la akvokruĉojn nun per aliaj vortoj: banala, ordinara, ĉiutaga.

Kaj antaŭ ol fermiĝis la ekspozicio, la komercistoj, damoj kaj profesoroj pri usona popola arto jam entuziasmis pri novaj ludiloj – inter aliaj litkovriloj de la Pensilvaniaj montetoj kaj la arĝentaj manĝilaroj de sekskomunumo Oneida en la kampara Novjorko.

Post la ekspozicio venis neniuj mendoj por akvokruĉoj, nek aĉetantoj al Sudangulo. Oni kvazaŭ malŝaltis la kranon. Sen klientoj kaj sen laboro la vojaĝantoj ne plu estis ligitaj al Sudangulo. Tamen iliaj ruldomoj ne plu estis pretaj por la vojo. Kaj io ŝanĝiĝis en iliaj koroj, kiuj iam ŝajnis tiom malsimilaj, ol tiuj de la urbetanoj. Dum oni atendis aĉetantojn en Sudangulo, la vojaĝantoj alkutimiĝis vekiĝi ĉiumatene vide al konataj vizaĝoj, arboj, ombroj. Estus bele enhejmiĝi kaj ne plu porti akvon per kruĉo.

La domegojn oni ne volis makuli per tuboj aŭ kuvoj. Tiujn aferojn oni instalis en la iamajn ruldomojn – la domaĉojn. Dum jardekoj la infanoj de la vojaĝantoj fariĝis plenkreskaj kaj konstruis proprajn, tute ordinarajn domojn en Sudangulo. Domegoj kaj domaĉoj estis forlasitaj. La nova generacio aliĝis al la preĝejo kaj la vivo de Sudangulo, aŭ transloĝiĝis al Clarks Hill, Parksville, aŭ eĉ Augusta aŭ Greenville, kie oni fabrikas botojn kaj vendas asekuron.

Jen ĉio, kion konis la dejoranto ĉe la benzinvendejo. Ceterajn detalojn mi kolektis de aliaj urbetanoj en la restoracio, preĝejo, aŭ poŝtoficejo. Kredeble inter tiuj estis posteuloj de la vojaĝantoj. Eble inter la plej aĝaj eĉ estis virinoj, kiuj helpis siajn patrinojn pentri florojn kaj foliojn sur la akvokruĉoj. Sed tiuj ne malkaŝis sin al mi.

Dum la jaroj 1946 ĝis 1956 oni konstruis grandegan digon, kiu siavice kreis la lagon Clarks Hill, tiel nomita pro la proksima samnoma urbeto. Malmultekostaj pumpiloj estis aĉeteblaj ekde la sesdekaj jaroj. La pumpiloj facile liveris la akvon el la lago al la restoracio, vendejo, poŝtoficejo, preĝejo kaj ĉiuj domoj, domegoj kaj domaĉoj en Sudangulo. La akvoturo ne plu estis bezonata. Oni ne malkonstruis ĝin sed ankaŭ ne plu riparis ĝin. Ĝi ankoraŭ staras en Sudangulo, striita de rusto. Sub ĝi oni konstruis tre malmultekostan gastejon, kaj tie mi decidis tranokti. Verdire, mi elektus pli belan lokon, sed tio estas la nura gastejo apud Sudangulo. La urbeto ne ricevas multajn vizitantojn.

Survoje al la gastejo mi denove preterpasis la vicon de domegoj kaj domaĉoj. La domegoj ankoraŭ fanfaronis pri siaj kolonoj, ŝtuparoj kaj altaj tegmentoj. Sed nenie estis flueca formo, natura linio, floro aŭ folio. Pli interesaj estis la domaĉoj. La vespera lumo kaj akraj ombroj malkaŝis detalojn, kiujn mi ne rimarkis en la posttagmezo. Jen kudzu-herbaĵoj nodiĝis ĉirkaŭ la iamaj radoj, kiuj nun duone malaperis en la koton. Jen violetoj kreskis el la fendoj super fenestroj kaj pordoj. Kaj jen kurbaj graciaj sulkoj en la tegmentoj. Ilin desegnis jardekoj da pluvo serĉanta utilon en la koro de la tero.

Estimata Vi!

Pintajn esperojn de la semajno, plej kara amikino. Mi skribas al vi kun espero, ke tiu ĉi afero trovos vian plenan atenton, kvankam ni neniam antaŭe konatiĝis. Mia nomo estas s-ro advokato Maksimo Tovar-Q. Mi estis konata al la lastatempe mortinta samideano K., kiu forlasis la vivon sen heredantoj aŭ klara testamento. Kiel lia advokato kaj amiko, mi havas moralan devon agi laŭ mia koncepto de liaj lastaj deziroj. Tial mi petas vian kiel eble plej rapidan kunlaboron en tiu ĉi afero. Okaze de la entombigo de s-ano K. mi aranĝas transdonon kaj investadon de lia tuta havaĵo en vian Esperanto-klubon, propagandan projekton aŭ fakan organizaĵon, pri kiu mi vaste aŭdis kaj kiun mi multe estimas.

La lastatempe mortinta s-ano K. postlasis monbiletojn, oraĵojn, aŭtojn, juvelumitajn ovojn, silkajn ĉapelojn, kraniojn de sanktuloj, specimenojn de raraj plantoj kaj akciojn kun valoro de tricent naŭdek ok milionoj sepcent naŭdek du miloj tricent kvindek unu steloj (398.792.351), por taksi ĝin en la kurzo de via etno.

S-ano K. riĉiĝis june, kiam malgranda sumo investita en malgranda komputila firmao subite fariĝis granda sumo investita en granda komputila firmao. S-ano K. klarigis sian sukceson jene: "granda ago kun granda risko por granda rezulto". Li volis, ke mi ĉizu tiun frazon sur lian tombon, ĉar li prenis ĝin kiel vivostilon. Ĝi fariĝis aparte grava, kiam la borsoj fariĝis malstabilaj. Tiuj, kiuj lasis la monon putri, suferis ruiniĝon, sed s-ano K., saltigante grandiozajn sumojn ĉiuhore, rikoltis milionon post miliono.

Li sentis tamen, ke per mispaŝo li perdus la tuton, do li dungis min kiel bremsilon. Mi konas la valoron de monero! Mia ditimanta familio de pacamaj vegetaranoj-profesoroj perdis nian konsiderindan havaĵon dum la Milito en mia lando. Kontraŭleĝaj trompemaj grandkomercistoj, kiuj estis malamikoj de la demokratia elektita registaro publike subtenita de miaj gepatroj, ŝtelis ĉion. Sed vere estis neeble bremsi s-anon K. Ŝpari monon ne interesis lin, kaj mi fariĝis nur helpanto por liaj grandaj planoj.

S-ano K. aplikis sian komerce sukcesan agadmanieron – "granda ago kun granda risko por granda rezulto" – al siaj amintrigoj, sed neniam sukcese. Li opiniis, ke pli utilas brilianto, ol senfina vico da bombonoj, floroj kaj vortoj, por atingi la amkulminon. Ĉiu virino, al kiu li ĵetis la okulon, unue akceptis la brilianton sed finfine reĵetis ĝin al lia nazo. Mi, poste parolante kun liaj amatinoj super kafo ĉe kandellumo, lernis, ke ili ne estis fridkoraj – nur esperoplenaj kaj naivaj.

Vi, kara legantino, certe profitus de pli klara ekzemplo. Foje s-ano K. malkovris en kafejo ĉerizlipan ĉarmulinon. Ŝia menso estis sorbita de librolegado, kaj ŝi apenaŭ atentis s-anon K, ĝis li metis antaŭ ŝi grandan eltranĉaĵon de ĉokolada kuko. Komenciĝis konversacio; fine li eltiris el la ĉerizaj lipoj, ke ŝia nomo estas Doroteo kaj ŝi vizitadas tiun ĉi kafejon kelkfoje semajne. Sed, hontante pro la tro granda konfeso al tiu nekonato, ŝi klakfermis sian libron, balbutis ion pri la malsana patrino, kaj fulmorapide forlasis la kafejon. La fuĝo pintigis la atenton de s-ano K., kaj li sendis min realigi planon haste skizitan sur buŝtuko. Venonttage la ĉerizlipa ĉarmulino revenis al sia kafejo, sed nun ĝi funkcis sub nova nomo, Kafejo "Doroteo". Oni ofertas tasojn da (a)doroteo – bongusta trinkaĵo sed stulta vortludo eĉ en la angla ("adore-a-tea / Dorothy"). Ŝia vizaĝo ornamis la tasojn kaj buŝtukojn. Aĉetinte la kafejon, s-ano K. produktigis novajn akcesoraĵojn, kopiis faman tetrinkaĵon de konata internacia kafejĉeno kaj donis al ĝi novan nomon. Sed Doroteo ne sentis flaton pro la vizaĝo sur la buŝtukoj. Tion ŝi konfesis al mi dum mi pacience aŭskultis sur ŝia sofo. Malkomforto – en la amata kafejo! Kaj kiam s-ano K. metis sian manon sur la ŝian kaj flustris al ŝi iun aludoplenan frazon, al ŝi ekjukis en la haŭto. Ŝi ĵetis la (a)doroteon planken. S-ano K. mallaŭte murmuris kelkajn fivortojn kaj petis min pacigi la ĉerizlipan ĉarmulinon, ĉar "nenio forrabas riĉaĵojn pli rapide, ol

leĝkortuma proceso pro espertrompita knabino". Estis tamen la es-
peroj de s-ano K., kiuj trompiĝis. Li ĵuris al mi, ke venontfoje li faros
ion pli grandiozan, ĉar klare la problemo estis, ke la donaco ne estis
sufiĉe granda.

En tiuj grandaj amoagoj estas granda risko! Kio okazus, se Doro-
teo havus pafilon, aŭ fianĉon kun pafilo? Neniu monsumo subaĉetus
koleran fianĉon. Pli malriske estas amindumi pli simpatie, pli afable.

Alian fojon s-ano K. renkontis en vico antaŭ teatro grandmaman
junulinon. Tre plaĉis al s-ano K. ŝia mola voĉo, la mola vizaĝo kaj
aparte la molaj kusenoj de ŝia brusto! Ŝiaj fingroj jam brilis per ringoj,
do s-ano K. ne elpoŝigis la brilianton, kiun li kutime kunportis. Lia
flata voĉo en ŝiaj naivaj oreloj sukcesis elvoki promeson reveni al la
teatro post du tagoj, kiam okazos la premiero de nova dramo, kiu es-
tos por ŝi tre interesa. Ŝi kun siaj trezoroj aperis por la premiero, kaj ŝi
vidis la propran nomon en lamplumoj super la teatra pordo: "La Vivo
de [Grandmama Junulino] per Kantado kaj Dancado". La ĉefan rolon
ludis la grandmama filmstelulino Scarlett (kiu estis tro fama por havi
familian nomon), kiu en intervjuoj taksis la rolon la plej malfacila,
kiun ŝi faris dum sia kariero – neniam antaŭe ŝi devis ludi la rolon
de vera persono. La grandmama junulino tamen maltrankviliĝis pro
la atento kaj pro la teksto, kiu konfesinde ne estis de la plej alta lit-
eratura rango. Mi devis verki ĝin konforme al la celoj de s-ano K.
Meze de la tria akto s-ano K. klinis sin al ŝi kaj flustris, ke li aranĝis
"postspektaklan spektaklon, kun du ludantoj". Li konis tiun frazon
de iom fama filmo, kaj la frazo perfekte funkciis en tiu filmo, ĉar la
knabino havis kontraktajn devojn. Sed la grandmama junulino – eble
pli juna kaj naiva, ol supozis s-ano K. – ŝokiĝis kaj fuĝis. Meze de la
kvara akto li sendis min por trovi kaj pacigi ŝin antaŭ ol ŝi trovus
advokaton. Ŝi kaŭris sub ŝtuparo, kaj mi donis al ŝi viŝtukon, viskion
kaj apogoŝultron kaj gvidis ŝin al la kafejo "Doroteo", kie ni pasigis
duonon de la nokto. Ŝi demandis, ĉu ŝi agis naive kiam ŝi aperis ĉe
la spektaklo – efektive, kion oni atendu de homoj kiel s-ano K., kiu

promesas grandajn aferojn al junulino? – sed mi diris, ke ne: ŝi ne estas naiva, nur esperoplena.

Mi ĵuras, ke estas aliaj ekzemploj de lia superelspezemo jen tutsimilaj, jen eĉ pli frapaj, sed vortospacon mi ne malŝparos per pliaj pruvoj krom la sekva, kiu estas la kerno de mia letero al vi, plej kara amikino.

Foje mi kaj s-ano K. troviĝis en trajno vojaĝanta inter grandaj usonaj ĉefurboj. Usonajn trajnojn uzas nur povruloj, kiuj ne havas monon por aviadbileto, kaj riĉeguloj, kiuj ŝatas la klasikepokan etoson de la trajno pli ol la kriantajn suĉinfanojn kaj mustardaromon de flughavenoj. S-ano K. apartenis al la dua grupo, sed eĉ riĉeguloj ne estas ŝirmitaj kontraŭ enuo, kiu ekposedas trajnvojaĝanton. Por forskui la enuon s-ano K. iris en la manĝovagonon (kie cetere ne mankis kriantaj suĉinfanoj kaj mustardaromo). Tie sidis junulino.

Ŝia hararo estis kolorigita per verda farbo, kaj ŝi portis verdan jupon, kiu finiĝis super la genuoj. Tie ĝi renkontis verd-blankajn ŝtrumpojn. Tre pinta junulino. S-ano K. tuj interesiĝis kaj diris al ŝi: "Plaĉus al mi trinki glason da bona vino kun vi, fraŭlino". Tuj mi havis la senton, ke post nelonge mi sekigos ŝiajn vangojn kaj moligos ŝian koleran koron per rakontoj pri la tri malsanaj hundetoj, kiujn mi flegas hejme.

"Mi ne trinkas alkoholaĵojn", diris la junulino. Ne tiel facile ŝi estus venkita.

"Ĉu vi trinkos kafon, aŭ teon aŭ manĝos kukon? Ion ajn mi aĉetos por vi", diris s-ano K.

"Dankon, verdan teon", diris la knabino, kaj s-ano K. mendis du tasojn.

S-ano K. demandis, dum la teo staris netuŝita, pri la intimaĵoj de la verdharulino. Ŝi nomiĝis Eliza kaj veturis tra Usono al kongreso de esperantistoj. Responde al la levitaj palpebroj de s-ano K., Eliza arde kaj entuziasme prezentis la detalojn de via Lingvo Internacia. Vageman ekziston ŝi havis, vojaĝante de kongreso al kongreso – la vivo de vera esperantisto!

"Se vi ĉiam veturas de aranĝo al aranĝo sen ajna hejmo, kie do via popolo naskas siajn idojn? Ĉu en trajnoj?" diris s-ano K. Tiom embarasita estis la kara Eliza, malgraŭ ŝia moderna harofarbo, ke ŝi fuŝpalpis la levitan tason kaj verŝis la varman teon inter la krurojn de s-ano K. Kiel ibiso li kriĉis! Ambaŭ – s-ano K. kaj Eliza – montris ruĝajn vangojn – pro embaraso, ne enamiĝo – sed estis facile miskompreni.

Por diri ion, Eliza respondis: "Do, via demando – kie ni naskas? – estas malfacila demando por ni ĝisostaj esperantistoj, ĉar ni ne havas landon aŭ urbon. Ĉiam ni devas varbi novulojn por vivteni nin, ĉar denaskaj parolantoj estas malmultaj, kaj ili nur malofte restas esperantistoj". Ŝi tusis pro konsterniĝo. "Tamen mi malbone informadas vin. Mi devas diri, ke Esperanto jam estas parolata ĉie, se ne de ĉiuj, kaj ke la forto de Esperanto estas en la bunteco kaj dissemiteco de ĝiaj parolantoj."

"Sed ĉu vi tion kredas, knabino?"

"Ho jes, mi kredas – tamen, ne tute. Mi veturas multe da mejloj kaj elspezas multe da mono por pasigi eĉ nur kelkajn tagojn kun esperantistoj. Vivi en tia medio – kia bela sonĝo! Esperantistoj estas la plej bonaj homoj en la mondo – pacamaj, internaciemaj, inteligentaj kaj interesaj. Multaj eĉ estas vegetaranoj. Se ni havus urbon – en tiu urbo ne estus malfeliĉo, kaj se ni havus landon – en tiu lando neniam estus milito."

"Ĉar vi ne trinkas alkoholaĵon, kaj ĉar vi evidente ne ŝatas la teon", kaj li fingromontris al la malseka flaketo inter la kruroj, "mi aĉetos por vi ion specialan kaj plej karan. Vi veturu per la sama trajno laŭ la sama fervojo post via Esperanto-kongreso, kaj vi eliru je konvena stacio."

Eliza havis kleran menson, kaj en alia okazo ŝi kraĉus sur tian strangan postulon. Sed ŝi estis ankaŭ scivolema kaj krome vidis eblecon varbi s-anon K al la Esperanta etno. Tial ŝi diris al li, "Bone, mi faros".

Post kelkaj semajnoj Eliza vojaĝis en la sama trajno. Pro malkono de geografio kaj malatento ŝi ne rimarkis, ke en iamaj bienkampoj aperis konstruaĵoj. Sed akriĝis ŝiaj oreloj kiam la laŭtparoliloj kriis:

"Elizujo! Venonta stacio, Elizujo!" La laŭtparolilo ĝuste prononcis "uj" – ne "uĝ" aŭ "uĵ", kiel oni foje aŭdas el usonaj buŝoj. La trajno eniris sub luksan vitran plafonon kaj haltis ĉe kajo. La ŝildoj konfirmis, ELIZUJO. Kaj, sen granda pripenso, Eliza prenis sian valizon.

Atendis ŝin sur la kajo s-ano K. kaj mi, s-ro advokato Maksimo Tovar-Q.

"Bona venon en nia urbo!" diris s-ano K. – Esperante! Eliza apenaŭ rimarkis la malgramatikaĵon. Ŝi ridetis vaste. Tio estas tre kurioza trajto de via etno – vi feliĉas aŭdi eĉ fuŝan Esperanton, eĉ el la buŝo de plena sentaŭgulo. Mi ankoraŭ ne decidis, ĉu nombri tiun trajton inter viaj pekoj aŭ viaj virtoj.

"Vi parolas Esperante!" ŝi diris (en la angla, tamen), kvazaŭ tio estis pli mirakla, ol stacidomo kun la propra nomo. "Mi kunportis lernolibrojn por vi kaj via amiko. Poste mi transdonos ilin, kiam mi havos momenton por malfermi la valizon."

S-ano K. prenis Elizan je la mano kaj tiris ŝin tra la stacidomo. Altkvalitaj verdaj ŝtonoj kovris la plankon, kaj la plafono estis farita el verda vitro. Kvinpintaj smeraldaj rubujoj staris gardovice, kaj Eliza enrigardis ilin dum ni preterpasis. Stranga knabino, kiu ignoras la arkitekturon sed atentas la rubujojn!

"La loĝantoj estas reciklemaj", diris Eliza. "Mankas rubaĵo." Dum ŝi enrigardis, s-ano K. kaj mi admiris ŝian postaĵon, kiu estis klasike belforma kaj meritoplena. S-ano K. certe taksis ĝin inda je la elspezita monsumego. "Ankaŭ homoj mankas. Ĉu hodiaŭ estas feria tago?" ŝi demandis.

"Nuntempe, la trajnoj iras malregule", diris s-ano K. "La urbo estas tiel bela, ke neniu volas ĝin forlasi."

Ni eliris el la stacidomo kaj eniris la freŝan aeron. Eliza haltis ĉe la sojlo kaj rigardis buŝaperte la kvartalon, kiu etendiĝis antaŭ ŝi. Verdvizaĝaj konstruaĵoj ordiĝis vice ĝis la horizonto.

"Ĉu la urbo Oz?" ŝi demandis, mirigite.

"Ne, la urbo Elizujo", mi diris. "Fundamenta nomo."

"Kiel vi konstruis ĉion tiel rapide?" diris Eliza.

"Pri aferoj de ŝtono kaj betono vi ne okupiĝu, kara fraŭlino", diris s-ano K., kaj li tiris ŝin al la verda centra placo, randumita per kvar larĝaj bulvardoj. Ne makulis la pejzaĝon aŭtoj, ludantaj infanoj aŭ stratvendistoj – spiris en la urbo nur s-ano K., Eliza kaj mi.

"Jen Placo Zamenhof", diris s-ano K. "Kaj ĉirkaŭ ĝi kuras kvar stratoj omaĝe al la kvar Zamenhof-fratoj – Ljudovik, Eliezer, Ludwik kaj Ludoviko."

En la okuloj de Eliza estis la rebrilo de la smeralda urbo. "Kio, kio? Ne, temas nur pri unu persono, unusola Majstro!"

"Ĉu vere?" diris s-ano K. "Strange. Mi legis multajn librojn kaj vidis la kvar nomojn." Fakte estis mi, kiu legis la librojn kaj vidis kvar nomojn. Honesta eraro!

"Ili estas diversaj formoj de la sama nomo – rusa, hebrea, pola, Esperanta", diris Eliza.

"Ho ve", diris s-ano K. "Mi esperas, ke mi ne ofendas. Do, ni pripensu alian kialon por la kvar nomoj."

"Eble omaĝi al la internacieco de nia Majstro? Kuniĝo de multaj etnoj?" diris Eliza. Kaj denove ŝiaj okuloj lumiĝis verde.

"Do, bone", diris s-ano K. "Ni metos klarigajn afiŝojn je ĉiu Placo Zamenhof."

"Ĉu estas pluraj placoj tiunomaj?" diris Eliza.

"Dekoj. Ĉu li ne estis tre bona homo?" diris s-ano K.

"Ho jes, sed…nu, estas malfacile paroli pri diverseco", ŝi diris.

Sed kion fari? Via etno, kara legantino, havas malmultajn sanktulojn kaj ŝajne nur unu, pri kiu ĉiuj konsentas.

S-ano K. tiris ŝin en la mezon de unu el la Placoj Zamenhof, kie staris skulptaĵo. Mi akiris ĝin bonpreze de fama artisto – la skulptaĵon mendis Unuiĝintaj Nacioj, tamen UN ne povis pagi sed la artisto devis manĝi. La fundo de la skulptaĵo estis malfermita libro el granito kaj el ĝiaj paĝoj kreskis arbosimila kreskaĵo. Ĝia korpo dividiĝis je dek ses brakoj, kiuj estis altaj kaj malaltaj – kelkajn povis tuŝi eĉ infano. Puŝo aŭ vento komencis dancadon de la brakoj, kaj kiam la brakoj frapis unu la alian, aŭdiĝis sonorilsimila sono.

"Por memorigo pri la Fundamento de nia lingvo!" diris s-ano K. "Dek ses reguloj, dek ses brakoj, kaj ĝi moviĝas en feliĉa vento – pardonu, facila vento. Ĉi tie, tie kaj tie ĉi oni povas alfiksi novajn brakojn."

"Rigardu, la infanoj povas ludi per ĝi!" mi diris. "Infanoj estas esperoplenaj kaj senmakulaj – ni flegu ilian kreivon."

"Ĉu estas infanoj, kiuj loĝas ĉi tie?" demandis Eliza. "Mi ne vidas ilin."

"Ili studas. Hodiaŭ estas lernotago", diris s-ano K. "Bela skulptaĵo, ĉu ne?"

"Ĝi estas bela", diris Eliza. "Tamen mi ne scias, ĉu ĝi vere omaĝas la Fundamenton. Tuŝebleco, flekseblsco, kaj aldonebleco ne estas trajtoj de la Fundamento."

"Do, ni pripensu alian kialon por la skulptaĵo", diris s-ano K. "Eble internacieco? Internacieco tuŝas nin ĉiujn; oni devas esti fleksebla en internacia situacio; ĉiutage aldoniĝas nova elemento al la internacieco de la mondo."

"Jes, internacieco, tre bone … la brakoj estas simboloj de multaj etnoj, kiuj sonoras kiam ili frapas unu kontraŭ la aliaj … " diris Eliza, sed ŝi ne estis plene konvinkita. Mi decidis demandi al ŝi dum pli intima momento pri taŭga skulptaĵo por omaĝi la Fundamenton. Eble io kovrita per pikiloj?

Rigardis nin en la placo kelkaj altaj konstruaĵoj kun plej belaj vizaĝoj, kaj nun s-ano K vokis ŝian atenton al tiuj. "La Hotelo 'Pasporta Servo'! Mi pensis pri Hotelo 'Zamenhof' aŭ Hotelo 'Esperanto'. Sed en la najbaraj stratoj estis jam Teatro 'Zamenhof', Restoracio 'Esperanto', Universitato 'Zamenhof', Teatro 'Esperanto', Restoracio 'Zamenhof' kaj Universitato 'Esperanto'."

"Kaj kafejoj!" diris mi, ĉar en kafejo estas intima atmosfero kaj fojfoje pro bruo belulino devas alproksimiĝi por pli bone aŭdi. En kafejo oni povas malkaŝi koron plenan de sentemo dum la daŭro de tri tasoj da teo – malmultekoste kaj tre efike.

"Ĉu en tiuj kafejoj estas laborantoj aŭ klientoj?" diris Eliza.

"Ne. Hodiaŭ estas feria tago", diris s-ano K. "Nun, ĉu ni esploru la Hotelon 'Pasporta Servo'?" diris s-ano K. "Ĝi estas tre luksa kaj proksima al ĉio, kaj neniu ĝenos vin dum via restado."

Eliza ridis. "Neniu ĝenos, ĉar la urbo estas malplena. Senhoma."

"Sed ĉu vi ne opinias, ke Elizujo estas bela urbo, plena aŭ malplena?" diris s-ano K.

"Se vi povas amuzi vin sole aŭ duope, tiam ĝi estas la plej bela urbo en la tuta mondo", diris Eliza.

"Ni certe povas amuzi nin duope", diris s-ano K. Jen karakteriza frazo, riska frazo! Per tiaj frazoj eble oni venkas komercajn entreprenojn, sed mortigas amesperojn. Por Eliza, tiu frazo estis "la rompa rano", kiel oni diras en mia lando. Elspezi kvaronhoron kun porkaĉo kiel s-ano K. neniel plaĉis al ŝi, sed toleri liajn fipproponojn estis neeble. Per malfermita mano Eliza frapis la vangon de s-ano K. Krak!

"Vi, stulta kaj insultema sentaŭgulo! Vi malpurigis mian lingvon, miajn simbolojn, la kvar Zamenhof-fratojn…"

"Se mi ofendis vin per mia ŝerco, mi pardonpetas", diris s-ano K.

"Vi ofendas per tiu ĉi tuta urbaĉo, fuŝa kaj vaka. Vi perfidis miajn revojn."

Kaj ŝi fuĝis al unu el la kafejoj, eble forgesante, ke ankaŭ ili ĉiuj estis malplenaj.

"S-ro advokato Maksimo Tovar-Q", formale adresis min s-ano K., "kiel mi eraris ĉi-foje?"

"Miaopinie, ni ne konstruis sufiĉe grandan aferon ĉi tie, kaj ĝi ŝrumpis antaŭ via grandanimeco kaj amlerteco." Flataĵo, jes! "Venontfoje vi provu ion pli grandan, kiu povus stari apud vi, kaj vi nepre allogos ĉarmulinon pli mondosaĝan kaj indan, ol tiu ĉi naiva Eliza."

Estus senutile provi ŝanĝi lian konduton rilate al virinoj, kaj se li iam trovus belulinon, kiu eltenus liajn mallertaĵojn, mi ne plu havus laboron. Liaj malsukcesoj virinaj estis fonto de miaj rekompencoj.

Miaj vortoj havis la deziratan efikon je s-ano K. – nesurprize, ĉar jam multfoje antaŭe ili bone funkciis. "Do, bone", li diris. "Mi foriros hejmen. Multas fiŝoj en la maro, ĉu ne? Oni ne devas flati al ĉiu naiva ino, kiu ne scias, kiel ludiĝas la ludo. Ĉu vi bonvolos prizorgi la knabinon?"

"Plezure", mi diris.

Mi trovis Elizan en la Kafejo Zamenhof. Ŝi provis fari propran teon, sed la akvo ne estis sufiĉe varma.

"Varmeta verda teo ne estas bongusta", ŝi diris. "Ĉu vi havas ion pli fortan?"

Ĉiam mi portas kun mi boteleton. Mi verŝis en ŝian tason kelkajn fingrojn da forta likvaĵo.

"Kial vi laboras por tiu porkulo?" demandis Eliza post longa gluto.

"Ĉar li ŝajnigas min sanktulo", mi respondis. Eliza ridis, sed mi ne ŝercis.

"Mi ne komprenas, kiel mi povis tiel grave erari, venante ĉi tien", ŝi diris. "Kiam li alparolis min Esperante kaj ŝajnigis intereson pri la lingvo – mi perdis ĉian racion. Ĉu vi kredas, ke mi estas naiva?"

"Kara fraŭlino, vi estas nur esperoplena. Vi havis revon pri Esperanta urbo. Nun, ne zorgu plu. Ĉu mi iam rakontis al vi pri la tri malsanaj hundetoj, kiujn mi flegas hejme?" La kafejo estis plaĉe malplena, sensona krom niaj ridemaj voĉoj, sed Eliza alproksimiĝis al mi, kvazaŭ por pli bone aŭdi.

Finfine mi aranĝis por ŝi taksion. Ĉar mankis ŝoforoj en Elizujo, mi devis mendi ĝin el apuda urbo, kaj jam estis post noktomezo kiam la taksio aperis ĉe la enirejo de Hotelo "Pasporta Servo". Mi devus establi taksikompanion en Elizujo, ĉar venis al mi en la kapon perfekta nomo – Taksio "Kabe"!

Tiun saman vesperon, mendinte helikopteron el Elizujo, s-ano K. sin trovis en Los Angeles. En iu drinkejo sur konstruaĵopinto li ekparolis kun graciulino ravohara pri neniaĵoj – kaj fine ankaŭ pri la

luno, kiu estis iom magra lumo en la losanĝelesa meznokta ĉielo. La
graciulino diris, ke ŝi ne vidas en la luno iun ajn figuron, ĉu homan,
bestan aŭ abstraktan. Sed s-ano K. ĵuris al ŝi, ke tie estas videbla la
plej bela virina vizaĝo. Tamen la graciulino ne kredis, kaj mi ne es-
tis tie por bremsi aŭ protekti lin. S-ano K. metis manon sur la ŝian
kaj diris: "Kara, rigardu morgaŭ vespere, kaj tien vi rigardos kvazaŭ
en spegulon". Kaj ŝi rigardis lin larĝokule, ĉar malantaŭ li staris ŝia
fianĉo kaj – Krak! – s-ano K. estis mortpafita.

Nun ni revenas al miaj komencaj alineoj kaj petego al vi, kara le-
gantino. Kiel mi diris, s-ano K. ne postlasis heredantojn por siaj vas-
taj monsumoj. Ĉu ne unu el viaj eminentuloj diradis, ke "Esperanto
bezonas riĉulojn pli ol klerulojn"? Kaj mi liveras al vi la plej bonan
riĉulon – tiun sen la propra opinio.

La urbo Elizujo estas parto de la heredaĵo. Sed mi malkonsilas, ke
vi provu iniciati amasan transloĝiĝon de esperantistoj. La prezoj por
eĉ malgranda apartamento en malluksa kvartalo de Elizujo estus al-
tegaj. Oni povus vagadi senhejme tra Eŭropo per biciklo kaj Pasporta
Servo dum dek jaroj por la sama sumo. Laŭ via bontrovo, mi vendos
la malplenan urbon por kreado de nova amuzoparko.

Restas la cetero de la heredaĵo, kiun mi afable postlasas al viaj
agadoj, kara legantino. Certan elcentaĵon de la riĉaĵoj mi, s-ro ad-
vokato Maksimo Tovar-Q, retenos por administraj bezonoj kaj
subaĉetoj, kiuj estos necesaj por eviti impostojn. Kaj mi bezonos
iomete da mono por la tri malsanaj hundetoj, kiujn mi flegas hejme.
Tamen mi certigas, ke via Esperanto-klubo, propaganda projekto aŭ
faka organizaĵo ricevos almenaŭ 200.000 stelojn. Tiam vi povos mem
malfermi kafejĉenon "Esperanto" kun dek ses specoj de ĉokoladaj
biskvitoj, aŭ eble vi reĝisoros spektaklon pri la Internacia Lingvo
inter la mondmilitoj, aŭ eble vi gravuros verdan stelon sur la lunon
por inspiri homojn al lingvolernado. Bonvolu transsendi vian bank-
kontciferojn kaj subskribitan permesleteron kiel eble plej rapide, kaj
mi ekigos la aferon tujtuj.

Antaŭparolo al la *Plena Verkaro de Yvette Swithmoor*

Antaŭparolo al ĉefverko de Esperanto-literaturo kutime komenciĝas per faktoj pri la verkisto. Ekzemple, la datoj de naskiĝo kaj morto, kialo esperantistiĝi, hejmurbo kaj laborposteno. Sed verdire tiaj faktoj estas malgravaj por ni posteuloj. La *Plena Verkaro de Yvette Swithmoor* ne estas ŝarĝita per tiaj bagateloj, ĉar ĉio pri Yvette Swithmoor, krom ŝia nomo, estas supozo. El vidpunkto de Esperanta vivo, ŝi preskaŭ ne ekzistas. Ŝia nomo ne aperas en iu ajn membrolisto de UEA aŭ landa organizaĵo, nek inter la arkivoj de la universalaj, junularaj, aŭ kulturaj kongresoj. Neniam ŝi abonis revuon aŭ mendis libron. Neniu klubo aŭ kurso listigas ŝin kiel partopren.inton. Eĉ la bildo de la verkistino sur la librokovrilo estas artista fantazio kiun oni faris surbaze de ŝia verkaro. Sed tiuj misteroj fakte estas avantaĝo por kritikistoj kaj legantoj. Pro manko de aŭtora vivo, la verkaro de Yvette donas al ni unikan eblon atenti la tekston – t.e. la puran literaturon – sen la influo de personaj aŭ biografiaj antaŭjuĝoj.

La *Plena Verkaro* konsistas el tridek rakontoj, dek unu poemoj, unu teatraĵo, kvardek sep leteroj (la plejmulto al iu Karlo, sed ankaŭ al la frato, avino, pastro, kaj du al la ĉevalo Seabiscuit), ok krucenigmoj (solvitaj), tri limerikoj, kvar listoj por butikumado, kaj paperpeco kun la fama duvorta poemo, "Sabaton trajno." La verkado komenciĝis kiam Yvette estis dekokjara (du leteroj mencias la deknaŭan naskiĝfeston) kaj daŭris almenaŭ dudek jarojn, laŭ aliaj aludoj. Sed ĉio venis al la nuntempa Esperanta leganto antaŭ nur kelkaj jaroj.

Jen la historio de la malkovro. En 2001 purigistino veturonte de Parizo al Triesto por viziti sian nepinon endormiĝis atendante la trajnon. La fajfado subite vekis ŝin, kaj pro hasto ŝi prenis malĝustan valizon. Nur tro malfrue ŝi malkovris la eraron. Mi, ŝia samkupeano, estis vojaĝanta al la UK en Zagrebo. Kune ni esploris la valizon por informo pri la vera posedanto. Imagu mian surprizon, kiam ni trovis centojn da paĝoj de nekonata Esperanta literaturo!

Antaŭ ol la verkaro de Yvette ebligis min surpreni la rolon de redaktoro, mi estis mem verkisto, sed miajn provojn en la Belartaj Konkursoj, Internaciaj Floraj Ludoj, Liro, Muzo, Premio Harlow, kaj FEL-konkursoj oni tute preteratentis. Miaj verkistaj esperoj tamen helpis min rekoni la valoron de la mistera valizo. Malpli klera esperantisto eble ne aprezus la literaturon kaj tiel perdiĝus altvalora kulturaĵo. En Zagrebo mi prezentis la verkojn de Yvette dum speciala EVA-kunveno. La ĉeestantoj estis tiel ravitaj, ke oni tuj voĉdonis krei komitaton pri la verkaro. Mi kiel ĉefo de la komitato direktis la laboron, kiu inkluzivas redaktadon kaj poluradon de la tekstoj, forĵeton de fragmentoj kiuj ne taŭgas por plena verkaro, komentadon per piednotoj, antaŭparoloj kaj postparoloj, kaj artikolojn en diversaj publikaĵoj, de *Esperanto* ĝis *Magdeburga Folio* kaj *Bulteno de la Esperanta Asocio de Nov-ĵerzejo*. Kompreneble, tiu laboro estis laciga kaj temporaba. Unu post la alia la komitatanoj, kiuj unue entuziasme aliĝis, rezignis. Je la fino de la dua semajno post la kongreso mi estis la sola restanta membro de la komitato. Tial la teksto atingas vin nur jarojn post la celita dato.

Dum la jaroj mia laboro trovis plurajn malamikojn. Prezento de la *Plena Verkaro de Yvette Swithmoor* estus nekompleta se ĝi ne traktus la diversajn diskutojn, dubojn, batalojn, polemikojn kaj ĝisostajn malamikecojn, kiuj estiĝis post la malkovro de la verkaro. Feliĉe, esperantistoj ŝajne tre ĝuas akrajn polemikojn, se juĝi laŭ nia historio. Ni diskutas aferojn nur se eblas disputi pri ili.

Estas nur malmultaj plendoj pri la kvalito de la verkaro mem – kritikistoj priklaĉas la abundon de eraroj (gramatikaj kaj ortografiaj), stilajn malglataĵojn kaj la ne-Esperantajn vortordon kaj frazokonstruadon. Tamen, oni devas memori, ke Yvette estis izolita esperantisto, sen ligo al la literatura mondo. Sola esperantisto povas redakti nur ĝis kiam la propraj okuloj fariĝas blindaj al eraroj. Feliĉe, redaktisto povas kuraci tiujn vundojn en ŝia teksto. Kiam temas pri evidenta eraro aŭ facile korektebla problemo pri stilo, mi silente ĝustigis la tekston. Kiam temas pri reordigo de tutaj frazoj aŭ alineoj, forpreno de rolantoj aŭ ŝanĝoj en la intrigo aŭ simbolismo, mi metis piednoton. Mi esperas, ke tiu ĉi eldono de la *Plena Verkaro* silentigos ĉiujn plendojn pri eraroj.

Aliaj plendoj estas pli malfacile solveblaj. Ĵaluzaj kritikistoj, kiuj lastatempe plifortigis sian kampanjon kontraŭ Yvette en la literaturaj gazetoj, levas malgravajn demandojn pri la originalaj manuskriptoj, kiuj estis eltiritaj el la valizo. Oni pridubas la paperon, la skribmanieron, eĉ la inkon uzitan. Se mi scius, ke tiuj aferoj kaŭzus tiom da ĝeno kaj akraj sentoj, mi rifuzus montri la originalaĵojn al aliaj esperantistoj. Nur pro entuziasmo kaj malsaĝo mi permesis tion, kaj nun mi bedaŭras tiun decidon.

La duboj kaj klaĉoj naskas strangajn asertojn. Kelkaj stranguloj diras, ke la verkaro estas ne majstroverko de Yvette Swithmoor, sed falsaĵo, verkita de moderna esperantisto. La plej akraj atakoj enplektas min en iun grandan konspiron, kiu, laŭ diversaj teorioj, inkluzivas ankaŭ la redaktorojn de *Libera Folio* aŭ la senatanojn de la Civito, UEA-estraranojn kaj oficistojn, registarojn, Uneskon, sekretajn mondajn organizaĵojn, mitologiajn bestojn kaj eksterterulojn.

Sed neniu kritikisto alfrontas la demandon, kian profiton oni havus de tiu trompo. Ne ekzistas Esperantaj kulturaj instancoj, kiuj pagus por malnovaj manuskriptoj. Falsita verko de Esperanta literaturo neniel komparus al falsita pentraĵo de Van Gogh aŭ poemo de Emily Dickinson. La sola valoro de la *Plena Verkaro de Yvette Swithmoor* estas ĝia enhavo, kaj tio ne povas esti falsita – la peza volumo en la manoj estas la pruvo. Fine la leganto fidu, ke la literatura valoro trabrilas ĉiun historian nebulon.

Sed ne indas tro longe studi tiun ĉi historion. Ni revenu al la verkaro – ĝiaj ĉefaj trajtoj, stiloj kaj temoj, kaj klarigu, kial ĝi valoras por la Esperanto-publiko.

Unue, ni devas decidi, ĉu Yvette estis finvenkisto aŭ raŭmisto. Mencio pri "venonta bela epoko" ofte estas citata de finvenkistoj, kiuj volas akapari la verkistinon. Tamen, "venonta bela epoko" verŝajne referencas la ekkonstruon de kinejo proksima al la hejmo de Yvette. Laŭ la rakontoj ŝi tre amis filmojn – vidu "Sur scenejo" (p. 421-443), kiam Karlo volas konfesi sian amon al la duonkuzino dum ili spektas filmon, kaj ankaŭ "Kiuj dormas plej longe" (p. 562-568), kiam la soldatoj estas insultataj kiam ili priserĉas kinejon por la rifuĝintoj.

Kvankam Yvette estis ekster la fluo de Esperanta literaturo, pluraj ŝiaj rakontoj estas spegulitaj de aliaj Esperanto-verkistoj. La rakonto "Karlo kaj geamikoj sur la nova planedo" (p. 614-673) aŭguras rakonton de Auld (ial enigitan en la *Novan Krestomation*). En "Nova epoko, malnovaj pensoj" (p. 314-343) okopo da junaj esperantistoj eklaboras por militspiona organizo, unue kun celo protekti la esperantistan komunumon en sudamerika urbeto, sed suspektemo kaj diboĉaj tendencoj detruas la rondeton. La novelo "Ve, la vetero!" (p. 286-301) prezentas maljunan kuiriston de ĉina restoracio kiu mortas pro trafikakcidento. Vidu la rakonton "La malplena kabano" (p. 230-242), kiu montras kabanon dum neĝoŝtormo, en kiu renkontiĝis revoluciisto, vendisto de brosoj, poetino, ĉeĥa dancisto, lingvisto, pastro, urso, kaj aro da larĝokulaj knabinoj. Jen preskaŭ panoramo de la nuna Esperanto-literaturo.

Ekde la komenco la ĉefaj temoj de ŝia verkado estas evidentaj. La plej frua novelo en la *Plena Verkaro* (almenaŭ oni supozas, ĉar ĝi montras la plej knabinecan skribmanieron) nomiĝas "Rakonto sentitola" (p. 143-144). Komence ĝi estas ĉarma fabelo, en kiu orienteŭropa junulo ĉasas ĉielarkojn kaj donas la plej belajn al larĝokulaj knabinoj de aliaj gentoj, kaj ili komunikas la kreskantan amikecon per kruda gestlingvo, sed poste ĉio montriĝas esti sonĝo dum tertremo, kaj tiu orienteŭropa junulo fakte estas mortkuŝanta oldulo, kiu sopiras la amoraventurojn de la universitataj jaroj. Bonŝancaj aferoj fandiĝas kun katastrofoj, amikeco rompiĝas pro bagateloj, kaj amo velkas ĉar ĝi neniam estas konfesita aŭ almenaŭ plene konceptita. Tiuj temoj reeĥas tra la tuta verkaro.

La malfeliĉo fontas el malkompreno. Tamen ne malkompreno inter popoloj – temo, kiun oni ofte trovas en Esperanta literaturo – sed malkompreno inter geamikoj kaj geamantoj. La roluloj, uzante komunan vortaron, parolas kvazaŭ malsamajn lingvojn. Dum Anna revis pri la dolĉa kiso de la amanto, Karlo pensis, ke ŝi ne ŝatas la malsekan tuŝon survangan ("Venu, kara, jen, jen!", p. 165-181). En "Tarokoj" (p. 345-368) la juna Karlo ŝajnigas intereson pri tarokkartaro, kiun kreis la bela Anna, sed dum ŝi klarigas, ŝi pli kaj pli enamiĝas al la atentema aŭskultanto, dum Karlo tamen profundiĝas en la kartaron kaj forgesas pri siaj amesperoj. La amikecon de Karlego kaj Karleto ("Du Karloj karambolas", p. 994-1013) rompas ok jaroj da senĉesa pluvo. Antaŭ ol alvenas la veteraĉo, la duopo ĉiam plej bone interrilatis dum ĉasado kaj tendumado; poste ili ne povas trovi komunajn subtegmentajn interesojn. En "Duonplena taso" (p. 678-992) la retiriĝema protagonisto decidas fintrinki sian kafon antaŭ ol alparoli la belulinon ĉe apuda tablo. Tamen li ne tre ŝatas kafon (la kelnerino alportis la tason al li erare) kaj kiam lia taso estas nur duonmalplena, la belulino foriras, grumblante ke ŝi ne ĝisatendos la menditan kafon. Ironio ja rolas, sed post tricent dek kvar paĝoj la ĉefaj sentoj estas malespero kaj tragedio, kiuj fontas el la soleco de la homa koro.

Kiom pli korŝire por esperantisto esti sola kaj nekomprenata! La propagando provas kredigi nin, ke "neniu ie iam sentu sin sola" post eklerno de Esperanto. La lokaj kluborganoj plenas je bildoj de esperantistoj kunmanĝantaj kaj kunludantaj. Kaj eĉ la literaturo sugestas, ke ĉiu ĉeestanto de UK aŭ IJK povas trovi sekspartneron. Ĉio ĉi kreas grandajn esperojn por solecaj esperantistoj – esperoj, kiuj estas trompitaj. Ĉu oni rigardu la nerealiĝon kiel propran pekon aŭ kulpon de la Lingvo kaj kulturo? En la rakontoj de Yvette ne estas klara respondo, kaj tio estas trajto de majstroverko. Nur la plej simplaj fabeloj montras unusolan rimedon aŭ ideon pri la homa vivkondiĉo. La poemo "Balado de Vaganta Esperantisto" (p. 1082) certe ne estas simpla fabelo. En ĝi oni trovas la plej emocian prezenton de vojaĝado en la tuta Esperanto-literaturo. La poemo estas eĉ pli interesa pro la antaŭe menciita fakto, ke Yvette neniam ĉeestis Esperantan kongreson, konferencon, aŭ klubvesperon. Mi citu:

> *Rajdante en kupe'*
> *Laŭlonge de landlim'*
> *Kun pensoj tiel grizaj, kiel ĉiel',*
> *Mi sonĝas pri Ĵanin' –*
> *Ĉu ŝi sopiras min?*
> *Mi ŝatus dormi laŭ la reloj ĝis la mar'.*

> *Se morgaŭ en Pariz'*
> *Malaperus la valiz'*
> *Mi povus petveturi tuj al haven'.*
> *Sed post ĉiu ruloklak'*
> *Kaj ĉiu hortiktak'*
> *Mi pluiros orienten de Eden'.*

La poemo levas pli da demandoj, ol ĝi solvas. Kial la vojaĝanto daŭre vojaĝas, se estas tiom malagrable? La vojaĝanto estas kvazaŭ katenita al la vojaĝo – malapero de la valizo estus la nura eliro. Eble la hejmo ne estas pli bona – ankaŭ tie homoj ne komprenas. La vojaĝanto foriras por trovi la internacian amikecon kaj la belan paradizon promesitajn de esperantistaj fabelistoj. Evidente la vojaĝanto trovas, ke tio estas mensogo aŭ almenaŭ troigo. Se eĉ pontolingvo, kies plej ofte laŭdata celo estas interkompreniĝo, ne povas transponti homajn korojn, tiam Esperanto fariĝas por la vojaĝanto fonto de malespero. Valizo estas simbolo de tiuj trompitaj esperoj – fordoninte

ĝin al aliaj, kiuj ankaŭ revas, la vojaĝanto estas libera iri hejmen aŭ
eĉ plene malaperi.

Pro la redaktora devo resti neŭtrala mi devas bedaŭrinde enŝovi
en tiun ĉi antaŭparolon la temon gurditan de kelkaj kritikistoj, kiuj
rimarkas, ke la poemo nenie mencias Universalan Kongreson aŭ eĉ
Esperanton, kaj la titolo "Balado de Vaganta Esperantisto" ne estas
parto de la manuskripto sed aldono de la redakta komitato (t.e. mi).
La atakoj estas maljustaj, ĉar la verko suferus se la nomo ne estus
ĝustigita nun. Legante verkon sub la origina titolo "Apostrof'" la
malklera leganto vidus nur fuŝan rimekzercon verkitan surbaze de la
Parnasa Gvidlibro (kiun Yvette laŭ nia scio eĉ ne posedis), ne korŝiran
kaj studendan verkon. Sed kiel "Balado de Vaganta Esperantisto", la
verko akiras pli emociplenan fonon. Per aldono de kulturriĉa kun-
teksto la redaktisto finas la verkon komencitan de la verkisto.

Inter la multaj misteroj de Yvette staras super ĉio la jena: povas
esti, ke ŝi ankoraŭ vivas en iu malluma angulo de la mondo, kien ne
atingas *Beletra Almanako* aŭ *Literatura Foiro*. Estas mia forta espero,
ke ŝi neniam aperu sur la internacia scenejo, kaj ke neniu serĉu ŝin.
La Esperanto-literaturo jam plenas je amaraj maljunuloj, kies lastaj
verkoj estas nur reeĥoj el pasinta gloro, kiam la seksorganoj reagis
akurate kaj esperantistoj estis ankoraŭ plenaj je espero. Se Yvette ve-
nus hodiaŭ al kongreso kiel honora gasto, kaj se la Belartaj Konkur-
soj prikantus ŝin kaj donus centeŭrajn premiojn, ŝi kiel multaj aliaj
verkus ve-kantojn kaj plendemajn poemojn, kiujn niaj revuoj sentus
la devon publikigi, kaj poste ŝi eldonigus ĉe UEA tutan poemaron
pri la iama beleco kaj la viroj, kiujn ŝi konkeris, kaj pri la bonaj horoj
pasigitaj en Universalaj Kongresoj, kiuj aspektas bonaj nur pro la
alproksimiĝinta kadukiĝo. Ŝi provus trovi amikecon kaj feliĉon en
la pasinteco, por konvinki sin, ke ŝi iam estis feliĉa. Mallonge – ŝi
perfidus sian verkaron.

Mi esperas, ke Yvette mortis fidela je la sentoj, kiuj plenigas la ra-
kontojn, poemojn, leterojn, limerikojn kaj solvitajn krucenigmojn de

ŝia *Plena Verkaro*. Ŝi estu simbolo de tiuj, kiuj restas nekomprenataj de la popolo, kies nura celo estas interkompreniĝo.

Esperanto bezonas tian verkiston, kiel la Yvette Swithmoor ene prezentitan. Ĉu fakte ŝi estis tia, estas demando por historio, ne por literaturo.

Enhavo

Dankoj

Mi havas grandan ŝuldon al multaj afablaj esperantistoj, kiuj provlegis, kuraĝigis, inspiris, kaj helpis dum monatoj, eĉ jaroj, por realigi tiun ĉi novelaron.

Viktoro Aroloviĉ (Rusio)
Dorota Burchardt (Pollando)
Mariana Evlogieva (Bulgario)
Hoss Firooznia (Usono)
Heidi Goes (Belgio)
Paul Gubbins (Britio)
Sten Johansson (Svedio)
François Lorrain (Kanado)
Lee Miller (Usono)

Koran dankon al ĉiuj!

Made in the USA
San Bernardino, CA
19 October 2015